게임의 이름은 유괴

게임의 이름은 유괴

히가시노 게이고

권일영 옮김

RHK
알에이치코리아

차례

1

•

오토모빌 파크

•

결혼이라는 말이 나온 순간 그녀에게 관심이 없어졌다. 풍만한 가슴과 미끈한 다리, 매끄러운 피부도 마네킹의 한 부분으로밖에 보이지 않았다.

나는 김샜다는 표정으로 여자를 바라본 뒤 침대에서 내려왔다. 아무렇게나 벗어두었던 속옷을 입고 거울을 보며 헝클어진 머리를 매만졌다.

"뭐야, 그 표정이?"

윗몸을 일으키며 그녀는 긴 머리를 쓸어 올렸다.

"그렇게 노골적으로 못마땅한 표정을 지을 건 없잖아."

대꾸하고 싶은 마음도 들지 않았다. 알람시계를 보았다. 오전 8시 5분 전. 딱 알맞은 시각이다. 5분 뒤에 울릴 알람 스위치를 미리 껐다.

"나도 이제 스물일곱이라니까."

여자가 말을 이었다.

"그쯤은 좀 물어볼 수도 있잖아."

"결혼 같은 거 생각해본 적 없다면서."

여자를 쳐다보지도 않고 말했다.

"별로 생각해본 적 없다고 한 거지. 전혀 생각하지 않는 건 아니야."

"그러서?"

그럴 수도 있다고 생각은 했지만 속내를 드러내니 짜증이 치밀었다. 나는 침대 옆에서 팔굽혀펴기를 시작했다. 리듬에 신경을 쓰면서 힘을 줄 때 숨을 내뱉었다. 스포츠센터 강사에게 배운 그대로다.

"저기, 화났어?"

대답하지 않았다. 팔굽혀펴기를 몇 번 했는지 잊을 수도 있기 때문이다. 스물여덟, 스물아홉, 서른. 이제 조금 힘이 들기 시작한다.

"그럼 물어볼게. 자기는 나랑 어떻게 할 생각이었어?"

마흔두 번에서 포기했다. 그대로 바닥을 굴러 침대 밑에 두 발을 끼워 넣었다. 복근운동을 위한 준비였다.

"특별히 어떻게 하겠다는 생각은 없었어. 네가 좋았어. 갖고 싶다고 생각했고, 그래서 안았지. 그뿐이야."

"결혼은 생각하지 않았다는 거네."

"처음에 얘기했잖아. 난 그런 거 생각하지 않는다고. 너하곤 달리 전혀 생각하지 않았고 앞으로도 그럴 생각은 없어."

"내가 그건 싫다고 하면?"

"할 수 없지. 결혼 같은 거 생각해줄 남자를 찾아야지. 너라면 쉽게 찾을 수 있을 거야."

"나한테 싫증난 거야?"

"그렇지 않아. 사귄 지 이제 겨우 석 달이잖아? 하지만 사고방식이 다르다면 포기할 수밖에 없지."

여자는 입을 다물었다. 무슨 생각을 하는지는 알 수 없다. 자존심이 센 여자니 구질구질한 소리를 해댈 리는 없었다. 그녀가 생각하는 동안 복근운동을 시작했다. 나이 서른이 넘으니 뱃살이 금방 붙는다. 매일 아침 이 운동만큼은 빼먹지 않는다.

"갈게."

그렇게 말하고 여자는 침대에서 내려왔다. 거의 예상했던 답이었다.

내가 복근운동을 하는 동안 그녀는 옷을 입었다. 검은 원피스다. 화장도 고치지 않고 그녀는 백을 집어 들었다.

"전화하지 않을 거야."

그 말을 남기고 집을 나갔다. 침대 옆에 누운 채 그 목소리를 들었다.

아름다운 몸매를 지닌 여자였지만 어쩔 수 없었다. 그 몸에 반하기는 했어도 그녀와 평생 함께 살고 싶은 마음은 들지 않았다. 물론 결혼 이야기를 적당히 흘려가면서 관계를 유지해가는 방법도 있을 것이다. 그러다가 언젠가 정말로 싫증이 나면 그때 헤어지자고 하면 된다. 그러나 그런 방식은 내키지 않았다. 양심의 가책을 느낀다기보다 귀찮았다. 지금까지 헤아릴 수 없을 만큼 연애를 해오다 보니 어쩌다 거짓말이나 타협을 하며 관계를 끌어온 경우도 있기는 하지만 그 결과가 별로 좋지 않다는 사실은 너무 잘 안다.

샤워를 하고 세면대에서 면도를 할 때쯤에는 이미 가버린 그 여자 생각은 들지 않았다. 대신 두 여자의 이름이 내 머릿속에 떠올랐다. 한쪽은 햇병아리 모델이고, 다른 한쪽은 회사원이다. 둘 다 휴대전화 번호를 알지만 내가 먼저 연락한 적은 없다. 모델에게서는 전화가 왔었다. 마음에 드는 쪽은 회사원이지만 전에 한잔했을 때의 느낌으로는 별로 잘될 것 같지 않았다. 이런저런 방법을 동원해가면서까지 해보고 싶다는 생각은 들지 않는다. 그럴 만한 여자는 아니라고 생각했고, 무엇보다 여유가 없었다.

햄에그를 만들고, 빵을 굽고, 통조림 수프를 데워 아침식사를 했다. 요즘 야채 섭취가 조금 부족했다. 냉장고에 콜리플

라워가 남아 있을 테니 오늘 밤엔 그걸 듬뿍 넣은 그라탱이라
도 만들어야겠다고 마음먹었다.

양복으로 갈아입으면서 컴퓨터를 켜고 메일을 체크했다. 업
무 관계는 몇 건뿐. 나머지는 모두 쓸데없는 것들이었다. 지
난번에 갔던 클럽의 호스티스가 보낸 것도 있었다. 읽지 않고
삭제했다.

집을 나설 때는 9시가 조금 지나 있었다. 일어나서 한 시간
이상 걸린 셈이다. 아직도 시간을 제대로 쓸 줄 모른다. 지하
철역까지 잰걸음으로 걸었다. 걸린 시간은 7분.

회사는 미나토 구에 있다. 15층 건물의 9층과 10층을 '사이
버플랜'이 쓴다. 엘리베이터를 타고 10층에서 내렸다.

자리로 가니 '내 방으로 오게. 고쓰카'라고 적힌 쪽지가 컴퓨
터에 붙어 있었다. 가방을 내려놓고 바로 그의 방으로 갔다.

사장실 문은 활짝 열려 있었다. 문이 닫혀 있을 때는 어지
간히 급한 용무가 아니면 사장을 만나려 해서는 안 된다. 그
대신 열려 있을 때는 언제든 들어가도 된다. 고쓰카의 방침
이었다.

고쓰카는 여직원과 한창 뭔가 의논하는 중이었다. 그러나
내가 들어서자 서둘러 이야기를 마무리 지었다.

"나머지 일은 자네에게 일임하겠네. 어쨌든 그 디자이너는
더 이상 쓰지 마."

고쓰카가 여직원에게 말했다. 알았다고 대답하고 그녀는 방을 나갔다. 나를 스쳐 지날 때 살짝 고개를 숙여 인사했다.

"저 여직원, 새 게임 소프트 개발을 담당하는 친구죠?"

"그렇지. 게임은 골치 아파."

고쓰카는 책상 위에 펼쳐져 있던 파일을 덮었다.

"문 좀 닫아주게."

큰 프로젝트나 심각한 상담 건에 대해 이야기할 모양이었다. 문을 닫고 그의 책상으로 다가갔다.

"닛세이자동차에서 연락이 왔네."

올해 마흔다섯 살인 사장이 말했다.

"드디어 결정이 났나요? 그럼 우선 첫 번째 협의에 들어가야겠군요. 저는 이번 주라면 언제든 괜찮습니다."

그렇지만 고쓰카는 의자에 앉은 채 어두운 표정으로 고개를 저었다.

"그게 아닐세."

"오토모빌 파크 이야기 아닙니까?"

"그 이야기야."

"그럼 결정하는 데 시간이 더 걸린다는 뜻인가요?"

"아니, 결정은 났네. 아까 연락이 왔어."

"그렇다면……."

"중지야."

"예?"

무슨 뜻인지 몰라 한 걸음 그에게 다가갔다. 아니, 무슨 말인지는 안다. 다만 너무 어처구니가 없어 믿고 싶은 마음이 들지 않았다.

"중지라니까. 오토모빌 파크 기획은 전면 백지화되었네."

고쓰카가 고약한 농담을 하고 있는 거라고 생각하고 싶었다. 그러나 그의 표정에서 그런 여유는 느껴지지 않았다. 피가 거꾸로 솟는 것 같았고, 체온이 2도쯤 올라간 것 같은 기분이 들었다.

"믿을 수가 없어, 나도."

고쓰카는 고개를 저으며 말을 이었다.

"이제 와서 중지라니."

"어떻게 된 겁니까? 상황을 설명해주십시오."

"자세한 내용은 오늘 밤 내가 듣고 올 거야. 만나기로 되어 있으니까. 그래봤자 그쪽에서는 사무적으로 최후통첩을 받아들이라는 말만 할 테지만."

"정말 백지화된 겁니까? 아니면 실현 가능성이 낮아졌다는 뜻인가요?"

"가능성은 제로야. 오토모빌 파크 아이디어는 폐기되었네."

나는 오른손 주먹으로 왼쪽 손바닥을 쳤다.

"이제 와서 왜 갑자기……."

"담당자도 당황한 것 같더군."

"당연하죠. 그것 때문에 얼마나 시간을 들였는데……."

"지금까지 든 비용에 대해서는 그쪽에서 책임지겠다고 하더군."

"그게 문제가 아니잖습니까."

"뭐 그야 그렇지만."

고쓰카는 코언저리를 긁적였다.

나는 주머니에 두 손을 찔러 넣고 책상 앞을 서성거렸다.

"닛세이자동차는 오랜만에 내놓는 신차 발표를 겸해 대대적인 캠페인을 벌이고 싶다. 그리고 이 기회에 국산 차의 이미지도 끌어올리고 싶다. 그래서 모터쇼 같은 걸 하고 싶은데 단순한 전시회로 치르고 싶지는 않다. 그러니 아이디어를 빌려달라. 이런 제안을 해온 것은 그쪽이잖습니까."

"물론 그렇지."

"큰 회사에 의뢰하지 않고 우리 같은 중견 회사에 제안하는 것은 예산 문제가 아니라 무엇보다 참신한 아이디어를 기대하기 때문이라는 이야기였잖습니까."

"그랬지."

"그래 놓고 기획이 마무리되어 이제 실행 사인만 나면 되는 단계인데 꽁무니를 빼겠다는 겁니까? 천하의 닛세이가?"

"아, 너무 화내지 말게. 지금까지 수주한 일 가운데서도 첫

째 둘째를 다툴 만큼 큰 프로젝트였기 때문에 자네가 열심히 했던 건 알고 있네. 그렇지만 클라이언트가 못하겠다고 하니 어쩔 도리가 없지. 앞으로도 얼마든지 일어날 수 있는 일이야."

"이런 일이 자주 있으면 견디지 못하죠."

"제일 곤란한 건 나야. 이 일로 또 사업 계획을 수정해야만 하니까. 닛세이는 다른 일을 우리 쪽에 줄 용의가 있다는 투로 말하지만 그것도 크게 기대할 수는 없고 말이야."

"기껏해야 또 아이돌 스타를 써서 CM을 만들어달라는 식의 이야기나 할 겁니다. 오늘 밤 미팅, 제가 함께 가도 되겠습니까?"

"아니, 그러지 말게."

고쓰카는 오른쪽 손바닥을 내밀어 제지했다.

"자네가 가면 그쪽과 다투기밖에 더하겠나. 지금 그냥 물러나주면 그쪽은 우리에게 빚을 진 셈이 되네."

장사꾼인 고쓰카다운 생각이었다. 그는 크리에이터가 아니라 경영자라는 사실을 새삼 인식했다.

나는 한숨을 내쉬고 나서 물었다.

"프로젝트 팀은 해산입니까?"

"그래야지. 오늘 밤 이야기를 들어보고 자네에게 메일을 보낼 테니까. 그걸 보고 멤버들에게 통지를 해주게."

"저보다 더 화를 낼 녀석이 있을 겁니다, 분명히."

"그렇겠지."

고쓰카는 어깨를 움츠렸다.

●

그날은 저녁때까지 회사에 있었지만 결국 일이 거의 손에 잡히지 않았다. 도대체 왜 이렇게 된 걸까 하는 생각만 가슴 속에서 끓어올랐다. 일찌감치 회사를 나와 늘 다니는 스포츠센터로 향했다.

40분쯤 사이클을 밟으며 땀을 흠뻑 흘렸지만 기분은 조금도 나아지지 않았다. 자포자기 하는 심정으로 머신 트레이닝을 했지만 오히려 몸만 노곤해질 뿐이었다. 평소 하던 운동의 70퍼센트쯤만 마치고 샤워를 했다.

스포츠센터를 막 나서는데 휴대전화가 울렸다. 표시된 번호는 어디선가 본 것이었지만 확실하게 기억나지는 않았다.

"사쿠마인가? 날세. 고쓰카."

"아아, 사장님. 닛세이하고 미팅은 끝났습니까?"

"끝났네. 그래서 잠깐 하고 싶은 이야기가 있는데. 지금 롯폰기에 있는데 나올 수 있겠나?"

"좋습니다. 어디로 가면 됩니까?"

"사비네야. 알지?"

"알았습니다. 30분이면 도착할 겁니다."

전화를 끊자 때마침 택시가 왔다. 나는 손을 들었다.

'사비네'는 모 건강식품 회사가 세금 대책을 위해 경영하고 있는 술집이다. 나는 두세 번 고쓰카를 따라간 적이 있었다. 엄청나게 넓고, 요란스럽고 호스티스도 많다. 데커레이션케이크 같은 내부 장식은 보기만 해도 진저리가 날 지경이다. 내게 맡겨주면 그 반값에 훨씬 세련되게 리모델링할 수 있을 거라는 생각이 갈 때마다 들었다.

택시에서 내려 옆 건물의 엘리베이터를 탔다.

술집 입구에는 검은 옷을 입은 여자와 키가 큰 금발 여자가 서 있었다. 검은 옷을 입은 여자는 지나칠 만큼 정중하게 인사를 하고, 금발 여자는 어눌한 일본어로 인사말을 건넸다.

"고쓰카 사장님이 와 계실 텐데."

"예, 오셨습니다."

술집은 입구에서 좌우로 갈린다. 왼쪽으로 가면 홀이고, 오른쪽은 카운터다. 나는 오른쪽으로 안내되었다. 그러나 고쓰카가 카운터에서 기다릴 리는 없었다. 안쪽으로 더 들어가면 밀실이 있다. 특별한 손님들을 위한 VIP룸이다. 그렇다고 고쓰카가 이 가게에서 특별한 손님이라는 것은 아니다. 알고 지내는 국회의원 연줄 때문에 약간 억지가 통할 뿐이다. 고쓰카는 지금도 그 국회의원의 이미지 전략 참모를 맡고 있다.

밀실에서 고쓰카가 호스티스 두 명과 함께 헤네시를 온더록 스로 마시고 있었다. 내 얼굴을 보더니 손을 슬쩍 들었다.

"일부러 불러내서 미안하군."

"아닙니다. 계속 신경 쓰였으니까요."

그랬겠지, 라고 말하듯이 고쓰카는 고개를 끄덕였다.

호스티스가 어떻게 마시겠느냐고 묻기에 스트레이트로 하겠다고 대답했다. VIP 룸에는 전용 카운터도 있다. 호스티스는 거기서 브랜디 유리잔을 꺼내왔다. 헤네시를 따랐지만 바로 입에 댈 기분은 아니었다.

"미안한데, 잠깐 둘이 할 이야기가 있어."

고쓰카가 말하자 두 명의 호스티스는 웃음을 지어 보이면서 밖으로 나갔다.

"어떻게 됐습니까?"

내가 물어보았다.

"응, 대충 상황은 파악했네. 며칠 전 임원회의에서 중지 결정이 난 모양이야."

"그건 알았습니다. 그 이유가 알고 싶습니다."

"이유는……"

고쓰카는 얼음이 든 잔을 흔들었다.

"들어가는 돈은 큰데 효과를 기대할 수 없다. 간단하게 말하면 그런 이야기야."

"기대할 수 없다니, 누가 그런 판단을 내린 겁니까? 효과가 있다고 생각했으니까 일단 고 사인이 났던 거 아닙니까?"

"빙빙 돌려 이야기해봐야 납득할 수 없을 테니 확실하게 말하지. 오토모빌 파크에 딴죽을 건 사람은 새로 부사장에 취임한 가쓰라기 씨야."

"가쓰라기라면 회장의 아들……."

"가쓰라기 가쓰토시. 그 사람이 처음부터 다시 생각하라고 지시한 모양이야."

"회장의 응석받이 아들 변덕 때문에 몇 주를 투자한 기획이 취소되었다는 얘깁니까?"

"그 사람은 응석받이 도련님이 아니야. 영업과 판매, 홍보 등의 부서에서 실전 트레이닝을 거친 뒤 미국 지사에서 마케팅 기술을 충분히 익혀 돌아왔네. 쉰도 안 되는 이른 나이에 갑자기 부사장에 취임한 건 회장 아들이기 때문일 테지만 능력엔 전혀 부족함이 없다는 평판이야."

"오늘 밤에 만난 겁니까?"

"만났네. 눈이 매처럼 아주 날카롭더군. 게다가 전혀 웃지도 않고."

부사장에게 어지간히 압도당했는지 고쓰카는 잔에 든 술을 단숨에 들이켰다.

"어처구니없는 독재자가 등장했군."

나도 브랜디 잔으로 손을 뻗었다.

"가쓰라기 씨는 우리에게 한 번 더 기회를 주겠다고 했네."

"예?"

나는 잔을 손에 든 채로 젊은 사장의 얼굴을 바라보았다.

"그렇다면 얘기가 달라지죠. 다시 한 번 기획을 다듬어서 이번에는 군소리가 나오지 않게 만들어야겠네요."

"물론 그럴 생각이네만 그쪽에서 두 가지 조건을 내걸었어. 하나는 환경 문제에 대한 대책을 전면에 내세울 것. 배기가스나 에너지 절약만이 아닐세. 제조 공정에서도 닛세이는 환경 보호를 위해 노력한다는 것을 알리고 싶다더군."

"따분한 일이 되겠군요. 그래, 다른 조건 하나는 뭡니까?"

"응, 그게 말이야."

고쓰카는 자기 잔에 술을 따랐다. 눈을 맞추려 하지 않았다.

"다른 조건이라는 게?"

다시 한 번 물었다.

고쓰카는 슬쩍 한숨을 쉬고 나서 입을 열었다.

"스태프를 새롭게 짤 것. 특히 리더인 사쿠마 순스케는 교체할 것."

내 이름이 나왔는데 그 내용이 바로 이해되지 않았다. 아니, 내 이름이 나왔기 때문에 더 받아들이기 힘들었다.

"저를 빼라고요?"

"가쓰라기 씨는 지금까지 자네가 해온 일들을 철저하게 조사해본 모양이야. 그 결과 한 가지 결론에 도달한 거지. 알겠나? 이건 내가 하는 말이 아닐세. 가쓰라기 부사장이 한 말이야."

"말씀해주십시오."

"사쿠마 씨는 아이디어가 기발해서 단기적으로는 주목을 끌 수 있을지 모르지만, 장기적인 안목이 결여되어 있다. 단순해서 이해하기 쉽기는 하지만 사람 마음을 읽지 못한다. 신차 캠페인을 위해 유원지를 만든다는 발상도 참신하다고는 할 수 없고, 사고가 얕다는 느낌이 든다. 닛세이는 차만 파는 것이 아니라 동시에 프라이드도 팔고 있다. 프라이드를 얻기 위해 유원지에 가는 손님은 없다. 이번에는 좀 더 앞을 내다볼 줄 아는 사람에게 일을 맡기고 싶다. 이상이 가쓰라기 씨의 말일세."

나는 잔을 쥔 채 그대로 굳어 있었다. 분노와 굴욕감이 온몸을 가득 채워가는 듯했다. 입을 열면 고함을 지를 것 같았고, 몸을 움직이면 잔을 내동댕이칠 것 같았다.

"못 들었나?"

고쓰카가 물었다. 나는 고개를 저었다.

"결국 사이버플랜의 사쿠마는 무능하다는……."

"그렇게까지는 얘기하지 않았어. 가쓰라기 씨의 방침에는 맞지 않는다는 거겠지."

"마찬가지 아닙니까? 가쓰라기 씨는 자신이 베스트라고 생각하니까요."

브랜디를 들이켰다. 자극이 식도에서 위로 내려갔다.

"어쨌든 우리 입장에서는 그쪽의 조건을 받아들일 수밖에 없네. 내일 스기모토에게 얘기할 생각이야."

"스기모토가 제 후임입니까?"

"그렇게 되는 거지."

"콘서트나 하던 스기모토 말이죠."

웃어 보였다. 빈정거림이자 허세였다.

"이야기는 이상일세."

"잘 알았습니다."

자리에서 일어났다.

"조금 더 마시고 가지 그러나? 횟술은 누군가와 함께 마셔야 하는 법이야."

"무리한 말씀하지 마세요."

고쓰카는 고개를 끄덕이며 무리일지도 모르지, 라고 중얼거리면서 잔을 기울였다.

사비네를 나온 뒤에도 바로 집으로 돌아갈 기분은 아니어서 몇 번 간 적이 있는 바에 들렀다. 카운터 끄트머리에 앉아 버번을 온더록스 잔으로 들이켰지만 납덩이를 삼킨 듯한 기분은 풀리지 않았다. 사람 마음을 읽지 못한다, 사고가 얕다. 이번에는 앞을 내다볼 줄 아는 사람에게 맡기고 싶다. 아까 들었던 말들 하나하나가 내 안에 있는 뭔가의 밸런스를 무너뜨려갔다.

웃기지도 않는다. 규모가 큰 광고기획사에서 스카우트된 지 4년, 그동안 내 손을 거쳐 히트하지 않은 상품은 아무것도 없다. 물건이건 사람이건 보석이건 쓰레기건 히트시켜왔다고 자부한다. 사람 마음을 읽지 못하는 놈이라면 그런 일이 가능할 리 없다.

기분은 여전히 좋지 않았지만 머리가 약간 멍해져, 그 가게에서도 나왔다. 큰길로 나와 택시를 잡았다.

"어디까지 가십니까?"

운전기사가 물었다.

'가야바초'라고 대답했다. 내 맨션이 거기 있기 때문이다. 그런데 문득 묘한 충동이 일었다. 충동이란 건 원래 그런 것인지도 모른다.

"덴엔초후로 갑시다."

그리고 덧붙였다.

"닛세이자동차의 가쓰라기 쇼타로 회장 저택이 있잖아요. 그 근처."

"아아, 그 큰 저택."

운전기사는 그곳을 알고 있었다.

2

•

미행, 그리고 탐색

•

　엄청나게 큰 서양식 저택이었다. 문패가 붙어 있지 않았다면 무슨 공공시설인 줄 알았을 것이다. 트럭도 너끈히 지나다닐 만한 대문에는 복잡한 무늬가 새겨진 문짝이 붙어 있었다. 그 문을 사이에 두고 차고 셔터가 늘어서 있다. 벤츠건 롤스로이스건 네 대는 넉넉히 들어갈 것 같다. 담 너머에는 작은 정글처럼 나무들이 무성했고, 길에서는 본채의 지붕만이 겨우 보였다. 그 본채도 꽤 멀어 보인다. 문에서 현관까지 걷는 데도 다리품을 꽤 팔아야 하지 않을까 하는 생각이 든다.

　나는 어설프게 저택에 가까이 다가가거나 하지는 않았다. 문설주 위에 감시 카메라가 설치되어 있을 거라는 데 생각이 미쳤다. 물론 카메라는 다른 곳에도 있을 것이다. 그래서 저택 훨씬 앞에서 택시를 내렸다. 지금도 저택에서 20미터쯤 떨어진 곳에 서 있다. 마침 노상에 밴이 주차되어 있어서 그 뒤에 몸을 숨기고 있다.

가쓰라기 가쓰토시를 만나야 한다고 생각했다. 직접 만나서 따지는 거다. 사쿠마 순스케의 어디가 마음에 들지 않는지, 뭐가 사고가 얕다는 것인지. 고쓰카의 설명만으로는 이해할 수가 없다. 도저히 납득할 수 없다.

그렇지만 거대한 요새 같은 저택을 눈앞에 두고 나는 머뭇거렸다. 이런 시각에 찾아간들 가쓰라기 가쓰토시가 만나줄리가 없다. 문 앞에서 쫓겨날 확률이 더 높을 것이다. 이름을 대도 소용없을지 모른다. 진드기 같은 광고쟁이가 불평하러 왔을 뿐이라고 여길 게 뻔하다. 게다가 가령 만나준다 해도 지금 나는 술 냄새를 풍기고 있다. 술김에 쳐들어온 것이라고 생각하면 가쓰라기는 틀림없이 바로 자리를 뜰 것이다.

하기야 술김에 온 것은 사실이었다. 택시 운전기사에게 행선지를 댔을 때는 술기운이 머리끝까지 뻗쳐 있었다.

다른 문제가 아니다. 말하자면 나는 적을 눈앞에 두고 두려워하고 있는 것이다. 얼어버린 것이다. 아무것도 못하고 물러난 뒤에 엄습할 굴욕감이 두려워 이러고 있을 뿐이다. 쳐들어가지 못하는 이유를 이것저것 늘어놓고 있는 것도 나 자신에 대한 변명에 불과하다.

점점 화가 치밀어 올랐다. 나 자신에 대한 분노였다. 사쿠마 순스케가 이렇게 한심한 행동을 해서 어쩌겠다는 것인가.

일단 돌아갔다가 다시 오겠다고, 술기운이 물러간 머리로 다짐했다. 도망가는 것은 아니다. 가쓰라기 가쓰토시와는 반드시 대결할 것이다. 그렇지만 그 방법은 나답게 치밀해야 한다.

나는 저택을 손가락으로 가리켰다. 그리고 마음속으로 중얼거렸다. 기다려라, 가쓰라기. 반드시 내 실력을 보여주마.

그때였다. 뭔가 움직이는 것이 시야에 잡혔다. 나는 담장 끝자락으로 눈길을 돌렸다.

누군가가 담을 넘으려 하고 있었다. 들어가려는 것이 아니다. 나오려 하고 있었다. 사람 그림자가 담장 위의 철책에 올라타 약간 머뭇거리더니 길로 뛰어내렸다. 엉덩방아를 찧었지만 다치지는 않은 모양이었다.

도둑이 아닐까 하는 생각도 잠깐 했지만 바로 지워버렸다. 젊은 여자라는 것을 알았기 때문이다. 스커트를 입은 도둑이 있다는 이야기는 들어본 적이 없다.

여자는 10대 후반이거나 기껏해야 갓 스물을 넘긴 것처럼 보였다. 꽤 미인이고 몸매도 나쁘지 않았다. 그녀가 주위를 살피듯 고개를 돌렸기 때문에 나는 차 뒤로 몸을 숨겼다.

여자가 잰걸음으로 걷기 시작했다. 나는 잠깐 망설이다가 그녀의 뒤를 쫓았다. 가쓰라기 저택 앞을 지날 때는 잠시 감시

카메라에 찍히지 않도록 얼굴을 반대편으로 돌리고 걸었다.

여자를 미행해야겠다는 생각은 직감에 따른 것이었다. 그녀가 가쓰라기 저택에 몰래 들어갔던 것이라고는 생각할 수 없었다. 무슨 사정인지는 모르지만 그 큰 저택에서 빠져나온 것이라고 생각하는 편이 타당하다. 그렇다면 그 사정이란 무엇일까. 그게 마음에 걸렸다.

여자는 뒤쪽에 신경을 쓰는 것 같지는 않았다. 내가 충분히 거리를 두고 있기 때문일 것이다. 큰길로 나서자 그녀는 손을 들어 택시를 잡으려 했다. 그제야 비로소 나는 약간 초조해졌다. 차를 타면 끝장이다.

나는 급히 큰길로 나왔다. 그녀가 탄 택시가 움직이기 시작했다. 그 차의 번호를 외우면서 다음 택시가 오기를 기다렸다. 운 좋게 빈 차가 금방 와서 섰다.

"일단 직진해주세요. 가능한 한 빨리."

올라타자마자 말했는데 운전기사는 그 지시가 못마땅한 모양이었다. 불만스러운 표정으로 차를 출발시켰다. 나는 그 얼굴 옆에 만 엔짜리 지폐를 흔들어 보였다.

"저 앞에 노란 택시가 보일 겁니다. 그 차를 따라가주세요."

"골치 아픈 일은 곤란합니다, 손님."

"괜찮아요. 폐는 끼치지 않을 테니까. 택시에 여자애가 타고 있는데 뒤를 밟아달라는 부모의 부탁을 받았어요."

"아하."

운전기사는 액셀러레이터를 밟았다. 거래가 성립된 모양이다. 나는 만 엔짜리 지폐를 요금 접시 위에 얹어놓았다.

간바치 길로 나가기 전에 따라잡지 못하면 곤란하다고 생각했는데 다행히 그 택시는 앞에서 신호대기에 걸려 있었다.

"저 찹니다."

번호판을 확인하고 운전기사에게 말했다.

"쫓아가서 어떡할 겁니까? 잡을 겁니까?"

운전기사가 물었다.

"아니요, 행선지만 알아내면 됩니다."

"아하, 그걸 부모님에게 보고하는 겁니까?"

"뭐 그런 셈이죠."

"그렇군요. 분명히 귀한 집 아가씨겠죠?"

무얼 어떻게 해석했는지 운전기사는 자기 나름대로 이해를 한 모양이었다.

여자가 탄 택시는 간바치 길을 남쪽으로 달렸다. 내가 탄 차도 그 뒤를 쫓았다. 앞 차가 그다지 속도를 내지 않아 추적하는 건 별로 어렵지 않았다.

"젊은 아가씨라면 시부야 쪽으로 가는 게 아닐까 했는데 그렇지 않은 모양이네요."

운전기사가 말했다. 시부야와는 방향이 달랐기 때문이다.

앞의 택시가 왼쪽으로 방향을 틀었다. 나카하라 가도다.

"이 길을 쭉 따라가면 고탄다죠?"

"그렇죠. 요즘엔 고탄다에도 물 좋은 데가 많다고 하니까요."

놀러 가려고 애써 담을 넘어 빠져나왔다는 건가? 분명히 이 시각에 놀러 나간다고 하면 부모가 좋은 표정을 짓지는 않을 것이다. 그렇지만 담을 넘을 때 그녀의 표정에는 밤에 놀러 나가는 것 같은 여유가 느껴지지 않았다. 더 절박한 표정이었다. 그래서 나도 이렇게 뒤를 쫓고 있는 것이다.

고탄다 역이 눈에 들어왔다. 그렇지만 앞의 택시는 전혀 멈출 기색을 보이지 않았다. 역을 지나쳐 이번에는 오른쪽으로 꺾어졌다.

"어라, 이번엔 시나가와 쪽이네요."

"그런 것 같군요."

여자가 탄 택시는 다이이치게이힌으로 들어섰다. 우리도 그 뒤를 따랐다. 이내 오른쪽에 JR 시나가와 역이 보였다. 왼쪽으로는 유명 호텔들이 줄지어 늘어서 있다.

"앗, 왼쪽으로 들어가는데요."

운전기사가 말했다. 분명히 앞 차가 깜빡이를 켰다.

"따라가세요."

"그렇지만 호텔로 들어가버릴 텐데요."

"상관없습니다."

완만한 비탈길이 끝나는 곳에 호텔 현관이 있었다. 앞 차는 거기서 멈췄다. 나도 약간 떨어진 위치에서 운전기사에게 세워달라고 말했다.

"남자하고 만나기로 한 게 아닐까요?"

운전기사가 영수증을 뜯으면서 말했다.

"그럴지도 모르죠"라고 대충 맞장구를 쳤다.

여자는 회전문을 지나 호텔 안으로 들어갔다. 나도 약간 뒤처져 그 뒤를 따랐다.

운전기사의 추측이 맞을지도 모른다. 몰래 남자와 만날 생각이라면 그런 식으로 저택에서 빠져나온 것도 이해 못할 일은 아니었다. 그렇다면 이런 곳까지 뒤따라온 나는 어리석은 광대 짓을 한 것인가? 아니다. 그게 무엇이든 가쓰라기 집안의 비밀을 알아두어 손해날 일은 없다. 나는 생각을 고쳐먹었다.

프런트는 왼쪽에 있었다. 널찍한 카운터에 지금은 아무도 없다. 여자가 카운터 위의 벨을 눌렀다. 곧바로 안쪽에서 회색 제복을 입은 남자 직원이 나타났다.

나는 지갑에서 만 엔짜리 지폐를 꺼내 여자의 등 뒤로 다가갔다.

"죄송합니다만 오늘은 방이 꽉 차서요."

직원이 여자에게 말했다. 그녀는 급히 방을 얻으려는 모양이었다.

"어떤 방이든 상관없는데요."

여자가 말했다. 나른한 말투였다. R&B를 부르면 어울릴 것 같은 목소리이기도 하다.

"죄송합니다. 이미 모든 방이 다 찼습니다."

중년의 호텔 직원은 어린 아가씨임에도 정중하게 고개를 숙였다. 그러고는 내 쪽으로 시선을 돌렸다.

"뭘 도와드릴까요?"

"2,000엔짜리 지폐가 필요한데, 바꿔줄 수 있습니까? 다섯 장으로."

"만 엔입니까? 잠깐 기다려주십시오."

직원은 일단 안으로 들어갔다.

여자는 내 쪽은 쳐다보지도 않고 힘없는 걸음으로 현관을 향해 걸어갔다. 여기서 놓칠 수는 없다. 나는 카운터를 등졌다. 그때 뒤에서 부르는 소리가 들렸다.

"앗, 손님."

"고마워요. 이젠 괜찮습니다."

어리둥절해하는 직원을 뒤로하고 나도 현관을 지나 밖으로 나왔다.

여자는 호텔 정원을 가로지르는 산책로에 들어서고 있었다. 수상하게 여길까 우려되어 나는 거리를 두고 미행했다. 그녀가 내 존재를 눈치챈 것 같지는 않았다.

산책로는 호텔 출구에서 끝이 났다. 큰길을 사이에 두고 다른 호텔이 있다. 그녀가 어쩔 작정인지 짐작이 갔다.

아니나 다를까, 그녀는 그 호텔로 들어갔다. 그 호텔의 프런트는 1층에 있었다. 비즈니스맨이 자주 이용하는 호텔이라서 밤중인데도 발길이 끊이지 않는다. 나는 프런트가 잘 보이는 장소를 찾아 거기서 그녀의 행동을 지켜보았다.

호텔 직원과 뭔가 이야기를 나누던 그녀는 이내 몸을 돌려 걸음을 옮겼다. 못마땅한 듯한 표정에서 어떤 대화가 오갔는지 뻔히 드러났다.

그녀는 공중전화 부스로 들어갔다. 그러면 그렇지, 하고 고개를 끄덕이며 다가갔다.

그녀는 열심히 전화번호부를 뒤지고 있었다. 어떤 페이지를 찾는지 보나마나 뻔했다.

"이런 시각에 그런 차림으론 어떤 호텔을 찾아가도 헛수고일 텐데."

내 목소리에 그녀의 몸이 움찔하는 반응을 보였다. 놀란 표정으로 나를 쳐다보았다.

"예약도 하지 않은 어린 아가씨가 혼자 묵을 방을 달라고 하니 경계하는 것뿐이야. 호텔 입장에서는 별로 돈도 되지 않는 손님을 재웠다가 골치 아픈 일에 말려들긴 싫을 테니까."

수상한 남자가 흑심을 품고 접근해오는 거라고 생각했는지,

그녀는 전화번호부를 덮고 나가려 했다.

"오늘 밤 잘 곳을 찾고 있죠, 가쓰라기 씨?"

그녀의 걸음이 딱 멈췄다. 기계 장치가 된 인형의 목이 위이잉 하는 소리를 내며 돌아가듯 돌아보았다.

"누구?"

나는 주머니에서 명함을 꺼냈다. 그녀는 거기 찍혀 있는 글자와 내 얼굴을 번갈아 보았다.

"사이버플랜?"

"광고, 프로듀스, 브로커, 뭐든지 하지. 말하자면 기업들을 상대하는 심부름꾼이야. 가쓰라기 씨의 회사는 최대 거래처지. 자, 내 소개가 끝났으니 이번엔 그쪽 차례군."

"그럴 의무 없잖아."

그녀는 명함을 손가락 끝으로 튕겨냈다. 명함이 팔랑거리며 바닥에 떨어졌다.

"그렇다면 내 의무를 수행해야겠군."

나는 명함을 집어 들었다.

"중요한 고객의 집에 숨어들었던 좀도둑을 모른 척할 수는 없지."

약간 치켜 올라간 듯한 그녀의 눈이 휘둥그레졌다. 아무래도 고집스러워 보이기는 하지만 그 표정이 더 미인으로 보인다. 그 눈을 바라보며 말을 이었다.

"그러면 숨어 들어간 게 아니라 빠져나온 건가? 어쨌든 그냥 넘어갈 순 없지. 가쓰라기 씨에게 연락해야겠어."

나는 주머니에서 휴대전화를 꺼냈다.

"그만둬."

"그럼 자기소개를 해."

나는 웃음을 지어 보였다.

"어떤 상황인지 이해가 되면 나도 융통성 없이 굴지는 않아. 경우에 따라서는 오늘 밤 잠자리를 마련해줄 수도 있을 거야."

여자의 얼굴에 망설이는 표정이 드러났다. 아니, 계산하는 표정이라고 해야 할까. 내 정체를 추측하고, 믿어도 괜찮을지 어떨지, 이용하는 게 득이 될지 어떨지 생각하고 있을 것이다.

그녀는 오른손을 내밀었다.

"그 명함 줘요."

"자."

명함을 받아 든 뒤 그녀는 다시 왼손을 내밀었다.

"면허증."

"면허증?"

"이 명함이 당신 것이 아닐 수도 있잖아."

"아, 그렇군."

가까이서 보니 생각보다 어리다. 고등학생쯤으로 보이는데 꽤 야무지다. 나는 지갑에서 면허증을 꺼냈다. 그녀는 공중전화 옆에 놓여 있는 메모지와 볼펜으로 내 주소를 적었다.

"조심성이 많군."

돌려받은 면허증을 집어넣으면서 말했다.

"이름을 밝히는 건 가능한 한 뒤로 미루라고 아빠가……."

"아빠?"

"가쓰라기 가쓰토시."

"아아."

나는 고개를 끄덕였다.

"역시 그랬군. 그렇지만 닛세이자동차 부사장의 따님이 담장을 넘어 탈출하다니, 대체 어떻게 된 일일까?"

"당신하고는 상관없는 일이잖아."

"물론 그렇긴 하지만 지금 이렇게 널 만나고 있는 것은 사실이지. 앞으로 너한테 무슨 사고라도 생기면 책임 문제가 불거질 수 있어. 회사의 존속에 관한 문제야."

"그런 건 내 알 바 아니야."

그녀가 돌아서려 해서 나는 다시 휴대전화를 꺼냈다.

"전화를 걸어야겠군. 지금 당장."

짜증난다는 표정으로 그녀가 뒤돌아보았다.

"내가 내버려두라고 하면 된 거 아냐? 부사장 딸의 명령을 듣지 않을 거야?"

"아쉽게도 나한테 중요한 건 부사장 따님보다 부사장님이라서."

나는 휴대전화의 버튼을 누르는 척 했다.

"그만둬."

그녀가 휴대전화를 빼앗으려 했다. 나는 살짝 피했다.

그때 샐러리맨으로 보이는 중년 남자가 지나갔다. 그는 수
상하다는 듯한 눈초리로 우리를 바라보았다.

"이런 데서 남들 눈에 띄고 싶진 않을 테지? 어디 자리를 옮
겨서 천천히 이야기하지 않겠어?"

그녀는 다시 생각에 잠겼다. 또 계산을 시작했다고 해야 할
까? 잠시 후에 고개를 끄덕였다.

호텔 옆에 있는 카페로 들어갔다. 카페라고는 해도 마실 것
을 직접 받아 가야 하는 셀프 서비스였다. 우리는 도로 쪽이
내다보이는 카운터 테이블에 나란히 앉았다.

나는 그녀를 이용할 방법으로 두 가지를 생각했다. 하나는
무슨 수를 쓰든 오늘 밤 안으로 그녀를 가쓰라기 저택까지 데
려다주는 것이다. 가쓰라기 가쓰토시와의 관계에서 큰 어드
밴티지를 얻게 될 것이다. 아무리 잘난 가쓰라기라 해도 귀한
딸을 보호해주었는데 그리 뻣뻣한 태도로 나오지는 못할 것
이다.

또 한 가지는 그녀의 이야기를 듣는 것이다. 집을 몰래 빠져
나왔다는 것은 분명 뭔가 비밀이 있다는 뜻이다. 그녀의 비밀

은 가쓰라기 집안의 비밀이기도 하다. 그것 또한 앞으로 가쓰라기 가쓰토시와 대결할 때 큰 무기가 될 것이다.

"언제부터 날 지켜봤어?"

커피를 한 모금 마신 뒤 그녀가 먼저 입을 열었다.

"집 앞에서부터. 담을 넘는 모습을 목격했어."

"왜 우리 집 앞에 있었지?"

"별다른 이유 없어. 일 때문에 근처에 갔다가 내친김에 유명하신 가쓰라기 씨의 저택이나 구경해볼까 생각했을 뿐이야."

"길에 아무도 없는 줄 알았는데."

"조금 떨어진 곳에 있었어. 너무 가까이에서 저택을 힐끔거리면 감시카메라에 찍히고 말 테니까."

"그럼 그 후로 날 미행한 거야? 왜? 뭣 때문에?"

"마치 형사가 취조하는 것 같군."

나는 쓴웃음을 지으며 커피를 마셨다.

"아까도 얘기했잖아. 가쓰라기 씨는 우리에겐 중요한 고객이야. 그분 집 담을 넘는 사람이 있으면 어떻게 된 일인지 알아보는 게 당연하지 않나?"

"왜 바로 말을 걸지 않았지?"

"그랬다면 좋았을까?"

내가 묻자 그녀는 입을 다물었다. 나는 커피를 마셨다.

"뭔가 사정이 있는 것 같아서 잠깐 상황을 지켜보자고 생각했어. 설마 이런 곳까지 따라오게 될 줄은 몰랐지만."

"유별나네."

"우리 일은 그러지 않으면 할 수가 없거든. 자, 이제 내가 물을 차례야. 우선, 이름이 뭐야?"

"아까 얘기했잖아."

"부사장님 딸이라는 이야기밖에 못 들었어. 이름을 가르쳐 줘. 네 이름을 불러야 할 때가 있을지도 모르니까."

그녀는 유리창 너머로 도로를 바라보다가 이윽고 툭 내뱉었다.

"주리."

"뭐?"

"주리. 주모쿠樹木의 주, 리카理科의 리."

"아아, 주리 씨. 가쓰라기 주리. 역시, 이름만 들어도 평범한 집 딸이 아니라는 걸 알겠군."

"무슨 뜻?"

"칭찬이야. 그래, 가쓰라기 주리 씨가 집 담장을 넘을 수밖에 없었던 사정이란 대체 뭘까?"

내 질문에 그녀는 한숨을 내쉬었다. 가냘픈 어깨가 살짝 들썩였다.

"말해야 해?"

"싫다면 어쩔 수 없지만."

나는 휴대전화가 들어 있는 주머니에 손을 넣었다.

"알았어. 부모님에게 연락하겠다는 거잖아."

"어른의 의무니까. 어떡할래?"

"잠깐 생각 좀 해보고."

주리는 테이블에 팔꿈치를 얹고 턱을 괴었다. 요즘 여자애들치고는 보기 드물게 피부가 희다. 도자기 같은 피부라고 해야 할까. 티끌 하나 없이 매끄러웠다. 단지 젊기 때문만은 아니다. 시간과 품을 들인 얼굴이다.

아름다운 옆얼굴을 넋을 잃고 보고 있는데 문득 그녀가 내쪽으로 고개를 돌렸다. 나는 순간 움찔했다.

"커피 한 잔 더 할 수 있어?"

"얼마든지."

나는 빈 잔을 반납하고 내 몫까지 커피 두 잔을 샀다. 자리로 돌아오자 주리는 캐스터 슈퍼 마일드를 피우고 있었다.

"어려서부터 담배를 피우는 건 좋지 않아."

"나도 그렇게 생각해. 그런데, 그렇다면 나이 들어서는 괜찮다는 의미?"

"난 피우지 않아."

"건강 때문에?"

"그것도 그렇지만 시간 낭비라고 생각하니까. 한 개비를 피우는 데 3분쯤 걸린다고 하면 하루 한 갑을 피우는 사람은 스물네 시간 중에 한 시간을 연기를 들이마시는 데 허비한다는 계산이 나오지. 담배를 피우면서 일을 한다는 사람도 있지만 그건 말도 안 되는 소리야. 그리고 또 한 가지, 담배를 피우려면 한쪽 손을 희생해야 해. 무얼 하든 두 손으로 하는 것보다 한 손으로 하는 게 더 효율적이라고는 할 수 없잖아."

주리는 내 얼굴을 향해 연기를 내뿜었다.

"그런 사고방식으로 살면 즐거워?"

"즐거워서가 아니라 낭비가 싫을 뿐이야. 그래, 네 결론은 나왔나?"

주리는 담뱃불을 재떨이에 비벼 끄고 두 잔째 커피에 입을 댔다.

"간단하게 말하면 가출이야."

"가출?"

"그래. 그 집에 있는 게 싫어져서 뛰쳐나온 거야. 그러니 부모님에게 들키면 곤란하잖아. 그래서 담을 넘은 거지."

"믿을 수가 없군."

"어째서?"

"그렇게 가벼운 차림으로 할 일은 아니지."

그녀의 짐은 작은 손가방 하나뿐이었다.

"믿건 말건 당신 마음이지만 방해는 하지 말아줘."

그녀는 담뱃갑에서 두 번째 담배를 꺼냈다.

나는 한숨을 쉬며 주위를 둘러보았다. 어린 여자에게 수작을 거는 것으로 비친다면 낭패지만, 그녀에게서 알아내고 싶은 것이 너무 많았다.

"알았어. 가출이라는 건 인정하지. 하지만 그렇다고 해서 그냥 넘어갈 수는 없어. 그 이유를 말해주지 않겠어? 가출할 만한 일이라는 생각이 들면 오늘 밤 일은 못 본 척 넘어가주지."

주리가 다시 연기를 내 쪽으로 뿜었다.

"가출하는 데 어째서 당신의 허락이 필요한 거지?"

"그래야 할 상황이니까. 집에서 나오는 순간 나한테 걸린 게 재수 없는 일이었다고 체념해. 자, 얘기해봐."

나는 재촉하듯이 손짓을 했다.

그녀는 담배를 손가락 사이에 낀 채로, 다른 쪽 엄지손톱을 깨물었다. 손톱도, 이도 잘 관리 받은 듯이 깨끗했다.

그 손가락을 입에서 떼더니 그녀가 곁눈질로 나를 보았다.

"사쿠마 씨라고 했지?"

"기억해줘서 고맙군."

비꼬는 투로 말했다.

"내가 하는 이야기, 아무에게도 말하지 않겠다고 약속할 수 있어?"

"약속한다고 하고 싶지만, 내용에 따라서."

"흐음."

그녀는 자세를 고쳐 앉아 나를 빤히 쳐다보았다.

"꽤 솔직하네. 약속한다고 할 줄 알았는데."

"그런 약속 해봐야 의미가 없잖아."

약속한다고 말하는 거야 간단하지만, 그렇다고 해서 털어놓을 여자는 아니다.

"당신이 약속을 지킨다는 보증은 없는 거네."

"그렇지. 그렇지만 이렇게 말할 수는 있어. 남에게 이야기해서 내가 이득을 볼 수 있느냐 없느냐로 태도가 결정되지. 별이득도 없는데 입 가벼운 남자라는 소리를 듣고 싶지 않거든. 특히 거래처 따님에게는 말이야."

주리가 피식 웃었다. 불쾌하게 받아들였는지 어떤지는 모르겠다.

그녀는 계속해서 담배를 피웠다. 쉴 새 없이 회색 연기를 내뿜는 모습을 나는 그냥 지켜보기로 했다.

"나 말이야."

주리가 입을 열었다.

"가쓰라기 집안의 친딸이 아니야."

"뭐?"

나는 그녀의 옆얼굴을 뚫어지게 바라보았다. 허를 찔린 느낌이었다.

"그런가."

"친딸이 아니라는 말은 정확하지 않은가? 정식…… 그래, 정식 딸은 아니라고 하는 게 나을지도 모르겠네."

"어쨌든 놀라운 고백이군. 사실이라면 말이지."

"믿지 않을 거면 잊어도 돼. 이제 더는 이야기하지 않을 테니까."

"아니."

나는 달래는 시늉을 했다.

"내가 놀랄 만한 이야기였잖아. 앞으로는 말을 자르지 않을 테니까 계속해."

주리는 살짝 콧방귀를 뀌었다. 가십에나 관심이 있는 놈이라고 경멸하는 표정이다. 경우가 경우니만큼 그런 시선도 달게 받아들였다.

"아빠가 재혼한 건 알지?"

"들은 적이 있어. 그렇지만 재혼한 것은 거의 20년 전이잖아."

"딱 20년 전, 전 부인하고는 합의 이혼했어. 지금 부인과의 사이에 딸이 하나."

"그 딸이 너라는 말은 아닌 것 같네."

자기 어머니를 '지금 부인'이라고 부르지는 않을 것이다. 그렇지만 그녀는 '전부인'이라는 말도 했다. 결국 그녀는 전처의 딸도 아니라는 이야기가 된다.

"난 그러니까 전 애인의 딸이야."

너무나도 쉽게 말해버려 나는 아무 대답도 하지 못했다. 입을 멍하니 벌린 채로 눈만 깜빡거렸다.

"전 애인이라는 말 역시 맞지 않을지도 모르겠네. 전전 애인일지도 모르고, 그전 애인일지도 모르지. 어쨌든 그 사람 워낙 많으니까."

입만 살짝 움직여 웃어 보였다. 그 사람이란 그녀의 아버지를 가리키는 것 같다.

"가쓰라기 씨가 전 부인하고 결혼해 사는 동안 사귄 애인이라는 뜻인가?"

"뭐 그런 셈이지. 이혼도 그 때문에 하게 된 것 같아. 전 부인은 나름 행세하는 집안의 따님이었을 테니 아무리 상대가 천하의 가쓰라기 가문이라 해도 싫은 건 싫다고 하지 않았을까?"

주리의 이야기를 듣고 나도 모르게 빙그레 웃었다. 가쓰라기 가쓰토시가 사생활에서는 그런 오점을 남겼다니 웃기는 일이다.

"그래서, 애인의 딸인 네가 어째서 가쓰라기 집안에 있는 거지?"

"이야기는 간단해. 엄마가 죽었으니까. 백혈병이었대. 무지 예뻤다고 하니까 미인박명이라고 해야 하나?"

특별히 슬퍼하는 기색도 없이 주리는 말했다.

"어머니 기억은 전혀 나지 않아?"

그녀는 고개를 가로저었다.

"어렴풋이 기억나는 것 같기도 하지만, 잘 모르겠어. 기억 못하는 건지도 모르지. 사진 같은 걸 보고는 그걸 내 기억이라고 착각하는 건지도."

냉정한 분석이었다.

"네가 가쓰라기가에 맡겨진 건 언젠데?"

"여덟 살 때. 그렇지만 엄마가 돌아가신 건 내가 세 살 때였어. 그동안 할머니 집에서 자랐어."

여덟 살이라면 인격 형성도 끝났을 무렵이다. 낯선 곳에 맡겨졌을 때 어떤 기분이었을까 상상하니 주리가 약간 측은하게 여겨졌다.

"여덟 살이 될 때까지 가쓰라기 씨가 데려다 키우지 않은 것은 왜일까?"

"글쎄, 재혼한 부인에게 정신이 팔렸던 거 아닐까? 딸도 태어났고."

"그런데 왜 갑자기 데려다 키우기로 한 거지?"

"할머니가 쓰러지셨으니까. 누군가가 키워주지 않으면 곤란하잖아. 아빠는 내 존재를 알고 있었으니까, 다른 누군가에게 맡겨서 시끄러워지기보다는 그 기회에 친딸로 집에 들이

46

는 편이 낫다고 생각한 거 아니겠어?"

주리는 재떨이에 담뱃불을 껐다.

"그 뒤로 쭉 그 집에?"

"형식적으로는."

"형식적으로?"

"생각해보면 알 거 아니야. 여덟 살이라고는 해도 갑자기 다른 여자가 낳은 아이가 들어오면 부인이나 그 딸이 좋아할 리 없잖아. 아빠도 그걸 아니까 나를 기숙사가 있는 학교에 집어넣으셨지. 그것도 센다이에 있는 학교에."

"초등학교 때부터?"

"초등학교부터 고등학교 때까지. 집에 오는 것은 방학 때뿐이었어. 그래도 집에 오고 싶은 마음은 눈곱만큼도 없었어. 그냥 쭉 기숙사에 있고 싶었지. 하지만 학교 규칙상 특별한 사정이 없는 한 집으로 돌아가야 했어. 여름방학도, 겨울방학도, 봄방학도 정말 싫었지. 그런 게 없었으면 좋겠다고 늘 생각했어. 다른 애들은 방학이 다가오면 좋아하고 끝나가면 아쉬워하지만 난 정반대였어. 8월이 끝나기를 얼마나 기다렸는데."

주리는 유리창 너머로 거리를 바라보았다. 쓸쓸함과 공허함이 공존하는 듯한 표정이었다. 어린 시절을 그런 얼굴을 하고 보냈는지도 모른다.

"지금은 대학생?"

"응. 2학년."

어느 대학인지 물으려다 그만두었다. 관계없는 일이고 게다가 달리 묻고 싶은 것이 있었다.

"그래서 도쿄에 돌아온 건가?"

"사실은 센다이에 남고 싶었어. 꼭 센다이가 아니라도 도쿄가 아닌 다른 곳에 있는 대학에 가고 싶었지. 그렇지만 돌아오라고 하니 시키는 대로 할 수밖에. 어쨌든 계속 돌봐주고 있으니까."

"가쓰라기 씨가 돌아오라고 했어?"

"응. 뭐 아빠 생각은 대략 짐작이 가지만."

"어떤 걸까?"

"말하자면 앞날을 걱정하기 시작한 거지. 나를 일찌감치 누군가에게 시집보내려는 거야. 그러려면 가까운 곳에 둬야 하잖아."

"그렇군."

묘한 이야기이긴 하지만 이해는 할 수 있었다.

"그래서 지금의 생활을 견딜 수가 없어 그만 뛰쳐나왔다는 건가? 담장을 넘어서?"

"이해가 돼?"

"사정은 파악했어. 그렇지만 그렇게 싫었어? 집안사람들과 잘 지내지 못했다거나."

"결코 잘 지냈다고는 할 수 없겠지."

그녀는 담배를 또 한 개비 뽑으려 했다. 그러나 조금 전에 피운 담배가 마지막이었던 모양이다. 빈 갑을 손으로 구겼다.

"신데렐라도 아니고, 노골적으로 날 미워하는 건 아니야. 그래도 보이지 않는 심술은 실컷 맛봤지. 이러니저러니 해도 역시 나는 남이니까. 시간이 아무리 지나도 섞일 수가 없었어. 그 사람들도 받아들여주지 않고. 내가 없으면 그 사람들은 완벽한 가족이지. 그런데 거기 내가 끼어드는 바람에 홈드라마 배우 꼴이 되어버렸어. 말도, 행동도 다 공허하고 숨이 막힐 것 같았지."

그녀는 나를 보고 물었다.

"이해돼?"

"대충은."

내가 대답했다.

"넌 어때? 가쓰라기 집안사람들에 대해서. 감정이 별로 좋지 않은 건가? 이를테면 새어머니라든지."

"짓궂은 질문이네."

그녀는 한숨을 내쉬었다.

"좋아할 수 있을 거라고 생각해? 나를 계속 무시해온 사람들이야. 그것도 웃는 얼굴로. 웃는 표정의 가면을 쓰고."

말솜씨가 좋구나, 하고 나는 감탄했다.

"딸은 어때? 그러니까, 너한테는 이복 여동생이 되는 건가?"

"그 애는……."

주리는 입을 다물고 고개를 약간 갸웃거렸다. 표현을 고르고 있는 얼굴이다. 그 표정 그대로 대답했다.

"정말 싫어."

3

●

유괴 게임

●

가야바초 폴라 호텔에 체크인했을 때는 자정이 지난 시각이었다. 알고 지내는 사람들이 도쿄에 오면 자주 이용하는 비즈니스호텔이라 내가 프런트에 이야기하면 방을 뺄 수 있었다. 오늘 밤도 주리는 계단 뒤에서 기다리게 하고 수속을 마쳤다.

"가출에 가담할 생각은 없지만 나를 믿고 여러 가지 이야기를 해주었으니까, 특별 서비스야."

나는 방으로 들어가 키를 작은 책상 위에 놓았다. 싱글 침대, 텔레비전, 책상 그리고 냉장고만 있는 방이다.

"일단 이틀 예약을 해두었어. 체크아웃은 모레 낮 12시야."

그렇게 말하고는 시계를 보며 정정했다.

"12시가 지났으니 내일이라고 해야 하나."

"어째서 이틀이야?"

"일단 그렇게 해둔 거야. 하루 푹 자고 집에 돌아갈 마음이 들면 언제든 나가면 돼. 다만 그때는 나한테 전화 한 통 해줘."

"그러니까, 집에 돌아가지 않을 거라면 여기 있으라는 뜻이네."

"오늘 밤은 늦었으니까 어쨌든 푹 자둬. 내일 다시 이야기하자."

나는 문을 향해 걸어갔다. 하지만 이내 걸음을 멈추고 돌아섰다.

"그런데, 돈은 있지?"

그러자 그녀는 시선을 피했다. 속눈썹이 가늘게 떨렸다.

"돈도 없이 호텔에 묵으려 했던 거야?"

"카드가 있는걸."

"아하, 가족카드 말이지?"

나는 지갑에서 만 엔짜리 지폐 두 장을 꺼냈다.

"일단 두고 갈게. 만약을 위해서."

"필요 없어. 그런 거."

"그럼 여기 그냥 놔두면 돼."

만 엔짜리 지폐를 텔레비전 위에 두고 누름돌 대신 리모컨을 올려놓았다.

"그럼 내일 봐. 그땐 좀 고분고분해져 있으면 좋겠군. 말해두겠는데, 가족카드 같은 건 신고가 들어가면 바로 사용 정지야. 돈도 없이 대체 앞으로 어쩔 작정이지?"

주리의 대답을 기다리지도 않고 나는 다시 문 쪽으로 향했다. 문을 당기려는 찰나 뒤에서 그녀가 말했다.

"돈을 갖고 나오는 건데."

그녀의 말에 나는 뒤를 돌아보았다.

"뭐라고?"

"돈, 갖고 나왔으면 좋았을 거라고. 돈이 아니라 뭔가 값나가는 거. 다이아몬드든 뭐든. 그랬다면 한동안 쪼들리지 않아도 될 텐데."

"그만큼 충동적인 행동이었다는 거지. 내일이면 마음이 변할 거야. 일단 내가 가쓰라기 씨에게 연락하는 건 보류해둘게."

"난 절대 돌아가지 않을 거야."

"뭐 천천히 생각해보도록 해."

"나 말이야. 그 집 재산을 조금은 받을 권리가 있는 거지?"

불쑥 튀어나온 질문에 잠깐 당황했다. 나는 어깨를 움츠려 보였다.

"있겠지. 하지만 그건 네가 계속 그 집 딸로 남아 있을 때 이야기야."

"집을 나오면 안 된다는 거야?"

"글쎄. 그렇지만 그런 거 지금 생각해봐야 의미가 없어. 재산을 물려받는 건 가쓰라기 씨가 죽고 나서니까. 몇 십 년 뒤의 일이지."

"죽기 전에 상속받는 방법도 있다고 들은 적이 있어."

"생전 증여라는 거 말인가? 없는 건 아니지만 가쓰라기 씨가 결정할 문제야. 네가 요구하는 건 좀 그렇지. 어쨌든 그것도 집에 돌아가지 않으면 해당 사항이 없을걸."

자신이 무일푼이라는 사실을 깨닫고 나니 새삼 잃어버린 것의 중요성을 실감하는 모양이다. 가출한 주제에 집의 재산을 신경 쓰는 건 가쓰라기 가쓰토시의 피를 이어받았기 때문인지도 모른다.

나는 문의 손잡이를 당겼다.

"그럼, 잘 자."

"잠깐만."

나는 문을 조금 연 채로 뒤를 돌아보았다.

"또 뭐야?"

"내 부탁, 들어줄 수 있어?"

고개를 살짝 숙인 채 눈을 위로 치켜떴다. 지금까지 보이지 않았던 표정이다.

"무슨 부탁인지 들어본 다음에."

"그리 어려운 일은 아니야. 일단 집에 전화해서 나하고 함께 있다고 말해주면 돼."

"그렇게 하면 되는 건가?"

"그다음에 돈을 받아 와줘. 나는 이제 집에 돌아가지 않을 거니까, 당분간 생활할 수 있는 돈이 필요하다고 했다고."

나는 다시 문을 닫았다. 이런 이야기가 밖으로 새나가면 골치 아프다. 주리의 얼굴을 보며 그녀가 농담을 한 게 아니라는 것을 확인하고 나서 두 팔을 살짝 펼쳤다.

"제정신으로 하는 소리야? 그렇지 않으면 날 놀리는 건가?"

"내가 전화하면 돌아오라고 할 게 뻔하잖아."

"내가 전화해도 마찬가지야. 쓸데없이 전화 걸 시간이 있으면 얼른 딸이나 데려오라고 호통을 치시겠지. 아까도 말했지만 가쓰라기 씨는 우리에게 중요한 고객이야. 이렇게 너를 호텔에 재웠다는 것 자체가 배신행위라고."

"내가 돌아가고 싶어 하지 않는다고 하면 되잖아."

"그런 말이 먹힐 것 같아? 자칫하다간 내가 유괴범으로 고발당하고 말걸."

"그럼, 일단 유괴라고 하면?"

"뭐?"

"이름을 밝히지 않고 전화로 이렇게 말하는 거야. 딸을 돌려받고 싶으면 1,000만 엔을 준비해라."

나는 허리를 굽혀 아래쪽에서 그녀의 얼굴을 들여다보았다.

"너, 제정신이니?"

"어쨌든 나는 돌아가지 않을 거고, 돈이 필요해. 그런 마당에 뭘 못하겠어."

"잘 알았어."

두 손을 살짝 들어 올리고 고개를 끄덕였다.

"찬물로 샤워라도 하는 게 좋겠다. 일단 머리 좀 식혀."

주리는 아직 뭔가 더 할 말이 있는 듯했지만 나는 무시하고 방을 나왔다.

호텔에서 내 맨션까지는 걸어서 10분쯤 걸리는 거리다. 밤길을 걸으면서 주리와 나눴던 대화를 되새겼다. 저녁때부터 꽤 술을 마셨는데도 취기는 남아 있지 않았다. 그만큼 그녀의 이야기는 자극적이었다.

가쓰라기 가쓰토시의 집안에 그런 골치 아픈 일이 있었다니 놀랍다. 그 사실을 어떻게 활용할 것인가는 아직 정하지 않았지만 알아두어 손해날 일은 없다. 언젠가 히든카드로 쓸 수 있는 날이 올지도 모른다. 몇 시간 전만 해도 축 지쳐 있던 기분이 지금은 완전히 가셨다.

●

다음 날, 출근하자 고쓰카가 불렀다. 사장실에서 고쓰카가 스기모토 도모야와 이야기를 나누고 있었다. 스기모토는 콘서트 같은 음악 관련 업무를 주로 해왔다. 나보다 한 살 아래지만 나름대로 실적은 있다. 닛세이자동차 프로젝트의 후임이 이 남자라는 것을 기억해냈다.

"어제 일을 스기모토에게 얘기하던 참이네."

나를 보고 고쓰카가 말했다.

스기모토는 나하고 눈이 마주치자 난처한지 사장의 책상 위로 시선을 떨어뜨렸다.

"업무 인계를 하라는 말씀입니까?"

"아니, 그럴 필요는 없네. 어차피 처음부터 다시 짜야 해. 그러지 않으면 저쪽에서 받아들이지 않을 거야."

가쓰라기 가쓰토시가 받아들이지 않을 거라는 뜻일 것이다.

"스태프에게 오토모빌 파크가 좌절됐다는 이야기는 했나?"

"아뇨. 이제 해야죠."

"그런가?"

고쓰카는 생각에 잠긴 듯한 표정을 지었다.

"왜요?"

"실은 여러 가지 생각을 해봤는데, 역시 지금 새 팀을 짜기는 어렵겠어. 부분적인 교체야 가능할 테지만 몽땅 갈아 치우는 건 물리적으로 무리지."

무슨 말을 하려는 건지 이해가 되었다.

"팀은 그대로 남겨두겠다는 말씀이군요. 팀 리더만 교체하고."

"뭐 그런 이야기지. 어쨌든 시간이 없으니까 말이야. 닛세이
도 그렇게 하는 걸로 이해해주기로 했네."

좋으시겠습니다, 라는 말을 삼키며 고개를 끄덕였다.

"그리고 오늘 오후에 닛세이와 미팅이 있어. 그 자리에 참석
해줬으면 하네."

"제가 말입니까? 왜요?"

억지로 웃어 보이며 말했다.

"그쪽에서는 이제 저한테 볼일이 없을 텐데요."

"그러지 말게. 그쪽에서도 제대로 설명하고 싶다는 거니까.
스기모토 소개가 끝나면 돌아가도 되네."

새 감독의 취임 발표 석상에 밀려난 감독도 출석하라는 건
가? 이렇게까지 굴욕적인 대우를 받아본 기억은 없었다.

불현듯 주리의 얼굴이 떠올랐다. 그리고 어떤 생각이 뇌리
를 스쳤다.

"어차피 가쓰라기 씨는 나오지 않을 거 아닙니까."

"아니, 나올 거야."

"그럴까요?"

나는 고개를 갸웃거렸다.

"왜 그런 소리를 하는 거지? 조금 전에 확인했네. 가쓰라기
부사장도 출석할 거라고 그쪽에서 확실하게 말했어."

"조금 전이라고요?"

"그래. 그게 왜?"

"아닙니다."

딸이 집을 나갔는데 인사나 나누는 정도의 미팅까지 출석할 여유가 있다는 걸까. 그렇지 않으면 가쓰라기 가쓰토시는 주리가 없어졌다는 사실을 아직 모르는 걸까. 그럴 리는 없을 것이다. 누군가가 알게 되면 일단 아버지에게 알릴 것이다.

"알겠습니다. 출석하겠습니다. 가쓰라기 씨의 얼굴을 잘 봐두겠습니다."

"문제는 일으키지 말게. 자넨 끝까지 입 다물면 되는 거야."

고쓰카는 내 가슴을 손가락으로 가리키며 못을 박았다.

●

닛세이자동차의 도쿄 본사는 신주쿠에 있다. 번거로운 절차를 몇 번 거친 뒤 우리는 회의실로 안내되었다. 그쪽 사람들은 이미 기다리고 있었다.

뚱뚱한 홍보부장이 이번 프로젝트를 처음부터 다시 시작하고 싶다는 뜻을 설명했다. 어제 고쓰카에게 들었던 이야기보다는 꽤 소프트 터치였지만 내 아이디어를 비난하는 내용에는 차이가 없었다.

가쓰라기 가쓰토시는 없었다. 조금 늦을 거라는 이야기였지만 역시 오지 않을 것이다. 올 수 없을 것이다. 지금쯤 경찰에 수사를 의뢰하고 있을지도 모른다.

홍보부장의 이야기는 앞으로 어떻게 할 것인가 하는 내용으로 옮겨가 있었다. 콘셉트, 니즈, TI 등 제대로 된 홍보 담당자라면 창피해서 쓰지도 않을 단어들이 툭툭 튀어나왔다. 나는 지겨워졌다. 스기모토의 소개도 끝났으니 틈을 봐서 나가야겠다고 생각했다.

몇 번인가 하품을 참았을 때였다. 노크도 없이 문이 열렸다. 어두운색 양복을 입은, 어깨가 넓은 남자가 들어왔다. 홍보부장은 이야기를 중단했다.

남자는 날카로운 눈으로 실내를 둘러본 뒤 제일 상석으로 갔다.

가쓰라기 가쓰토시가 틀림없다.

"뭔가? 왜 이야기를 중간에 끊는 거지?"

남자는 못마땅한 듯한 표정으로 홍보부장을 보았다.

홍보부장은 서둘러 이야기를 다시 시작하려 했지만 스스로도 어디까지 말했는지 까먹은 듯 무척 당황한 모습을 보였다. 말하자면 그만큼 위압감에 짓눌린 것이다.

"저 사람이 가쓰라기 씨입니까?"

나는 옆에 있는 고쓰카에게 작은 목소리로 물었다. 고쓰카는 아주 살짝 고개를 끄덕였다.

홍보부장이 겨우 원래 상태를 회복하고 다시 따분한 설명을 이어갔다. 나는 그 이야기에는 귀 기울이지 않고 내 실력을 완전히 무시해버린 부사장의 얼굴을 계속해서 곁눈으로 지켜보고 있었다. 가쓰라기 가쓰토시 또한 홍보부장의 이야기에는 별로 관심이 없어 보였다. 이야기에 내용이 없기 때문인지 뭔가 다른 이유, 즉 딸이 행방불명되었기 때문인지는 알 수 없었다.

홍보부장의 이야기가 끝나고, 이어서 닛세이자동차 측의 다른 사람이 일어서려고 했을 때 잠깐, 하며 가쓰라기가 손을 들었다. 모두가 주목하는 가운데 그는 자리에 앉은 채로 입을 열었다.

"이번 계획 변경으로 여러분에게 폐를 끼치고 있다는 것은 압니다. 그러나 이해해주셨으면 하는 것이, 우리는 단순히 축제를 벌이려는 것이 아닙니다. 혁신적일 필요는 있지만 운에 맡기는 갬블을 할 생각은 없습니다. 우리가 해야 할 일은 어디까지나 비즈니스라는 이름의 게임입니다. 여기에는 면밀한 계획과 대담한 실행력이 요구됩니다. 게임인 이상 이겨야 합니다. 게임이라고 얕봐서는 곤란합니다. 세상에는 목숨을 건 게임이 수없이 많습니다. 이것도 그 가운데 하나라고 생각하십시오. 그리고 나는 게임에는 어느 정도 자신이 있습니다.

그런 내가 게임 플랜을 다시 짜야 할 필요가 있다고 판단한 것입니다."

마치 너희는 장기판의 말이니 내가 시키는 대로 움직이면 된다는 이야기 같았다. 아니, 실제로 그가 하고 싶은 말은 그뿐일 것이다. 부드럽고 온화한 말투이기는 하지만 실내를 울릴 만한 박력을 갖추었다. 모든 사람의 자세가 몇 분 전보다 더 굳어진 것 같은 느낌이 들었다.

결국 나는 회의가 끝날 때까지 거기 앉아 있었다. 그동안 가쓰라기 가쓰토시를 계속 몰래 관찰했지만, 딴 생각을 하는 듯한 기색은 전혀 찾아볼 수 없었다. 부하 직원이나 고쓰카가 이야기를 할 때도 얼핏 보기에는 관심이 없는 듯한 표정이지만, 눈에 깃든 날카로운 빛은 사그라지지 않았던 것이다. 역시 보통 사람은 아닌 모양이라고 생각했다.

내 마음속에서는 굴욕감과 투지가 믹서에 넣은 듯이 소용돌이쳤다. 게임이라고? 그렇군. 당신은 게임의 고수인 척하고 있다. 그렇지만 게임이라면 나도 자신이 있다. 그렇다면 누가 진짜 고수인지 확실히 가려야 하지 않겠는가. 승부도 겨루지 않고 멋대로 취소하는 법이 어디 있는가. 가쓰라기 가쓰토시, 나하고 승부를 겨루자. 그런 생각을 그에게 계속 보냈다. 그렇지만 그는 그런 파동을 느끼지 못하는 것 같았다.

회의가 끝난 뒤 고쓰카가 가쓰라기 쪽으로 달려갔다. 인사를 하고, 이어서 나를 소개하려 했다. 그러나 가쓰라기는 나를 보려고 하지도 않고 귀찮다는 듯이 손을 내저으며 등을 돌렸다.

"됐습니다. 관련자 이외의 사람은 소개받아봤자 무의미합니다."

그러더니 바로 걸어 나가버렸다.

나와 고쓰카는 아무 말 없이 대기업 부사장의 뒷모습을 지켜보았다. 안쓰럽다는 듯 쳐다보는 주위 사람들의 시선이 느껴졌다.

어금니를 깨물며 굴욕감을 참는 내 어깨를 고쓰카가 두 번 두드렸다.

●

그날 밤, 나는 아카사카에 있는 이탈리안 레스토랑에서 마키라는 여자와 식사를 하고 있었다. 마키는 햇병아리 모델이다. 그래봤자 제대로 된 모델 일을 한 것은 몇 번 되지도 않을 것이다. 그녀에게 들어오는 일이라고는 캠페인 걸이나 도우미 정도다. 생계 때문에 몇 번인가 클럽에서 일했다는 것도 나는 잘 안다. 지금까지 내가 먼저 연락을 한 적은 한 번도 없다. 전화를 거는 것은 늘 그녀였다. 그렇다고 해서 그녀가 내게 반했다고 생각할 만큼 바보는 아니다. 그녀에게 나는 중요한 인맥 가운데 하나일 것이다.

그러나 오늘 밤은 내가 먼저 전화를 했다. 어떤 식으로든 기분을 풀지 않고는 집에 돌아가고 싶지 않았기 때문이다. 식사를 한 뒤에는 어디로든 한잔하러 가서 상황을 보아 유혹할 생각이었다. 육체관계를 맺으면 좀 귀찮아질지도 모르지만 지금 이 기분 상태 그대로 밤을 지내느니 차라리 그편이 낫다고 생각한 것이다.

생선 요리가 나왔을 때 화이트 와인 병은 비어 있었다. 나는 같은 것으로 한 병 더 주문했다. 고기 요리가 나오면 그때 다시 레드 와인을 주문해도 된다.

"빨리 마시네."

마키가 어색한 손놀림으로 음식을 입에 넣으며 말했다. 다이어트를 하는 그녀는 의식적으로 더 오래 씹고 있었다. 그런 모습을 보니 좀 답답했지만 기분 상하게 할 수는 없었다.

"마음이 들떠서 그런 거 아닐까? 긴장하면 목이 마른 법이니까."

나는 와인을 마셨다.

"왜 들떠?"

"그야 네가 만나줬으니까. 갑자기 불러내서 거절당할 줄 알았거든."

"또 그런. 말은 잘한다니까."

웃어넘겼지만 눈은 싫지만은 않다고 말하고 있었다.

"이렇게 직선적으로 말하면 꼭 진심으로 받아들이지 않더라. 일본에서 여자를 칭찬하기는 정말 어려워. 그렇지만 사실 긴장했어. 내가 생각하기에도 좀 이상하지만 말이야."

"그래?"

그녀는 고개를 갸웃거렸다.

"우선은 이렇게 여자와 마주 앉아 식사를 하는 것이 오래간만이기 때문이겠지. 그리고 또 하나, 지금까지 내가 너한테 먼저 연락한 적은 없었어. 그 룰을 깬 것에 대한 께름칙함 때문일 테고."

"정말 그러네. 오늘은 어쩐 일이야. 그냥 변덕?"

"그런 소리 들어도 어쩔 수 없는 데이트 신청이었지만 그래도 난 지금까지 몇 번이나 만나자고 하고 싶었어. 그렇지만 도저히 전화를 할 수 없었지. 그런데 오늘 밤은 이상하게 용기가 난 거야."

거짓말도 때론 필요하다.

"회사에 무슨 일 있어?"

마키가 내 얼굴을 들여다보았다.

"아니, 별로."

나는 와인 잔을 들어 올렸다. 그녀에게 자세한 상황을 이야기할 생각은 전혀 없었다. 그녀의 역할은 그런 것이 아니다.

맛이 그저 그런 요리와 와인을 삼키면서 나는 마키가 관심을 보일 만한 정보를 몇 가지 제공하고, 그것과 관계있는 에피소드를 들려주며 중간 중간 가벼운 농담을 곁들였다. 젊은 여자가 상대방의 이야기를 듣는 것만으로 만족할 리 없다는 것을 잘 알기 때문에 그다음에는 듣는 역할로 돌아갔다. 그녀의 이야기는 유치하고 이렇다 할 결말도 없고, 게다가 그 구성도 형편없었기 때문에 졸음을 견디기 힘들 만큼 따분했다. 그래도 나는 하품이 나오는 것을 참으며, 이렇게 재미있는 이야기는 들어본 적이 없다는 듯한 표정으로 계속 맞장구를 쳐주었다. 그녀는 오늘 밤만은 스스로가 말을 잘하는 것 같은 기분이 들었을 것이다.

남녀 관계란 게임이다. 그렇지만 게임은 맞붙는 상대가 강해야만 재미가 있다. 그런 점에서 오늘 밤 상대는 너무 재미가 없다. 나는 즐거워하는 마키의 표정을 보면서 역시 다른 여자를 불러내야 했던 게 아닐까 하는 생각을 했다. 회사원을 불러냈다면 일단 갑작스러운 데이트 신청에 경계했을 테니 그 경계심을 푸느라 이런저런 수법과 다양한 기술을 구사해야 했을 것이다. 식사 중에 나눌 화제를 고르기도 그리 쉽지는 않았을 것이다. 그래도 어차피 여자와 데이트를 하는 것이라면 약간은 신경을 집중해야 하는 상대가 낫다.

말하자면 내가 여자들에게 요구하는 것은 육체가 아니라 자극적이고 수준 높은 게임인 것이다. 섹스는 그 게임의 승리에 뒤따르는 전리품에 불과하다.

연애뿐만 아니라 나는 모든 일에 있어서 그랬다. 게임으로 여기고 그것을 극복하는 데서 기쁨을 느껴왔다. 스포츠는 물론이고 공부도 마찬가지였다. 성적의 우열이란 게임의 승패에 불과하다. 대학 입시 같은 것이 대표적이다. 거기서 포인트를 많이 쌓아두면 인생이라는 최대의 게임에서도 승리를 거머쥘 수 있다. 그렇게 믿고 입시를 준비했고, 그 결과 희망하는 대학에 들어갔다. 취업을 할 때도 짜낼 수 있는 모든 방법을 동원해 바라던 회사에 들어갔다. 모두가 계획을 잘 짰기 때문이라고 생각한다.

지금까지 살아오면서 게임에서 진 적은 거의 없다. 가쓰라기 가쓰토시의 말이 아니더라도 내게는 일 역시 하나의 게임이다. 이번 닛세이자동차의 캠페인도 마찬가지다. 그리고 오토모빌 파크 플랜이야말로 승리를 움켜쥘 수 있는 계획이라 믿어왔고, 지금도 그렇게 믿고 있다.

게임에는 어느 정도 자신이 있다고?

그렇다면 승부를 겨뤄보지 않겠는가. 누가 진짜 고수인지, 확실히 가려보지 않겠는가.

하지만 도대체 어떻게 해야 좋을까. 상대는 내게서 싸울 찬스를 앗아갔다. 아쉽게도 내게는 싸움을 걸 방법이 없다.

"왜 그래?"

마키가 이상하다는 듯한 표정으로 나를 바라보았다. 생각에 잠겨 이야기를 놓쳐버린 모양이다.

"아니, 아무것도 아니야. 와인을 좀 많이 마셨나?"

웃으며 디저트로 나온 셔벗을 떴다.

레스토랑에서 나온 뒤 한잔 더 하겠느냐고 물어봤다. 마키는 전혀 망설이지 않고 동의했다. 나는 택시를 잡았다.

"그렇지만 안심이야. 사쿠마 씨가 괜찮은 것 같아서."

"무슨 뜻이야?"

"응, 그게……."

그녀는 표현을 고르는 듯이 입을 다물었다가 다시 말을 이었다.

"침울해하고 있는 게 아닐까 걱정했거든. 침울해 있지 않으면 기분이 아주 나쁘거나."

"별 이상한 소리를 다 하네. 어째서 내가 침울하거나 기분이 나빠야 하지?"

그러자 그녀는 난처한 듯이 고개를 약간 숙이고 나를 보았다.

"오늘 낮에 준코하고 통화했거든. 알지? 우에노 준코."

"물론 알지."

우에노 준코는 사이버플랜의 직원이다. 내가 마키와 알게 된 것도 그녀를 통해서다. 두 사람은 고등학교 때부터 친구 사이였던 모양이다.

"그 친구가 뭐라고 그래?"

"응. 통화하다 사쿠마 씨 이야기가 나왔는데, 지금 아마 우울할 거라고 준코가 그랬어."

"우울?"

"큰 프로젝트를 맡았었는데 갑자기 그 일에서 손을 떼게 되었다고……."

"그 친구가 그랬어?"

"응."

나는 한숨을 내쉬었다. 닛세이자동차의 캠페인에서 사쿠마 순스케가 제외되었다는 이야기는 전 사원이 알고, 틀림없이 이런저런 소문이 떠돌 것이다. 그 가운데는 속 시원하다는 놈도 있을 것이다. 일 때문에 내게 야단을 맞았거나 밀렸다고 생각하는 놈들이 적지 않다.

"준코가 그랬어. 사쿠마 씨를 빼다니 바보들이라고. 어떤 일이든 그 정도로 완벽하게 해낼 사람은 없다고 말이야."

"그렇게까지 말해주다니 영광이군."

우에노 준코 따위에게 그런 소리를 들어봤자 조금도 기쁘지 않다. 오히려 동정을 받는 것 같아 굴욕감을 느낄 뿐이었다.

"거짓말 아니야. 범죄를 제외한다면 누구도 사쿠마 씨에게는 이길 수 없을 거라고도 했어."

"흐음……."

문득 마음속에서 뭔가가 걸렸다. 뭔가 잊어버린 것이 있다는 사실을 깨닫기 직전에 느끼는 것과 같은 감각이다. 이윽고 그것은 또렷한 모습을 갖추며 하나의 영상이 되어 머릿속에 떠올랐다.

"미안합니다. 여기 세워주세요."

나는 운전기사에게 말했다.

"여기서 한 사람 내릴 겁니다."

옆에 앉은 마키의 눈이 휘둥그레졌다.

"왜 그래?"

"미안해. 급한 일이 생각났어. 오늘 빚은 다음에 갚을게."

지갑에서 만 엔짜리 지폐를 두 장 꺼내 그녀에게 억지로 쥐어주고 택시에서 내렸다. 다시 움직이기 시작한 택시 안에서 마키가 나를 멍하니 쳐다보았다.

나는 다시 택시를 잡았다.

"가야바초."

올라타자마자 말했다.

가야바초 폴라 호텔 앞에서 내려 현관을 지나 안으로 들어갔다. 프런트 앞을 지나치지 않고 곧장 엘리베이터 쪽으로 향했다.

방문을 노크해도 안에서는 대답이 없었다. 다시 한 번 노크해보았다. 역시 응답이 없다. 설마 내게 연락도 않고 체크아웃을 해버린 게 아닐까 하는 생각을 하는 찰나 문이 열렸다. 좁은 문틈으로 주리가 얼굴을 드러냈다.

"여어."

"혼자지?"

"그런데."

그녀는 고개를 끄덕이며 일단 문을 닫고는 도어 록을 벗기고 나서 다시 문을 열었다.

방 안에 들어서니 텔레비전이 켜져 있었다. 최신 히트 곡을 소개하는 프로그램이었다. 침대에 누워 보고 있었던 모양이다. 나이트 테이블 위에는 재떨이와 주스 페트병이 놓여 있었다.

"뭔가 제대로 된 걸 좀 먹었어?"

"아까 패밀리 레스토랑에 갔다 왔어."

"메뉴는?"

"왜 그런 것까지 묻는 건데?"

"네 몸이 걱정되니까. 영양가 있는 음식을 먹지 않으면 곤란하다고."

"흐음."

그녀는 내 얼굴을 보면서 침대에 걸터앉았다.

"중요한 고객의 딸을 집에 데려다주었을 때 야위어 있으면 좋지 않은 인상을 줄까 봐?"

여전히 얄미운 소리를 하는 아가씨다. 문득 그 콧대를 꺾어주고 싶어졌다. 나는 의자를 끌어당겨 앉았다. 그리고 리모컨을 집어 텔레비전을 껐다.

"그래서? 집에 돌아갈 생각이 들었나?"

"돌아가지 않겠다고 했잖아. 끈질기네."

"확인해보고 싶었을 뿐이야. 중요한 일이라서."

"중요한 일?"

그녀가 눈썹을 찌푸렸다.

"무슨 뜻?"

"나중에 설명할게. 하나 더 확인하고 싶은 게 있어. 너 어젯밤에 나한테 돈을 받아다 달라고 했지? 뿐만 아니라 네가 받을 상속분에 대해서까지 언급했어. 그거 농담이었어?"

"농담으로 그런 소리를 할 리 없잖아. 나도 어린애는 아니야. 부모의 애정을 떠보기 위해 가출하거나 하지는 않는다고."

"진심이야?"

나는 그녀를 쏘아보았다.

"정말이라니까. 몇 번이나 말해야 알겠어?"

"좋아."

나는 의자에 앉은 채 옆에 있는 냉장고 문을 열었다. 버드와

이저 캔을 꺼내 탭을 당겼다. 힘차게 솟아오른 거품이 내 손가락을 적셨다.

한 모금 마시고 캔을 책상 위에 올려놓았다. 다시 주리의 표정을 보았다. 그녀는 이상하다는 듯이, 그리고 기분 나쁘다는 듯이 나를 바라보고 있었다.

결심을 해야 할 때다. 내 제안을 듣고 이 여자는 어떤 반응을 보일까? 거부당하면 그 순간에 게임 오버다. 그녀는 사쿠마 순스케가 얼마나 머리가 이상한 남자인지 자기 아버지에게 알릴 것이다. 또 가쓰라기는 고쓰카에게 그 사실을 전하며 그런 녀석은 당장 잘라버리라고 압력을 가할 게 뻔하다. 고쓰카는 가쓰라기 가쓰토시의 말을 거스를 수 없다. 나는 회사에서 쫓겨나게 될 것이다.

그러나 지금 상태로는 사이버플랜에 붙어 있어봤자 비참하기만 할 뿐이다. 그렇다면 승부를 걸고 싶다.

어렸을 때 전자오락실에서 하던 게임을 떠올렸다. 인베이더 게임이 한물간 뒤 셀 수 없을 만큼 많은 게임이 등장했다. 새 게임이 나올 때 마다 오락실을 드나들었다. 컬러풀한 영상을 배경으로 오락기는 늘 나를 도발해왔다.

INSERT COIN. 그때와 마찬가지다.

"게임을 해보지 않을래?"

나는 마침내 입을 열었다.

"게임?"

"네 소망을 이루는 게임 말이야. 너는 가쓰라기 집안에서 네 가치에 걸맞은 액수를 빼낼 수 있어. 동시에 나는 보수를 손에 넣고."

"뭘 하자는 건데?"

"그거 뜻밖의 반응인걸. 이건 원래 네가 꺼낸 이야기야."

나는 다시 한 번 캔 맥주를 손에 들었다. 꿀꺽 마시고 그녀를 계속 노려보았다.

"유괴 게임."

4

•

은신처

•

집에 들어서자 주리는 구두를 벗기 전에 코를 실룩거렸다.

"무슨 좋지 않은 냄새라도 나?"

내가 물었다.

"아니. 남자 냄새인 것 같아. 그래도 냄새가 꽤 괜찮네. 민트
인가?"

"방향제일 거야. 나도 방에서 냄새가 나는 건 좋아하지 않
아. 내 냄새라고 해도 말이야."

내가 사는 집은 거실과 주방, 식당에 방이 하나 있는 맨션이
다. 주리는 거실에 놓인 2인용 소파에 걸터앉아 실내를 둘러
보며 입을 열었다.

"생각보다 깨끗하네."

"일주일에 한 번은 청소를 하니까."

"헤에, 보기하곤 다르네."

"습관이 되면 아무것도 아니야. 중요한 건 물건을 너무 많이 들여놓지 않는 거지. 쓸데없는 것은 그때그때 버려. 그렇게 하면 청소하는 것도 그리 힘들진 않아. 기껏해야 30분이면 끝나지. 일주일이 1만 80분이니까 30분 애쓰면 나머지 만 분 정도를 쾌적하게 보낼 수 있어. 거꾸로 30분의 노력을 아끼면 불쾌한 만 분을 보내야 하고."

이야기 도중에 주리는 노골적으로 싫은 표정을 지었다.

"뭐 마실 거 없어?"

"커피라도 끓여줄까?"

그녀는 고개를 끄덕이지 않았다. 벽에 걸려 있는 스웨덴제 진열장에 시선을 보냈다.

"술이 좋겠어."

맹랑한 계집애다. 그러나 오늘 밤만큼은 비위를 맞춰주기로 했다.

"오케이. 맥주, 스카치, 버번, 브랜디, 일본 술."

말하면서 나는 손가락을 꼽았다.

"뭐로 할래?"

주리는 다리를 꼬고 팔짱을 끼었다.

"돔 페리뇽 마시고 싶어. 핑크로."

한 대 갈겨줄까 하다가 참았다.

"평소 같으면 두세 병은 차게 해두었을 텐데 마침 어젯밤에 마지막 한 병을 다 마셔버렸어. 와인이라면 있을 텐데, 그걸로 참아주지 않을래?"

주리는 휴우, 하고 한숨을 쉬었다.

"할 수 없지. 그럼 레드로."

애써 어른 흉내를 내는 것이다. 그냥 하고 싶은 대로 하도록 내버려두자.

"알아 모시겠습니다."

전에 얻어둔 이탈리아 와인이 진열장 구석에서 잠자고 있었다. 스크루식 오프너로 코르크 마개를 뽑았다.

와인 잔을 기울여 한 모금 마신 주리는 입 안에서 잠시 맛을 음미했다. 좀 텁텁하네, 라고 말하지 않을까 예상했다.

그렇지만 그녀는 만족스러운 듯이 고개를 끄덕였다.

"음, 맛있어."

"다행이군. 와인은 까다롭게 가리나?"

"별로."

시원스럽게 대답했다.

"내가 마셔서 맛있다고 생각하면 그걸로 그만이야. 상표 같은 걸 외우는 건 귀찮아."

"그래도 돔 페리뇽은 알잖아."

"그야 샴페인이라면 그것밖에 모르니까. 아빠가 자주 말씀하셨어. 샴페인 하면 돔 페리뇽이고, 그 외에는 샴페인이 아니라고."

순간 가쓰라기 가쓰토시의 얼굴이 떠올랐다. 그 의견에 반박하고 싶어졌다.

"샹파뉴 지방에서 만들어진 발포성 와인만 샴페인이라는 의미겠지. 그래도 돔 페리뇽만 샴페인인 건 아니야."

그러자 주리가 고개를 저었다.

"원래 샴페인 만드는 방법은 샹파뉴 지방의 오빌레 수도원에 대대로 전해오는 비법이었대. 그게 그 지방 전체에 퍼졌던 거고. 그리고 그 비법을 발견한 건 수도원의 술 창고 담당이었던 돔 페리뇽이란 사람. 그래서 돔 페리뇽이야말로 진짜 샴페인이라고 하시던데."

"어허, 이거 한 수 배웠군."

나는 싸구려 레드 와인을 마셨다.

속이 좋지 않았다. 가쓰라기 가쓰토시는 그런 지식들을 떠벌리면서 플루트 모양의 샴페인 잔을 기울일 것이다.

"그건 그렇고 아까 하던 얘기 계속하고 싶은데."

내가 말했다.

"게임 이야기?"

역시 주리의 표정에 긴장하는 빛이 떠올랐다.

"물론 그렇지. 다시 한 번 확인하는데 정말로 할 마음이 있는 거야?"

"없다면 여기 따라오지도 않았어."

"확실하게 대답해줘. 유괴 게임을 할 마음이 있는 건지 없는 건지. 어느 쪽이야? 망설여진다면 그렇게 말해. 경우에 따라서는 생각할 시간을 줄 수도 있어."

그렇지만 그녀는 내 말이 귀찮다는 듯 고개를 저었다.

"나 역시 장난으로 가출한 게 아니라고 했잖아. 가쓰라기 집 안에는 맺힌 한도 있어. 그 게임 하게 해줘."

"좋아. 그럼 게임을 시작하기 전에 결단식을 하자."

나는 각각의 잔에 와인을 따르고 내 잔을 들었다.

"게임의 승리를 위하여."

주리도 잔을 들어 내 잔에 부딪쳤다.

그럴듯한 작전이 있는 것도 아니다. 모든 것은 이제부터다. 그러나 나는 오래간만에 흥분하고 있었다. 도전할 가치가 있는 게임을 만난 느낌이 든다.

"두세 가지 확인해야 할 게 있어."

나는 검지를 세웠다.

"우선, 집을 나온 뒤에 누구하고 이야기하지 않았는가 하는 거야. 예를 들면 친구에게 전화를 했다거나."

주리는 바로 고개를 저었다.

"그럴 이유가 없잖아. 집에 연락이라도 하면 귀찮은걸."

"됐어. 그럼 다음으로, 어제부터 오늘에 걸쳐서 네가 한 행동을 이야기해줄래? 그러니까, 패밀리 레스토랑에 갔었잖아. 어디였어?"

"뭐 때문에 그런 것까지 묻는 거야?"

"너하고 접촉한 사람을 파악해두고 싶어서. 만에 하나 네 얼굴을 기억하고 있다면 골치 아파져."

"상관없어, 그런 건."

"잘 들어. 범죄자가 왜 경찰에게 잡히는 줄 알아? 모두 자신이 남긴 흔적에 신경 쓰지 않기 때문이야. 어디에 어떤 흔적을 남기고 왔는지 기억해두지 않으면 경찰의 움직임을 파악할 수 없다고."

"그렇다 해도 패밀리 레스토랑의 웨이트리스가 날 기억할 거라고 생각해? 매일 수많은 손님을 상대한다고. 내가 갔을 때도 나 말고 몇 십명이나 되는 손님이 있었어. 내기를 해도 좋아. 웨이트리스는 손님의 얼굴 같은 건 제대로 보지도 않을걸."

"나도 그러길 바라. 그렇지만 누군가가 얼굴을 봤을지도 모른다는 자각은 필요해."

주리는 한숨을 쉬었다.

"그 호텔을 나와 오른쪽으로 똑바로 가면 있는 데니즈야. 내 친김에 계속하면, 먹은 건 새우도리아하고 샐러드하고 커피."

나는 전화기 옆에 놓여 있던 메모지와 볼펜을 들어 데니즈, 새우도리아, 샐러드, 커피라고 적었다.

"카운터 자리에 앉았어?"

"창가 테이블에. 흡연석이 비어 있었으니까."

"거기서 뭔가 다른 사람들 인상에 남을 만한 행동을 하거나 하지는 않았겠지?"

"그런 것 같진 않은데."

"너를 힐끔힐끔 보는 손님이 있거나 하지는 않았어?"

"왜 나를 보는데?"

"꽤 미인이니까, 작업이나 한번 걸어볼까 생각한 남자가 있었을지도 모르지."

주리의 단정한 얼굴을 보면서 말했다.

그녀는 새침하게 고개를 돌렸다.

"있었는지도 모르지만 난 느끼지 못했어. 그런 장소에서는 가능하면 사람들과 얼굴을 마주치지 않으려고 하니까."

"아주 좋아."

나는 고개를 끄덕였다.

"패밀리 레스토랑을 나온 뒤에는?"

"편의점에 가서 과자와 주스를 샀어."

침대 위에 널려 있던 것인 모양이다.

"어디 편의점?"

"패밀리 레스토랑 맞은편."

그 가게라면 잘 안다. 술을 팔기 때문에 밤중에 맥주를 사러 간 적이 있다.

"과자와 주스를 산 것뿐이지? 점원하고 이야기를 나누거나 하지는 않았겠지?"

"점원은 구조조정으로 잘린 지 얼마 안 되는 것처럼 보이는 아저씨였어. 금전등록기를 잘못 두드리지 않으려고 거기에만 온통 정신이 팔려 있었는걸."

"편의점에서 나온 뒤에는 바로 호텔에 돌아왔겠지?"

그녀가 고개를 끄덕이는 것을 보고 나는 말을 이었다.

"호텔 사람들하고 혹시 눈이 마주치진 않았어?"

"글쎄."

그녀는 고개를 갸웃거렸다.

"호텔에 돌아왔을 때 프런트 앞을 지나쳤으니까 누군가가 날 봤을지도 몰라. 그렇지만 그땐 일이 이렇게 될 줄은 생각도 못했으니까."

"알았어. 그 문젠 됐어."

나는 눈앞의 메모지로 시선을 떨어뜨렸다. 주리의 얼굴을 보았을 가능성이 있는 사람은 패밀리 레스토랑의 웨이스트리스, 편의점의 점원, 폴라 호텔의 직원이라는 이야기가 된다. 그러나 그녀의 말을 믿는다면 그들 중 누구하고도 특별히 기억에 남을 만한 이야기는 하지 않은 것 같았다.

"문제는 공개수사가 시작되고 나서야. 네 얼굴 사진이 온 시내에 나돌면 지금 이야기한 사람들 가운데 누군가가 기억해낼지도 몰라."

"설마."

"나도 그러길 바라지만, 계획적인 범죄가 실패하는 건 대개 그 설마 했던 일이 현실로 나타났을 때야. 안심할 수는 없어."

"그럼 어떻게 해야 하지?"

"네 사진이 공개되지 않도록 단속을 해둘 수밖에. 촌스럽지만 그쪽에 그 말을 전해야 할 것 같아."

"그 말?"

"유괴 드라마 같은 데서 자주 나오는 대사 있잖아. 경찰에 알리면 아이의 목숨은 없는 것으로 생각하라는, 너무 진부해서 창피할 수준의 대사지."

"아아. 그렇지만 그 말은 어차피 해야 하는 거 아니야?"

"어째서?"

"어째서라니⋯⋯."

나는 메모를 내려놓고 남은 와인을 잔에 따랐다. 소파에 앉아 다리를 꼬았다.

"이쪽에서 뭐라고 하건 너희 아버지는 경찰에 신고할 거야. 원래 그런 사람이지. 그래서 애당초 경찰에 알리지 마라, 라는 말 따위에는 아무 의미도 없어. 장식품 같은 거지. 가능하면 빼버리고 싶었어."

주리는 아무 말이 없었다. 그녀도 가쓰라기 가쓰토시가 범인의 말에 겁을 집어먹을 성격이 아니라는 것은 아는 듯했다.

"하긴, 그런 말을 하지 않더라도 경찰이 유괴 사실을 공표할 거라고는 생각할 수 없지만. 만약을 위해서지. 그보다도 염두에 두지 않으면 안 되는 것은 사건이 끝난 뒤의 문제야. 너는 안전하게 보호를 받겠지만 함부로 매스컴에 모습을 드러내는 것은 좋지 않아. 이유는 지금 이야기한 그대로야. 어제와 오늘 사이에 누군가가 네 얼굴을 봤을지도 모르니까 말이야."

그러자 그녀는 동그랗게 뜬 눈으로 나를 바라보았다.

"벌써 사건이 끝난 뒤의 일을 생각하고 있는 거야?"

"당연하지. 최종적인 형태를 그려보지 않고 어떻게 거기에 이르는 계획을 세울 수 있겠어?"

"그 최종적인 형태란 우리의 승리를 말하는 거겠지?"

"그야 두말하면 잔소리지. 나는 어떤 상황에서도 승리의 이미지 외에는 그리지 않아. 아니, 그보다 타고나기를 승리밖에 생각하지 못하는 성격이라서."

잔을 기울여 떫은 레드 와인을 맛보았다.

"계획대로 잘 풀리면 나는 외국으로 나갈 거야. 그러니까 미디어에 나갈 일은 없을 거고 취재에 응할 생각도 없어."

"그렇다면 괜찮지만, 취재를 완전히 차단하기는 어려울 거야. 그래도 얼굴은 내보내지 않는다는 단서를 내걸어야 해."

"응, 그렇게 할게."

희한하게 주리가 순순히 고개를 끄덕였다.

"그러면 가출 뒤의 목격자 문제는 해결된 걸로 치고."

나는 다시 메모지와 볼펜을 집어 들었다.

"가출 전에 있었던 일을 이야기해줄래? 중요한 부분이야."

"가출 전 일이라니?"

"어젯밤 나는 네가 집을 빠져나오는 모습밖에 보지 못했어. 그전까지 어디에 있었고, 무엇을 했는지 듣고 싶다는 말이야. 가능하면 어제 하루 동안 있었던 일을 자세하게 설명해줬으면 좋겠어."

"그것도 역시 뭔가 의미가 있겠지?"

"쓸데없는 것을 묻는다고 생각하니?"

나는 볼펜 꽁무니로 메모지를 톡톡 두드렸다.

"잘 들어. 유괴 사건이 터지면 경찰은 우선 네가 언제 어떻게 유괴되었는지 밝혀내려 들 거야. 그 상황을 통해서 범인이 누군지 흔적을 찾아낼 수 있는 가능성이 높으니까. 간단하게 이야기해서, 누구도 너를 유괴할 기회가 없었다는 생각이 들면 경찰은 속임수일지도 모른다고 의심하기 시작할 거야."

주리는 떨떠름한 표정을 지었다. 그러나 내가 한 말은 이해한 것 같았다.

"어제는 별로 아무하고도 얼굴을 마주치지 않았을 거야."

"그렇게 막연하게 말하지 마. 아무 도움이 되지 않아."

그녀는 발끈해서 나를 쏘아보았다.

"그럼 어쩌라고."

"자, 그럼 이런 식으로 물을게. 마지막으로 네 얼굴을 본 건 누구지?"

"그건, 치하루…… 인가?"

그녀는 생각에 잠긴 듯이 고개를 기울인 채로 대답했다.

"누구지, 그거?"

"아빠의 후처 딸."

"아, 배다른 여동생인가? 치하루라고 해? 어떻게 쓰지?"

"숫자의 치千에 하루나쓰春夏의 하루."

그렇게 대답하더니 흥, 하고 콧방귀를 뀌었다.

"촌스러운 이름이지."

"그렇지도 않은 것 같은데. 그래, 언제 본 거야? 물론 집 안에서였겠지?"

"저녁 먹은 뒤에. 8시쯤인가? 화장실에 있는데 치하루가 들어왔어. 이야기는 별로 나누지 않은 것 같은데."

"그다음에는?"

"내 방에서 텔레비전을 봤어. 늘 그러니까. 언제나 그렇게 아침까지 혼자 지내."

"정말로 아무하고도 만나지 않았어? 중요한 일이니까 잘 생
각해봐."

주리는 귀찮다는 듯이 고개를 저었다.

"식사가 끝나면 다들 자기 방에 틀어박히기 때문에 밤에는
거의 얼굴을 마주치지 않아. 치하루는 자주 외박을 하는 것
같던데, 부모님은 아마 모르지 않을까? 아침식사 때까지만
방에 들어와 있으면 되니까."

그렇게 큰 집에서 네 식구만 산다. 그럴 수 있을지도 모른다.

"저녁식사는 어머니, 치하루하고 셋이서 했겠군."

가쓰라기 가쓰토시는 그 무렵 고쓰카와 회식 중이었을 것이
다. 비싼 요리를 먹으며 사쿠마 슌스케라는 무능한 남자를 프
로젝트에서 제외하라는 지시를 내리고 있었을 것이다.

"저녁식사는 나 혼자 했는데."

"혼자? 어째서?"

"두 사람 다 어디 나간 것 같았어. 자주 있는 일이야, 그런
거. 뭐 나야 편하지만."

"그럼 식사는 직접 차린 거니?"

만약에 그렇다고 대답한다면 좀 놀랄 일이었지만 그녀는 바
로 고개를 저었다.

"설마. 사키 씨가 차려줘. 아, 그렇구나. 저녁식사 때 사키 씨

가 옆에 있었어."

"사키 씨? 지금까지 나오지 않았던 이름이군."

"파출부야. 오사키에서 출퇴근해."

파출부가 있었나? 하긴 당연한 일이다.

"그 사람 근무 시간은?"

"자세하게는 모르지만 늘 오후에 오지 않았었나? 청소, 세탁, 장보기, 그리고 저녁식사도 차려줘. 퇴근은 그날그날 다르지만 대개 저녁식사 전에 돌아가고. 그래도 어제는 내가 밥을 먹는 동안 주방에서 설거지를 하고 있었던 것 같아."

"네가 저녁식사를 한 뒤에 돌아갔겠네."

"그럴걸."

"식사 중에 뭔가 얘기를 했어?"

"그야 당연하지. 함께 있는데 내내 입을 다물고 있을 수는 없잖아."

"무슨 이야기를 했어? 가출을 암시하는 이야기를 하거나 하지는 않았겠지?"

"그런 이야기를 할 리가 없잖아. 그때는 가출할 생각 같은 거 없었으니까."

"그렇군."

나는 메모지에 적은 치하루라는 이름에 동그라미를 쳤다.

"네가 집을 나오고 싶어 한 사정에 대해서는 어제 들었지만,

충동적으로 뛰쳐나온 데는 뭔가 계기가 있지 않을까 생각하고 있었어. 내 생각엔 저녁식사 뒤에 치하루와 이야기하면서 문제가 생긴 것 같은데. 그때 무슨 일이 있었던 거 아니야?"

주리의 얼굴이 순간 무표정해졌다. 팔짱을 끼고 다음에는 입을 삐죽 내밀었다.

"크림을 쓴 것 때문에 잔소리를 들었어."

"크림?"

"화장품. 세면대에 있는 걸 조금 썼을 뿐인데."

나는 고개를 끄덕였다.

"아하, 그래서 말다툼을 한 건가?"

"그렇지 않아. 말다툼 같은 건 하지 않는걸. 그럴 때는 내가 무조건 사과해. 늘 그러다 보니 습관이 되었어. 그래도 어제는 치하루가 심했어. 계속해서 짱알짱알 잔소리를 해댔거든."

"그래서 화가 나서 집을 뛰쳐나온 거야?"

"방에 돌아와 생각하니 점점 분해졌어. 비참해졌다고 해야 할까? 어쨌든 이런 집에는 잠시도 있고 싶지 않다는 생각이 들었어."

마치 어린애 같다고 생각했지만 입 밖에 내지는 않았다.

메모지를 보면서 머릿속으로 정리해보았다. 그녀의 이야기를 재료로 모순이 없는 스토리를 짜내야만 했다.

"치하루가 이따금 외박을 한다고 했지? 너는 어때? 어제는 가출이었지만, 그런 식으로 몰래 빠져나와서 놀러 간 적 없었어?"

"없지는 않지. 치하루만큼 자주는 아니지만. 나도 청춘을 즐길 권리는 있잖아."

"청춘이라."

그 단어를 서른이 넘은 남자가 입에 담으면 우중충하게 느껴지는데, 젊은 여자의 입에서 나오니 신선하게 들리는 것은 왜일까?

"그때도 어제처럼 담을 넘었어?"

"주방 출입문으로 나가는 일이 많았지 아마. 하지만 어제는 어떻게든 감시 카메라에 찍히고 싶지 않아서 담을 넘기로 한 거야. 주방 출입문으로 나가면 카메라 각도에 따라 찍힐 수도 있으니까."

"밤에 놀러 나가기도 힘들군. 그래, 외박하는 일은?"

"몇 번…… 있었던가?"

그때의 일을 떠올리는 표정으로 어깨를 움츠렸다.

"가장 중요한 문제를 깜빡했군. 애인은 있어?"

"지금은 프리. 가쓰라기 집안의 딸이라는 걸 알면 모두가 피하는 것 같아."

"요즘 학생들은 배짱이 없군. 장가를 잘 들어 덕 좀 보겠다는 야심쯤은 품어도 괜찮을 텐데. 그럼 같이 어울리는 건 여자 친구들인가?"

"뭐 그렇지. 대학 친구들이거나."

"놀러 나갈 때는 당연히 미리 연락을 하겠군."

"물론. 그렇지만 그냥 나가는 일도 있어. 단골집이 몇 군데 있어서, 대개 그곳에 가면 아는 애들이 한두 명은 있거든."

스무 살쯤밖에 안 된 여자아이가 건방지게 '단골집'이라니. 어쨌든 이걸로 그녀가 밤에 몰래 집을 빠져나온 이유에 대해서는 설명이 될 수 있다.

"그런데……."

나는 새삼스레 그녀의 백으로 눈길을 돌렸다.

"휴대전화는 없어?"

"두고 나왔어. 귀찮아서."

"귀찮아?"

"생각해봐. 내가 없어진 걸 알면 분명히 휴대전화로 연락을 할 게 아니야. 계속 울리면 시끄럽잖아. 어차피 전원을 꺼놓아야 할 테니까, 갖고 있어봤자 별 의미도 없고. 전화를 걸고 싶을 때는 공중전화를 쓰면 되는걸."

"그런 합리적인 사고방식은 마음에 드는군."

나는 두세 번 고개를 끄덕였다. 빈말이 아니었다.

"다만, 덕분에 한 가지 문제가 생겼어. 네가 휴대전화를 갖고 나오지 않은 것에 대해서 경찰은 분명 의문을 품을 거야."

"그냥 깜박 잊고 나간 거라고 생각하겠지."

"요즘 젊은 여자애가 놀러 나가면서 휴대전화를 잊어버릴 수도 있나? 지갑을 깜박했다면 몰라도 말이야. 형사들은 뭔가 석연치 않다고 생각할 거야. 이 문제를 어떻게 클리어 하느냐, 이게 문제로군."

"서두르다 보면 잊고 나갈 수도 있지, 뭐."

"왜 서두르는데? 누구하고 약속이 있었던 것도 아니잖아."

"마지막 전철을 놓치지 않기 위해서라거나."

나는 코웃음을 쳤다.

"집 앞에서 택시를 잡은 주제에 말은 잘하네. 그렇지만 그 아이디어는 나쁘지 않군."

볼펜으로 메모지를 톡톡 두드렸다.

"단골집이 몇 군데 있다고 했지? 그 가운데 12시쯤 문을 닫는 곳이 있어?"

주리는 엄지손톱을 살짝 깨물며 생각한 뒤 입을 열었다.

"시부야에 있는 '다우트'가 그럴걸 아마."

"오케이. 그걸로 가자. 너는 치하루에게 화장품 때문에 잔소리를 듣고 잔뜩 화가 났어. 그래서 기분을 풀려고 다우트에 가려고 했지. 그렇지만 서두르지 않으면 가게가 문을 닫는다. 그래서 서두르다 보니 휴대전화를 두고 나갔다. 여기까지 뭔가 부자연스러운 부분이 있나?"

"괜찮은데."

별로 깊이 생각해보지도 않은 채 그녀는 대답했다. 나 역시 그녀의 판단 따위는 신경도 쓰지 않았다.

"그럼, 다음은 범인이 언제 어디서 너를 유괴했는가 하는 문제야."

이것이 큰 문제였다. 여기서 실수하면 계획은 엉망이 되고 만다.

머릿속에서 시뮬레이션을 실행해보았다. 내가 범인이고, 가쓰라기의 딸을 유괴하려고 한다. 어디에 숨어서 기다리다가, 사람들 눈을 피해 낚아챌까?

"찬스는 한 곳밖에 없을 것 같군. 너는 집을 빠져나온 뒤 큰길로 나와 택시를 잡았어. 유괴하려면 큰길로 나가기 전에 해야 해. 그 길은 어두웠고 시간이 시간인지라 지나가는 사람도 없었어. 거기서 납치할 수밖에 없겠네."

"납치라고 하면, 억지로 끌고 가는 거?"

"네가 비명을 지를 틈도 없을 만큼 순식간에 낚아채는 거지."

나는 살짝 눈을 감았다. 머릿속에서 영상을 떠올렸다. 덴엔초후의 고급 주택가. 혼자 걷고 있는 주리. 범인은 뒤에서 차로 접근한다. 천천히. 그녀를 추월해서 차를 세운다. 뒷문이 열리고 한 남자가 잽싸게 내린다.

"범인은 최소 이인조야."

눈을 감은 채로 말했다.

"한 사람은 차를 운전하고, 또 한 사람은 뒷좌석에서 대기해야 하니까. 그 남자는 차에서 내리자마자 놀라서 멈춰 선 네 입을 손수건으로 틀어막는다. 그 손수건은 당연히 클로로포름으로 적셔져 있다."

나는 고개를 저었다.

"클로로포름은 너무 진부한가. 에테르가 좋겠군. 흡입 마취에 에테르가 사용되니까. 범인은 의학 지식이 있고 약품을 다루는 데도 익숙하다는 이야기가 되지."

"어느 쪽이든 상관없지 않나? 어차피 경찰은 조사할 방법이 없을 테니까."

나는 눈을 뜨고 떨떠름한 표정을 지어 보였다.

"나 자신의 이미지 만들기하고 관계가 있어. 범행 내용을 확실하게 그리면서 동시에 범인의 캐릭터도 만들어가야 하니까."

"그렇게까지 할 필요가 있을까?"

주리가 별일 아니라는 듯이 말했다.

"거짓 유괴가 들통 나는 건 범인들이 가상이 아닌 실제 유괴 상황을 이미지화하지 못했기 때문이야. 그 결과 거짓이라고 생각할 수밖에 없는 이상한 행동을 해서 들통이 나버리는 거지. 내가 무엇 때문에 네가 집을 나오기 전에 있었던 일까지

꼬치꼬치 물었다고 생각해?"

내가 한 말을 납득했는지 어떤지는 확실치 않지만 주리는 입을 다문 채 어깨를 살짝 움츠렸다.

나는 이야기를 계속 이어갔다.

"에테르로 너를 기절시킨 범인들은 즉시 차로 도주한다. 행선지는 사전에 확보해둔 안가. 거기에는 충분한 식료품과 생활필수품까지 갖춰져 있다. 전화도 당연히 연결돼 있고, 컴퓨터도 있다. 텔레비전도 있다. 너를 감금한 상태에서 며칠 동안 틀어박혀 지낼 수 있게 모든 준비가 되어 있다."

"안가의 위치는?"

"그건 중요한 문제야. 어설프게 결정할 수야 없지. 범인의 캐릭터를 만든 다음 그런 사람이라면 어디를 아지트로 정할 것인가 하는 식으로 생각해야 해."

"될 수 있으면 멋진 캐릭터로 해줘."

"필연성이 없으면 안 돼. 예를 들어 이 범인들의 특징으로 아주 신중하고 끈기 있고, 그러면서도 행동을 할 때는 신속하고 거침이 없다, 이런 점을 들 수 있겠지."

"흐음, 그래?"

"생각해봐. 유괴 방법을 생각해보면, 범인들은 어떤 기회에 가쓰라기의 딸이 이따금 몰래 집을 빠져나간다는 사실을 알게 되고, 꾸준히 저택을 지켜보며 찬스를 노렸던 셈이 되는

거야. 신중하고 끈기 있는 성격이 아니라면 그런 일은 불가능
하지. 동시에 찬스가 왔을 때는 머뭇거려선 안 돼. 결단력도
함께 갖췄다는 이야기야."

"그렇군."

살짝 고개를 끄덕이면서 주리는 눈을 치켜뜨고 나를 보았다.

"한 가지 물어봐도 돼?"

"뭔데."

"나는 안가에 감금되어 있는 건가?"

"감금인지 연금인지는 아직 정하지 못했어. 그게 왜?"

"으음……."

그녀는 혀로 입술을 핥고 나서 말했다.

"내가 거기서 강간당하는 거야?"

5

•

지그소 퍼즐

•

가쓰라기 가쓰토시 귀하

따님을 데리고 있다. 무사히 돌려받기를 원한다면 우리 요구에 따라야 한다. 우선 현금 ○○억 엔을 준비하도록.

말할 필요도 없겠지만, 경찰을 포함한 제3자에게 연락하지 말 것. 이를 지키지 않았을 경우에는 거래를 즉각 중지하겠다.

또 지금 따님의 신상에 전혀 해를 가하지 않고 있지만, 그쪽 태도에 따라 신사적으로 행동하는 데도 한계가 드러날 것이다. 빠른 결단이 피차 좋을 거라고 생각한다.

의자를 반 바퀴 빙글 돌려 다시 주리를 쳐다보았다.

"자, 몸값은 얼마쯤으로 할까?"

그녀는 컴퓨터 화면을 들여다본 뒤 침대에 걸터앉았다.

"이 문장에 따르면 1억 엔 이상으로 할 생각인 거네."

나는 웃어 보였다.

"당연하지. 누구를 유괴한 건데. 천하의 닛세이자동차 부사장의 따님이야. 1억 엔도 안 되는 푼돈을 요구해서야 되겠어?"

"그렇게 내놓을까? 첩의 자식에게?"

"네가 그렇다는 걸 범인은 알 리 없잖아."

나는 다시 의자를 반 바퀴 돌려 키보드에 손을 얹었다. '억 엔'의 빈칸에 '3'이라는 숫자를 넣었다.

"3억 엔? 어째서?"

주리가 물었다.

"특별한 이유는 없어. 굳이 설명하자면 교란시키기 위해서, 라고 해야 할까."

나는 캔 맥주를 집어 들었다.

"범인은 삼인조가 아닐까 생각하게 하는 정도의 효과는 있지. 요즘 3억 엔쯤이야 큰돈이라고는 할 수 없을지도 모르지만 10억, 20억이 되면 아무리 너희 아버지라 해도 금방 마련하지는 못할 거야."

"3억 엔……. 둘이 나누면 1억 5,000만 엔씩이네."

"난 그 1할인 3,000만 엔이면 돼. 돈이 필요한 건 너잖아."

"당신은 돈이 필요하지 않아?"

"돈이야 필요하지. 그렇지만 이 게임의 목적은 그것만이 아니야."

나는 마우스를 움직였다. 화면에 컬러풀한 3D 영상이 떠올랐다. 위쪽에 'AUTOMOBILE PARK'라는 타이틀이 붙어 있다.

"뭐야, 그게?"

"몇 달에 걸친 내 노력의 결정체지. 아무것도 모르는 괴짜가 끼어들지만 않았다면 이 꿈의 세계가 현실이 되어 있을 거야."

마우스를 클릭했다. 입체적으로 그려진 문이 열리고, 눈앞에 자동차 세상이 펼쳐졌다. 오른쪽으로 가면 자동차의 창세기를 볼 수 있다. 증기 엔진을 사용한 차에서 클래식 카, 마니아라면 침을 흘릴 만한 명품이 다 갖추어져 있다.

"박물관 같네."

"그냥 박물관이 아니지. 그런 데는 예외 없이 이런 주의사항이 적혀 있잖아. 관람객 여러분, 전시품에는 손을 대지 마세요. 하지만 이 오토모빌 파크에는 그런 촌스러운 주문 사항이 없어. 오히려 손님들은 모든 차를 시승해볼 수 있지. 수동 크랭크로 시동을 걸어야 하는 차에서부터 도요타 2000 GT, F1…… 뭐든 타볼 수 있어. 심지어 면허가 없더라도 말이야."

"무슨 말이야?"

"각 구역에 몇 대의 시뮬레이터가 설치되어 있어. 그걸 이용하면 원하는 차의 승차감을 비슷하게 체험할 수 있지. 뭐 섭

게 말하자면 게임센터의 드라이브 머신 같은 거야. 차종마다 풍경까지 바뀌게 되어 있어. 도요타 2000 GT를 타면 그리운 쇼와 시대의 일본을 달리는 기분을 느낄 수 있다는 식이지."

"흐음, 재미있겠네."

주리는 정말로 감탄하는 모습이었다. 그녀의 아버지도 이렇게 단순하다면 좋았을 텐데.

"손님은 차의 역사를 더듬으며 점차 현대의 차로 접근해가지. 그 구역을 지나면 미래의 자동차 사회를 상상한 구역으로 들어가게 되는데, 그 직전에 스페셜 코너가 준비되어 있어. 사실은 이게 핵심이야. 닛세이자동차의 신차가 이 코너에 숨어 있거든. 그리고 여기에도 시뮬레이터가 설치되어 있어서 손님은 신차의 승차감을 미리 체험할 수 있지. 여기 사용한 시뮬레이터는 굉장해. 다른 구역의 장난감들하고는 달리 닛세이자동차의 개발부에서 가져온 진짜야. 손님은 실제로 차를 모는 느낌으로 신차의 성능을 확인할 수 있지. 그사이에도 신차의 이미지 영상과 음악이 흐르고, 테크니컬 어드바이저들은 새 모델의 장점을 쫙 읊어대지. 이 스페셜 코너를 나갈 때면 어떤 손님이든 팸플릿을 손에 들고 얼마나 융자를 받아야 할까 계산하게 된다는 거야."

쉬지 않고 쏟아내던 나는 주리가 물끄러미 바라보고 있는 것을 깨닫고 입을 다물었다. 긴 한숨. 그리고 모니터에 아까 그 협박장을 띄웠다.

"다시 한 번 말하지만, 가쓰라기 가쓰토시라는 고집불통만 아니었다면 내가 지금 이야기한 것은 모두 현실이 되어 있을 거야. 닛세이자동차는 신차 판매에 성공하고 사이버플랜은 명성을 얻었겠지. 모두가 행복해질 수 있었는데."

"말하자면 기획을 채택하지 않은 것에 대한 복수로 이 유괴 소동을 일으킨다는 이야기?"

"앙갚음으로 해석한다면 그건 좀 섭섭한걸. 처음에 말했잖아. 이건 게임이라고. 나는 너희 아버지에게 게임으로 승부를 겨루자고 도전하는 거야. 누가 게임의 고수인지 확실히 가리자는 거지."

"그렇지만 아빠는 이게 게임인지 모르잖아. 공정하지 못한 거 아닌가?"

"그렇지 않아. 가쓰라기 가쓰토시 씨라면 그냥 경찰에 맡겨두고 나 몰라라 하지는 않을 거야. 그 나름대로 지적인 계략을 펼칠걸. 물론 상대가 나라는 것은 모를 테지만 분명히 게임에 참가할 거야. 진짜 싸움은 그때부터지."

나는 협박장의 문장을 다시 읽어보았다.

마지막 단락의 '신상에 전혀 해를 가하지 않고 있지만' 운운하는 부분에 대해서는 표현을 여러모로 궁리했다. 곰곰이 생각하게 된 계기는, 자기가 범인에게 강간당하는 거냐고 물은 주리의 말이었다.

　다 큰, 그것도 매력적인 여자를 방에 가둬둔 상태이니 범인들이 좋지 않은 욕심을 품는 것은 당연할 것이다. 나는 범인을 남자 두 명으로 설정해두었다. 인질이 도주하려는 생각을 품지 못하게 하기 위해서라도 둘 중 하나가, 또는 두 사람 다 강간을 한다는 것이 타당할지도 모른다.

　그렇지만 범인이 주리에게 손을 댄다는 시나리오는 도무지 내키지 않았다. 물론 실제로도 그렇게 될 리는 없다. 나는 그럴 생각이 전혀 없다. 그렇지만 그 시나리오대로라면 그녀에게 거짓말 하도록 해야 한다. 사건이 마무리된 뒤, 물론 범행이 성공했다는 가정 하에서지만, 경찰은 그녀에게 이런저런 질문을 할 것이다. 범인이 당신에게 손을 대진 않았는가? 말하자면 폭행을 당했는가, 하고 물을 것이 틀림없다. 그녀가 뭐라고 대답하는 것이 최선일까? 실제로 폭행을 당한 인질이라면 어떤 식으로 반응할까? 그것이 어려운 문제였다. 확실한 대답을 피하고 괴로운 표정으로 눈물을 흘리면 형사들은 무슨 일이 있었는지 짐작할 수 있을지도 모른다. 그런데 현실적으로 주리가 그만한 연기를 해낼 수 있을까? 나는 기대할 수 없다고 판단했다. 형사들의 눈썰미를 얕봐서는 안 된다.

　범인들은 인질을 강간하지 않았다. 이것이 내가 내놓은 결론이다. 그러면 왜 손을 대지 않았을까? 그냥 참았다고 하는 것은 설득력이 부족하다. 내가 짜낸 아이디어는 고육지책이라고 할 수 있는 것이었다.

범인은 이인조이고, 한 사람은 여자다. 이 두 사람은 연인 또는 부부다. 주리를 유괴했을 때 차를 운전한 사람은 여자다. 이런 설정이라면 아무리 그럴 마음이 있다 해도 남자가 여자의 눈을 피해 주리를 덮칠 수는 없을 것이다.

'신상에 전혀 해를 가하지 않고 있지만' 이라는 표현을 쓴 것은 강간을 암시하면서 실제로는 그럴 의사가 없는 범인들의 마음을 담고 싶었기 때문이다. 사건 종결 뒤 주리의 입에서 범인 가운데 한 사람이 여자라는 이야기를 듣고 형사들은 무릎을 칠 것이다.

"자, 다음 문제는 어떻게 협박장을 보내느냐 하는 거야."

나는 팔짱을 끼고 의자 등받이에 몸을 기댔다.

"아버지 이메일 주소 알고 있니?"

"몰라."

주리는 바로 고개를 저었다.

"그럼 휴대전화 번호는?"

이 물음에도 그녀는 두 팔을 펼쳐 보일 뿐이었다.

"아는 게 없군."

"어디 시부야 근처에 가서 나하고 비슷한 또래 여자애들에게 물어보시지. 아버지 이메일 주소나 휴대전화 번호를 알고 있느냐고. 열 명에게 물어서 그중 한 명이라도 안다고 대답하면 내 손에 장을 지지겠어."

"손에 장을 지질 것까지야."

하긴 맞는 말이라고 생각을 고쳤다. 다른 사람의 전화번호 같은 것은 그냥 휴대전화에 입력해놓을 뿐, 외우고 다니는 일은 줄어들었다. 나도 그랬다. 더욱이 아버지에게 연락할 일 같은 것은 거의 없지 않을까.

가쓰라기 가쓰토시의 이메일 주소나 휴대전화 번호를 알아낼 방법이 없는 것은 아니다. 회사 관계자에게 물으면 간단하다. 그렇지만 그렇게 하려면 이쪽의 이름을 밝혀야 한다.

"전화를 걸면 안 돼?"

주리가 물었다.

"유괴 드라마 같은 데서 보면 범인들이 대개 전화를 걸잖아."

"그러면 큰 위험부담을 안게 되지. 위치를 추적당하는 것은 말할 것도 없고 범인의 목소리, 성문, 단어의 특징, 주위에서 들리는 소리, 그런 것들이 모두 경찰에게는 중요한 실마리야. 그런 서툰 짓을 하면 애당초 완전범죄 같은 건 꿈도 꿀 수 없다고."

"그렇지만 처음 거는 전화잖아. 경찰도 아직은 움직이지 않을 거야. 우리 집 전화기에 녹음 기능 같은 것도 없고."

"네가 집을 나온 지 거의 스물네 시간이 지났어. 경찰에 신고가 들어갔다고 생각해야 할 거야. 경찰은 모든 가능성을 의심하겠지. 이게 보통 집안의 문제라면 내버려둘 테지만, 어쨌든 사라진 것이 가쓰라기 가쓰토시의 딸이야. 유괴일 가능성도 고려해 몇몇 수사관이 범인에게서 걸려올 전화를 기다리고 있을 거야."

"그렇게까지 할까?"

주리는 고개를 갸웃거렸다.

"그거야 모르지. 난 낙관주의자가 아니라 절반의 확률에 도박을 거는 짓은 하지 않아."

나는 컴퓨터 화면을 바라보았다. 협박장은 이메일로 보내면 될 거라고 생각했는데, 일단 그럴 수는 없을 것 같다.

"팩스는 있겠지?"

"그건 있어. 아빠 서재에. 팩스로 보내게?"

"그게 상대에게 실마리를 가장 적게 주는 방법이니까. 그리고 다음 문제는 그쪽의 답장을 어떻게 받느냐 하는 거야. 무슨 아이디어 있어?"

어차피 제대로 된 대답은 얻지 못할 거라고 생각하면서 물었는데, 주리는 진지한 표정으로 궁리하기 시작했다.

"처음에는 이메일로 협박장을 보낼 생각이었던 모양인데 어떤 이메일 주소를 쓸 생각이었어? 설마 늘 사용하던 것을 쓸 리는 없을 테고."

"당연하지. 협박장을 보내는데 자기 이름과 주소를 그대로 쓰는 바보가 어디 있어. 상대방의 통신 소프트웨어에 엉터리 주소가 뜨게 할 수는 있지만, 만약을 위해서 새로운 주소를 준비할 생각이었어."

"신원을 추적할 수 없는 주소 말이지?"

"그래. 생각하는 건 두 가지야. 하나는 무료 이메일 서비스."

예를 들어 핫메일 같은 무료 이메일 서비스라면 신원이나 주소를 밝히지 않고도 계정을 받을 수 있다. 아무리 경찰이라 해도 그 계정이라면 이쪽의 정체를 추적할 수는 없을 것이다.

"또 하나는?"

"네 주소를 사용하는 것."

손가락으로 주리의 가슴을 가리켰다.

"내 꺼?"

"주소는 기억하는데 패스워드는 까먹었어."

"그거라면 새로 만들면 돼. 신용카드를 갖고 있다고 했잖아. 그것만 있으면 당장이라도 이메일 서비스를 계약할 수 있어."

"으음."

주리는 무슨 이유에서인지 생각에 잠긴 표정을 지었다.

"한 가지 정정할 게 있어."

"뭔데?"

"카드를 갖고 있다고 한 건 거짓말이야. 용돈이 좀 있을 뿐이야."

"그럴 줄 알았어. 왜 거짓말을 한 거야?"

"당신한테 빈틈을 보이고 싶지 않았어. 돈이 없다는 걸 알리는 건 약점을 보이는 셈이 되니까."

나는 아무렇지 않게 내뱉는 주리의 얼굴을 쏘아보았지만 그녀는 아랑곳하지 않았다.

"그렇다면 선택할 수 있는 것은 하나뿐이군. 무료 이메일 서비스를 이용해야겠지?"

"거기서 주소를 받는다는 거네."

"그렇게 하는 게 어떨까?"

"그러면 그 주소를 협박장에 적고, 그리로 메일을 보내라고 팩스로 지시하면 되잖아."

"분명히 그것도 한 가지 방법이기는 하지."

이 여자를 다시 봐야겠다는 생각이 들었다. 머리 회전이 꽤 빠르다.

"그러면 안 되는 거야?"

"나쁘진 않지만 재미가 없어. 난 상대와 이메일을 주고받고 싶은 생각은 없어. 이메일 주소를 받는다 해도 딱 한 번만 쓸 거야. 다시 메일을 보낼 때는 또 다른 주소를 준비하는 거지. 그러니까 상대가 메일을 보낸다고 해도 내가 그걸 읽을 일은 없어."

"신중하네."

"당연하지. 무슨 일을 벌이려는지 알고는 있는 거야?"

나는 텔레비전 리모컨을 들어 스위치를 눌렀다. 와이드 화면을 채운 것은 농구 경기 장면이었다. 채널을 이리저리 돌려보았다. 한 스포츠프로그램 중간에 닛세이자동차의 CM이 나왔다. CPT라는 스포츠카 타입 승용차의 광고다. 인기 있는 여자 탤런트가 환한 표정으로 차를 몰아 초원을 달리고 있다. 별로 잘 만든 CM이라고는 볼 수 없었다. 가쓰라기 가쓰토시가 체크한 것은 아닐 것이다.

컴퓨터 화면으로 시선을 돌려 인터넷에 접속했다. 검색 엔진을 이용해 닛세이자동차의 CPT에 관한 사이트를 살펴보았다. 아니나 다를까, 마니아들이 제각각 홈페이지를 운영하고 있다. 그 가운데 하나에 접속해 내용을 훑어보았다. 'CPT 오너즈 클럽'이라는 곳이다. 메인 화면에 빨간 CPT가 나타났다. 아마추어 냄새가 풀풀 나는 사진이다. 이 홈페이지를 만든 사람이 아끼는 차인 모양이다. "여기는 CPT를 정말 사랑하는 사람들의 정보 교환과 휴식을 위한 공간입니다. 부디 마음 편하게 놀러 와주세요"라는 글자. '새 소식', '내가 찍은 CPT', '게시판' 등의 메뉴가 걸려 있다. 누구나 정보를 제공할 수 있는 좋은 시대가 된 것이다. 나는 '게시판'을 클릭했다. 금방 다음과 같은 문장이 나타났다.

기대(콧노래 부르는 토끼)

여러분 안녕? 전에도 알려드렸지만 드디어 우리 집에 CPT가 올 겁니다. 고속도로를 질주하는 기분을 상상하며 잠 못 이루는 하루하루입니다. 첫 시승을 하고 나서 바로 소감 올릴게요. 사고나 나지 않으면 좋으련만.(^^)

딴소리(반짝 공주)

CPT를 탄 지 2년이 되었습니다. 요즘 온도계가 올라가 신경 쓰입니다. 과열되지 않을까 걱정이 됩니다. 이런 경험이 있는 분 안 계세요?

Re : 딴소리(스피드광 돈베)

반짝 공주님, 제 차도 같은 증상을 보입니다. CPT는 체형적(?)으로 라디에이터에 약간 무리가 가는 모양입니다. 그래도 과열된 적은 없습니다. 걱정되신다면 한번 점검해보는 것이 어떨까요?(별 도움이 안 되었습니다.)

인터넷이라는 장난감을 손에 넣은 소시민들이 유치하면서도 친절한 문장들을 올려대고 있다. 그렇지만 이런 사람들이 다른 곳에서는 흉악하고 음험한 말들을 쏟아내기도 하니 골치다.

URL을 기록하고 일단 접속을 끊었다.

　나는 조금 전에 쓴 협박장을 화면에 불러냈다. 잠시 훑어본 뒤에 다음과 같이 이어서 썼다.

　거래에 응할 뜻이 있다면 아래 URL에 접속해 게시판에 '주리'라 는 이름으로 그 의사를 알 수 있도록 게시물을 올리도록. 그것을 확인한 뒤 이쪽에서 연락하겠다.

　사이트 이름 : CPT 오너즈 클럽

　URL : http://www.……

"이렇게 하면 어떨까?"

　나는 고개를 돌려 주리를 바라보았다.

　그녀는 여러 차례 읽은 뒤에 고개를 끄덕였다.

　"역시. 이렇게 하면 누구에게도 의심받지 않고 저쪽 의사를 확인할 수 있겠네."

　"옛날 유괴범들은 흔히 신문을 이용했지. 3대 일간지 조간 의 구인 광고란에 광고를 내라, 내용은 '타로, 문제는 해결됐 으니 바로 귀가해라' 하는 식으로. 그렇지만 신문을 이용하면 다음 날까지 기다려야만 해. 하지만 인터넷 게시판을 사용하 면 바로 확인할 수 있고, 무엇보다 피해자 입장에서도 돈이 거의 들지 않아. 편리한 세상이 된 거지."

나는 프린터의 전원을 켜고 인쇄를 하려고 했다.

"잠깐만."

주리가 내 어깨를 두드렸다.

"왜?"

"협박장에 하나만 주문할게."

"뭔가 불만이라도?"

"이 '따님'이라는 말이 불만이야. 차라리 확실하게 이름을 명시해줘. '주리 씨'라고."

나는 문장을 다시 읽어보았다. 그리고 고개를 저었다.

"안 돼. '주리 씨'라고 하면 문장의 긴장감이 없어져. '따님'이 어때서 그래?"

"하지만 따님이 아닌걸."

그러면서 그녀는 고개를 숙였다.

"몇 번이나 말했지만 범인은 네 출생 배경 같은 건 모른단 말이야. 가쓰라기 집안의 귀한 딸이라고 믿고 있어. 따님이라고 표현해도 부자연스럽지 않다고 생각하는데. 오히려 주리 씨라고 하는 게 이상하지."

"어쨌든 그건 싫어."

나는 한숨을 내쉬었다.

"그럼 그냥 '아가씨'라고 하면 어때? 그러면 괜찮겠지?"

그러나 그녀는 고개를 끄덕이지 않았다.

"난 주리야. 가쓰라기 주리. 따님도 아가씨도 아니야."

"성가시게……."

골치가 아팠다.

"알았어. 그럼 가쓰라기 주리. '씨'는 붙이지 않겠어. 이름만 적을게. 이제 됐지? 더는 안 돼."

주리는 천천히 고개를 끄덕였다.

"그건 괜찮아."

나는 어깨를 움츠리고, 키보드를 두드려 문장을 수정했다. 젊은 여자의 마음이란 알 수가 없다.

협박장을 다시 읽으며 오탈자가 없는지 확인하고 나서 출력했다. 인쇄 상태를 살펴보고 나서 주리에게 건네주었다.

"이걸 팩스로 보낼 거야? 컴퓨터 팩스 모뎀을 쓰는 거 아니었어?"

"만약을 위해서야. 문서 포맷을 보고 어떤 컴퓨터를 썼는지 추측하지 못하게 하려고. 그리고 내 경험에 따르면 이 정도 문서는 팩스를 사용하는 쪽이 시간이 덜 들어. 유사시에 회선을 바로 끊어버릴 수도 있고."

나는 쓸데없이 송신 시간이 길어지지 않도록 협박장의 여백을 조심스럽게 잘라낸 다음, 가위로 적당히 여덟 조각을 냈다.

"뭐 하는 거야?"

"아, 그냥 보고 있어."

나는 셀로판테이프를 꺼내 잘라낸 종잇조각들을 방향과 순서가 뒤섞이도록 배치해서 연결했다. 그다음 누더기가 된 종이를 컴퓨터 옆에 있는 팩시밀리에 넣었다.

"이걸로 보낼 거야?"

주리가 놀란 듯한 목소리로 물었다.

"위치 추적되지 않아?"

"그러고 싶지 않아서 이렇게 누더기로 만든 거야. 만약에 가쓰라기 저택에 경찰이 대기하고 있다 해도 무슨 내용이 들어오는지 바로 알 수는 없을 거야. 지그소 퍼즐을 완성해서 협박장이라는 사실을 깨달았을 때는 이미 전화가 끊어졌을 테니까."

나는 주리를 똑바로 바라보았다.

"이 전화는 발신자 번호가 뜨지 않도록 해두었기 때문에 번호 앞에 186을 먼저 누르지 않는 한 이쪽 전화번호가 상대방에게 노출되는 일은 없어. 자, 그럼 번호를 눌러줄래? 이 팩스는 네가 직접 보내는 거야."

"왜 나한테 보내라는 거지?"

"공범 관계라는 사실을 확실히 자각하게 하기 위해서지. 너는 내 계획에 가담하겠다고 했지만 역시 실행 단계에 들어가면 망설이게 될 거야. 협박장을 보내고 나서 생각이 변하면 골치 아프니까."

자, 하며 팩시밀리를 가리켰다.

주리는 입술을 살짝 깨물며 나를 쏘아보았다. 나는 의자에 걸터앉아 그런 그녀의 모습을 지켜보기로 했다. 위험한 일에 손을 댈 때도 빠져나갈 길은 확보해두는 것이 내 방식이다.

그녀는 휴 하고 숨을 토했다.

"팩스를 보내기 전에 하고 싶은 일이 있는데."

"샤워를 해서 머리라도 식혀보겠다는 건가?"

"집에 가보고 싶어."

"아하."

나는 실망한 표정을 지었다.

"이 단계가 되니 집이 그리워진 건가? 그렇다면 뭐 어쩔 수 없지."

팩스에 넣었던 협박장을 꺼내 찢으려고 했다.

"잠깐. 그렇지 않아. 돌아가고 싶은 건 아니야. 밖에서 잠깐 보고 싶은 것뿐이라고."

"망설이는 것은 분명하잖아. 그래선 게임에 이길 수가 없어."

"그렇지 않다니까. 알지도 못하면서."

주리는 화가 난 듯이 두 손을 내저었다.

"이 게임에서 빠질 생각은 없어. 나도 그 집에 복수하고 싶으니까. 아빠가 집에 있는지 확인하고 싶은 것뿐이야. 아까 말한 것처럼 팩스는 아빠 서재에 있지만 누구도 함부로 건드리지 못하게 되어 있으니까."

"흐음."

협박장을 팩시밀리에 되돌려 놓았다.

"그렇지만 너희 아버지가 계속 집에 들어가지 않을 리는 없잖아. 언젠가는 들어가서 팩스를 보겠지."

"그래도 그게 언제가 될지 모른다는 건 싫어. 아빠가 협박장을 읽었는지 어떤지 모르면 잠도 제대로 잘 수 없을 거야."

나는 귓구멍에 검지를 넣어 안쪽을 긁적였다. 주리가 무슨 말을 하는지는 이해할 수 있었다.

"밖에서 보기만 해서는 가쓰라기 씨가 돌아왔는지 어떤지 알 수가 없잖아."

"차고를 보면 알 수 있어. 들어왔으면 차가 있을 테니까."

"그렇군."

고개를 끄덕이지 않을 수 없었다.

"팩스는 전화 겸용인가? 아니면……."

"전용 회선이야. 번호는 전화와 한 자리가 달라."

"팩스가 들어가면 전화와 마찬가지로 호출음이 울리나?"

주리는 고개를 저었다.

"울리지 않을걸."

"그럼 만약에 가쓰라기 씨가 돌아와 있더라도 협박장을 읽는 건 내일 아침이 되겠군. 늦은 시각이니 자고 있을 거야."

"그것도 확인하고 싶어. 내가 집에서 나오고 스물네 시간 이상이 지났잖아. 그런데도 그 집 사람들이 평소와 마찬가지로 생활하는지 어떤지 내 눈으로 보고 싶어."

"만약에 집에 불이 밝혀져 있다면 다들 걱정하고 있는 거라 생각하고 감격해서 계획을 중지하겠다는 건가?"

나는 빈정거리며 말했다.

"그런 일은 절대 없을 거라고 생각하니까 봐두고 싶다는 거야. 그리고 협박장을 보내기 전에 집의 상황을 살펴두는 건 계획을 위해서도 나쁘지 않을 거라고 생각하는데."

"어떤 장점이 있다는 거지?"

"경찰이 대기하고 있는지 어떤지 알아볼 수 있을지도 모르잖아."

나는 코웃음을 쳤다.

"이런 경우 경찰이 순찰차를 집 앞에다 세워놓기라도 할 거라고 생각하는 건가?"

"적어도 형사가 있다면 집에 불이 켜져 있을 거 아니야."

"그건……."

일리가 있는 말이다.

"그렇지만 위험해. 수상한 차가 주변에 멈춰 선다면 경찰은 분명히 눈치챌 거야. 게다가 너희 집에는 감시 카메라가 설치돼 있어. 거기에 찍히면 본전도 못 찾는다고."

"집 앞을 그냥 지나가기만 하면 되잖아. 그럼 의심 받지 않을 거야."

나는 낮은 신음소리를 내며 팔짱을 끼었다. 다시 그녀의 얼굴을 바라보았다.

"안 된다고 하면?"

"그렇다면……."

그녀는 어깨를 움츠렸다.

"어쩔 수 없지. 당신은 당신 방식대로 하면 돼. 그렇지만 나는 팩스를 보내지 않을 거야."

"그렇게 나오시겠다?"

나는 일어서서 창가로 다가갔다. 커튼을 약간 열고 밤거리를 내려다보았다.

밀어야 할까, 당겨야 할까. 주리가 주저한다면 이 게임은 중지해야 할 것이다. 그러나 유리창에 비친 그녀의 표정을 보면 겁먹은 것 같지는 않았다. 이 여자는 처음부터 대범하고 완강한 분위기를 풍겼고, 그것이 이 게임을 생각해내는 데 결정타가 되기도 했다.

나는 그녀를 돌아보았다.

"변장이 필요하겠군."

"변장?"

"차 안에 네가 있다는 걸 만에 하나라도 눈치채면 안 되니까."

내 말뜻을 이해한 모양이다. 주리는 생긋 웃으며 고개를 끄덕였다.

40분쯤 뒤, 나와 주리는 택시 안에 있었다. 내 차를 몰고 나오지 않은 건 감시 카메라에 증거가 남게 될 것을 우려해서였다.

택시 안에서는 부자연스럽지 않을 만큼 이야기를 나누었다. 주로 축구나 텔레비전 드라마 이야기였다. 운전기사에게 수상한 남녀라는 인상을 줘서는 안 되기 때문이다. 다행히 운전기사가 우리에게 관심을 보이는 기색은 없었다. 주리는 헐렁한 후드 셔츠 위에 청재킷을 걸치고 있었다. 둘 다 품이 컸지만 더 이상한 옷차림으로 다니는 젊은이들은 얼마든지 있다. 나는 가죽점퍼 차림이었다. 운전기사에게는 한밤중까지 놀러 다니느라 정신이 없는 대책 없는 커플로 보일 것이다.

택시가 텐엔초후의 주택가로 들어섰다. 나를 대신해서 주리가 가는 길을 자세하게 일러주었다. 가쓰라기 저택이 가까워지자 손에 땀이 배어났다.

이윽고 저택이 오른쪽 전방에 보였다. 그렇지만 물론 여기서 차의 속도를 줄여달라고 해서는 안 된다.

"이대로 쭉 직진해주세요."

운전기사에게 말한 뒤 주리는 셔츠에 달린 모자를 뒤집어썼다. 그리고 청재킷 앞자락을 여미고 그 안에 얼굴을 파묻듯이 고개를 숙였다.

차는 속도를 늦추지 않고 가쓰라기 저택 앞을 지나갔다. 우리는 모든 신경을 눈에 집중시켜 그 잠깐 사이에 저택의 상태를 살폈다.

지나친 뒤에 우리는 얼굴을 마주 보았다. 주리가 살짝 고개를 끄덕이자 나도 끄덕였다. 저택의 불은 모두 꺼져 있는 것 같았다.

적당한 곳에서 내린 뒤, 잠깐 걷다가 다시 택시를 잡았다. 돌아오는 차 안에서는 둘 다 아무 말이 없었다.

맨션에 돌아와서 우리는 다시 팩시밀리 앞에 섰다.

"일단 너희 집의 불은 모두 꺼져 있었어."

내가 말했다.

"차는 있었니?"

"아빠 차는 있었던 것 같아. 잘못 본 게 아니라면 말이야."

"그러니까 가쓰라기 가쓰토시는 집에 들어왔다. 그 집에서 자고 있다는 이야기가 되겠군. 하나 더 보태면, 현재 경찰이 감시하고 있는 것 같지도 않았고."

나는 팩시밀리로 눈길을 돌렸다.

"팩스를 보내려면 지금밖에 기회가 없어."

"아침에 해도 되잖아."

"날이 밝으면 또 상황이 달라져. 그러면 너는 새로운 불안감을 느끼게 될 거야. 보내려면 지금 해야 해. 이 기회를 놓치면 게임은 중지야."

주리는 협박장을 바라보며 생각에 잠겼다. 나는 벽시계를 보았다. 10분만 줄 생각이었다. 그 이상 생각할 시간을 줘봐야 소용없다.

5분쯤 침묵을 지키던 그녀가 고개를 들었다.

"알았어. 보낼게."

"돌이킬 수 없어."

"당신이나 도중에 꽁무니 빼지 마."

"한 번 더 건배할까? 맹세의 잔이야."

주리는 고개를 젓고 팩시밀리 앞에 섰다. 협박장이 제대로 끼워져 있는 것을 확인하고 온훅 상태로 돌린 뒤 숫자 버튼으로 손가락 끝을 가져갔다.

6

•

청춘의 가면

•

자는 건지 깨어 있는 건지 모를 몇 시간을 보내고, 나는 소
파에서 몸을 일으켰다. 늘 하던 대로 유연체조, 팔굽혀펴기,
복근운동을 했다. 카펫 위에 누워 숨을 고르는데 주리의 얼굴
이 불쑥 나타났다.

"잘 잤어?"

"일찍 일어났네. 아니면, 잠을 못 잔 건가?"

"배고파."

"기다려. 지금 차릴 테니까."

일어나 주방으로 들어갔다.

아침 메뉴는 토스트, 삶은 달걀, 야채주스였다. 커피를 끓이
기는 귀찮았다.

토스트를 씹으며 컴퓨터를 켜고 이메일을 체크했다. 들어와

있는 것은 딱 두 통이었다. 둘 다 별 볼일 없는 메일이었다. 오토모빌 파크의 좌절은 나를 한물간 인간으로 만들어버리려 하고 있었다. 그렇게 될 수는 없다. 반드시 컴백하고 말 것이다.

시선이 느껴져 돌아보니 주리가 컴퓨터 화면을 들여다보고 있었다. 왜 그러냐고 물어보았다.

"아빠가 그걸 봤을까?"

"확인해볼까?"

"응."

나는 모니터에 있는 브라우저 아이콘을 더블클릭했다. CPT 오너즈 클럽의 URL에 접속해 게시판을 들여다보았다.

어제 내가 본 뒤로 게시물이 두 건 늘어나 있었다. 둘 다 가쓰라기 가쓰토시가 남긴 메시지는 아닌 것 같았다.

"아직 답장이 없네."

그러면서 브라우저를 종료했다.

"보지 못했나?"

"그렇지는 않을걸. 굳이 집 서재에 팩스를 놔둔 건 급한 연락이 올 경우에 대비하기 위해서야. 아침에 일어나면 우선 뭔가 들어오지 않았나부터 확인하는 게 보통이지. 지금쯤 협박장을 들여다보며 어떻게 해야 할지 궁리하고 있을 거야."

나는 시계를 보았다. 오전 8시가 막 지났다.

컴퓨터에서 떨어져 남은 토스트와 삶은 달걀을 야채주스와 함께 먹었다.

"앞으로 너희 아버지가 무엇을 할 것인지 추리해보면, 우선 경찰에 연락할 거야. 그만한 지위에 있는 사람이니 친하게 지내는 경찰 관계자가 한두 명은 있겠지. 경시청 유괴 전문 수사관이 집에 도착하는 것은 약 한 시간 뒤쯤? 그사이에 너희 아버지는 회사에 전화해서 오늘은 개인적인 일로 출근할 수 없다고 말할 거야. 그리고 어지간히 급한 일이 아니면 집으로 전화하지 말라고 못을 박겠지. 파출부에게 오늘은 오지 않아도 된다고 연락하고, 부인과 또 한 명의 딸에게는 외출 금지령을 내릴 거야. 뭐 대략 이 정도."

"은행에 연락은?"

"몸값 때문에? 그건 아직. 일단 경찰하고 의논부터 하겠지. 게다가 천하의 가쓰라기 가쓰토시야. 3억 엔을 마련하려면 어떻게 해야 하는지는 뻔히 알고 있을 거라고. 말이 통하는 은행이야 얼마든지 있을 테니까."

나는 욕실로 가서 대충 샤워를 하고, 면도를 하면서 앞으로의 일을 생각했다. 일단 가쓰라기 가쓰토시는 그 홈페이지에 답글을 올릴 것이다. 거래에 응하겠다는 내용일 것이 틀림없지만, 그것만으로 끝날 거라고는 생각하지 않는다. 우선 그는 조건을 내걸 것이다. 딸의 안전을 확인하고 싶다고 할 것이다. 거기에는 어떻게 대응해야 할까?

양치질을 하고 나오니 주리는 소파에 앉아 텔레비전을 보고
있었다. 뉴스 프로그램인 모양이다.

"회사 가는 거야?"

"이래 봬도 셀러리맨이니까."

"그동안 나는 뭘 하면 되지?"

"좋을 대로 하라고 하고 싶지만, 너무 멋대로 움직여서는 곤
란해. 우선 이 집에서 나가지 말 것. 이게 가장 큰 원칙이야.
누가 인터폰을 눌러도 무시할 것. 전화를 거는 것도, 받는 것
도 절대 안 돼. 이 약속을 지킨다면 여기서 무얼 해도 괜찮아."

"배가 고프면?"

"냉동 필래프가 있고, 식품저장고에 레토르트 식품이랑 통
조림이 있을 거야. 미안하지만 오늘은 그걸로 참아줘. 와인이
나 맥주는 마셔도 상관없지만 정도껏. 취해서 이상한 행동을
하면 골치 아프니까."

"편의점도 안 되겠지?"

"우리가 뭘 하려고 하는지 생각해봐. 숨바꼭질 놀이가 아니
라고."

그렇게 말하고 나는 검지를 세워 보였다.

"정정. 뭘 하려고 하는지가 아니라 뭘 하고 있는지. 이미 게
임은 시작됐어. 돌이킬 수는 없어."

그런 건 알고 있다는 듯이 주리가 매서운 눈으로 쏘아보았

다. 이런 표정을 짓는 한 안심이다.

맨션을 나와 여느 때처럼 지하철을 탔다. 유리창에 비친 모습을 보고 만족했다. 아무리 봐도 직장에 나가는 샐러리맨의 얼굴이다. 도저히 유괴를 기도하고 남을 협박하는 인간으로는 보이지 않는다. 아르마니 양복을 입고 출근하는 유괴범이 세상 어디에 있을까?

범죄라는 게 대단한 것은 아니라고 생각한다. 특히 돈을 노린 범죄는 회사에서 하는 일과 똑같다. 법망을 빠져나가는 방법을 궁리하는 대신 경찰의 수사망에 걸리지 않도록 조심할 뿐이다. 협박도 거래와 다를 게 없다. 아니, 고집스러운 클라이언트를 상대하는 상담에 비하면 훨씬 단순하고 편한 일이다.

주리에게는 돌이킬 수 없다고 말했지만 사실 그렇지도 않다. 위험하다는 생각이 들면 잽싸게 물러서면 되는 것이다. 주리의 입을 막는 것은 어려운 일이 아니다. 그녀도 거짓 유괴를 기도했다는 사실은 숨기고 싶을 테니까. 만약에 들통이 난다 해도 두려울 것은 없다. 그녀의 꼬임에 빠져 장난을 한 것이라고 하면 그만이다. 주리는 그런 말을 먼저 꺼낸 것은 나라고 주장할 테지만 증거가 어디 있는가. 그리고 이게 가장 중요한데, 피해자인 가쓰라기 가쓰토시 역시 이 사건이 세상에 알려지는 것은 원치 않을 것이다.

물론 지금 돌이킬 생각은 전혀 없다. 지금까지 뭔가에 도전해서 실패한 적은 없다. 이 게임도 반드시 이기고 말 것이다.

회사에서는 따분한 잡무가 나를 기다리고 있었다. 인기 소녀 가수를 기용한 영화와, 같은 이름의 비디오 게임을 함께 판다는, 성인 남자가 다룰 만한 일이라고는 생각할 수 없는 따분한 기획이었다. 나는 회의 시간에 몸값을 받아내는 방법을 궁리했다. 그편이 훨씬 더 즐거웠기 때문이다.

내 자리에 돌아와 다시 컴퓨터로 인터넷에 접속했다. 홈페이지를 확인해봤지만 가쓰라기 가쓰토시의 답글은 올라와 있지 않았다.

아직 경찰과 의논 중이라는 얘긴가? 기한을 정해두지 않은 게 약간 후회됐다. 그쪽 입장에서야 시간을 벌려고 들 것이 뻔했기 때문이다.

"뭘 보고 계세요?"

등 뒤에서 소리가 들렸다.

누구의 목소리인지 생각하기도 전에 나는 화면의 윈도부터 닫았다. 뒤돌아보니 스기모토가 허리를 구부리고 있었다. 지금까지 내 컴퓨터 모니터를 들여다보고 있었던 것일까?

"뭐 재미있는 사이트라도 발견했습니까?"

그가 다시 물었다.

"아니, 그냥 시간 때우기야."

어떤 홈페이지인지 녀석이 봤다면 골치 아프다.

"아이돌 영화 정보나 모아둘까 해서."

"아아, 구리하라 유미가 게임 캐릭터가 될 영화 때문에요?"

"그렇지 뭐."

"그거 쉬운 일이 아니군요."

스기모토의 얼굴에 동정심과 우월감이 함께 떠올랐다. 입장이 완전히 역전되었다고 생각할 것이다.

어쨌든 내가 어떤 홈페이지를 들여다보고 있었는지는 모르는 모양이었다.

"오늘도 닛세이하고 미팅이 있는 거 아니었어?"

내가 물었다.

"음, 있을 예정이었는데 조금 전에 취소되었다는 연락이 와서요."

"닛세이 쪽에서 캔슬한 건가?"

"예. 아무래도 가쓰라기 씨가 시간을 낼 수 없게 된 모양이에요."

"가쓰라기 씨가?"

"부사장이 없어도 상관은 없는데, 어쨌든 이번 기획은 그 사람을 빼고는 진행할 수 없는 일이라."

거기까지 이야기하고 그는 내 앞에서 쓸데없는 소리를 했다고 생각했는지 슬며시 자리를 피했다.

나는 손가락 끝으로 책상을 두드렸다. 역시 가쓰라기 가쓰토시도 유괴범이 보낸 협박장을 받아 들고 당황한 모양이다. 지금쯤 자기 집에서 파랗게 질려 있을 것이다.

점심시간에는 회사에서 나와 근처 카페에서 식사를 했다. 그러고는 커피를 마시며 몸값을 받아낼 방법에 대해 다시 궁리해보았다.

3억 엔이면 부피가 꽤 될 것이다. 가방에 넣더라도 하나로는 모자랄 것이다. 가령 넣을 수 있다 해도 옮기는 것이 문제다.

유괴범이 잡히는 것은 몸값을 어떻게 받을지에 대해 충분히 고민하지 않기 때문이다. 거꾸로 경찰 입장에서는 그 순간이 범인을 체포할 수 있는 절호의 기회가 된다. 그들은 모든 패턴을 예상하고 나올 것이다. 의표를 찌르지 않으면 안 된다.

커피를 다 마시고 사무실로 돌아오니 분위기가 어딘지 이상했다. 특히 몇몇 직원이 허둥지둥 움직이고 있었다. 나는 가까이 있는 후배를 잡고 무슨 일인지 물어보았다.

"비상이 걸린 모양입니다. 닛세이자동차 부사장이 온다고 해서요."

"가쓰라기 씨가? 여기? 무슨 일로?"

후배는 고개를 저었다.

"잘 모르겠습니다. 좀 전에 갑자기 연락이 왔다고 하던데요. 그래서 신차 캠페인을 담당하는 친구들이 허둥대는 거죠."

"아하……."

나는 약간 혼란스러웠다. 어떻게 된 일일까? 아무리 첩의 자식이라고는 해도 자기 딸이 유괴되었다는데 아무렇지 않게 일을 보러 다니는 인간이 있을까?

생각할 수 있는 경우는 한 가지뿐이다. 가쓰라기 가쓰토시는 아직 협박장을 보지 못한 것이다. 행실 나쁜 딸이 연락도 없이 또 외박을 했다는 정도로만 알고 있는 것이 분명하다.

혹시 협박장이 가지 않은 것일까? 가기는 갔는데 그가 아직 보지 못했을 뿐인가? 후자라면 문제가 없지만, 전자일 경우에는 골치가 아프다. 가지 않은 원인을 찾아야 한다.

나는 책상 위의 수화기를 들고 집으로 전화를 걸었다. 가쓰라기 저택의 팩시밀리에 무슨 문제가 있는 건 아닌지 주리에게 확인하기 위해서였다. 그렇지만 호출음이 세 번 울렸을 때 생각이 났다. 전화는 받지 말라고 주리에게 지시해두었던 것이다.

할 수 없이 나는 다시 한 번 컴퓨터를 켜고 인터넷에 접속해보았다. CPT 오너즈 클럽에 접속하여 게시판을 본 순간, 나는 '악' 하고 소리를 지를 뻔했다. 다음과 같은 게시물을 발견했기 때문이다.

구입 희망(주리)

여러분 안녕. 주리라고 합니다. 이번에 CPT를 사지 않겠느냐는 제안이 있어서 응하기로 했습니다. 그렇지만 역시 큰돈이라 마련하는 데 시간이 좀 걸릴 것 같네요. 자세한 계약 내용도 들어봐야하지 않을까 생각합니다.

주리라는 닉네임이 우연의 일치라고는 생각할 수 없다. 내용 역시 거래 수락을 뜻하는 걸로 받아들여도 틀림없을 것이다. 결국 이것은 가쓰라기 가쓰토시가 보낸 메시지다.

멍하니 앉아 있는데 갑자기 누군가가 어깨를 두드렸다. 고쓰카였다.

"사장님……"

"일하는데 미안하지만."

그가 목소리를 낮췄다.

"함께 좀 가주지 않겠나? 이미 들었을 테지만 가쓰라기 씨가 올 거야. 자네도 같이 자리해줬으면 하네."

나는 피식 웃어 보였다.

"뭣 때문에 이제 와서 저를? 용도 폐기된 인간일 텐데요. 아니면 한물간 사람이거나."

고쓰카는 맥없는 표정으로 손을 내저었다.

"너무 그러지 말게. 실은 가쓰라기 씨가 이상한 소리를 하더군."

"이상한 소리? 이번에는 뭡니까?"

"왜 그런지는 모르겠지만 게임을 보고 싶은 모양이야."

"게임?"

"우리가 만든 게임 말이야. 대표적인 작품을 열 개쯤 픽업해서 그 내용과 개발 이유 같은 것에 대해 설명을 듣고 싶다더군. 그 속셈이야 잘 모르겠지만 이것도 신차 캠페인 기획을 위한 준비라는 것 같아."

"이상한 일이네요."

"나도 그렇게 생각하네. 그렇지만 보고 싶다고 하니 안 보여줄 수도 없지 않나."

"그런데 왜 저까지 부르는 겁니까?"

"선정한 게임 가운데 하나는 자네가 손을 댔던 거야. 설명해달라고 하면 대답 좀 해주게."

"그런 일입니까?"

어쩔 수 없다는 듯이 한숨을 내쉬고 나는 의자에서 일어났다.

그렇다 해도 이해할 수 없는 것은 가쓰라기 가쓰토시의 행동이다. 인터넷 게시판에 답이 올라온 이상 협박장을 읽은 것은 확실하다. 딸이 유괴됐는데 아무렇지도 않게 업무를 볼 수 있는 아버지가 있을까? 그렇지 않으면 협박을 진짜라고 여기지 않는 것일까? 지시에 따라 답은 했지만 나쁜 장난쯤으로만 생각하는 것인가? 이런 정도에 당황하는 것은 우습다고 하고 싶은 것일까?

아니, 그렇게 생각하기는 어렵다. 주리가 없어진 것은 사실이고, 본인에게서 여전히 연락이 없다면 유괴당한 것이 아닐까 생각하는 것이 자연스럽다.

어쩌면 경찰이 지시했을지도 모른다. 경찰을 대표하는 사람이 가쓰라기 가쓰토시에게 말했을 것이다. 가쓰라기 씨, 침착합시다. 범인도 섣불리 주리 씨에게 손을 대지는 못할 겁니다. 어쨌든 중요한 인질이니까요. 허둥대다가 매스컴이 냄새를 맡으면 오히려 더 골치 아픕니다. 가쓰라기 씨, 그러니 평소대로 행동해주십시오. 여느 때처럼 회사에 출근해 일을 해주십시오. 무슨 일이 있으면 연락을 드리겠습니다. 집에는 사모님이 계시면 됩니다. 나머지는 저희에게 맡겨주십시오. 어차피 이 범인은 전화를 사용하지 않을 겁니다. 이런 식으로 말이다.

다만 내가 손을 댔던 게임에 대해 설명을 들으러 온다는 것은 신경이 쓰인다. 무엇 때문일까? 혹시나 범인이 회사 사람이라는 걸 눈치챈 것일까? 설마 그럴 리는 없을 것이다.

이런저런 생각을 하면서 외빈용 응접실에서 기다리고 있는데 노크 소리가 들리고 문이 열렸다. 문을 연 것은 응접 담당 여직원이었지만, 바로 그 뒤에 가쓰라기 가쓰토시가 모습을 드러냈다.

가쓰라기 가쓰토시는 일인용 소파에 다리를 꼬고 앉아 사이버플랜 직원의 설명을 듣고 있었다. 그의 앞에는 액정 모니터를 장착한 컴퓨터가 놓여 있고, 거기에 각각의 게임에 대한 설명과 개발 목적 등이 표시되었다. 그것들은 물론 급히 만들어진 것이 아니라 개발 제안을 할 때 프레젠테이션용으로 썼던 것이다. 컴퓨터 옆에는 게임기가 연결된 소형 텔레비전이 놓여 있고, 실제로 상품화된 게임이 실행되고 있었다. 게임기의 컨트롤러도 가쓰라기 가쓰토시 앞에 놓여 있었지만 그는 그것에 손을 대려고 하지는 않았다.

　나는 내 차례를 기다리면서 그의 표정을 살폈다. 그는 별로 흥미 없는 듯이 게임을 바라보았지만 질문하는 내용은 날카롭고 정확했다. 어떤 의도로 게임을 만들었는가, 왜 팔릴 거라고 생각했는가, 자신의 감각에 의문을 품지는 않았는가. 그런 질문이 대부분이었다. 직원들 가운데는 제대로 대답하지 못하고 횡설수설하는 사람도 있었다. 그런 모습만 본다면 가쓰라기 가쓰토시가 딸의 유괴 사실을 아는 것으로는 보이지 않았다.

　이윽고 내 차례가 돌아왔다. 내가 소개하는 것은 '청춘의 가면'이라는 게임이다.

이것은 말하자면 인생 게임이다. 플레이어는 한 인물의 탄생부터 관여할 수가 있다. 다만 어떤 부모 사이에서 태어나는가는 컴퓨터가 결정한다. 플레이어가 처음에 선택하는 것은 아버지와 어머니로부터 어떤 유전자를 물려받느냐 하는 것이고, 남자로 태어날지 여자로 태어날지를 결정한다. 태어난 뒤에는 유치원, 초등학교, 중학교로 올라가는데 그때 무엇을 얼마나 공부하고 어떤 친구와 얼마나 노는가도 선택해야 한다. 장래를 위해 공부만 하면 된다는 안일한 생각을 하면 함정에 빠지게 된다. 이 게임의 가장 큰 재미는 인생 경험에 의해 캐릭터의 얼굴이 미묘하게 바뀌어간다는 점이다.

"관상학이라는 것이 있습니다."

나는 가쓰라기 가쓰토시에게 설명했다.

"얼굴이 그 사람을 둘러싼 환경이나 그때까지의 경험을 나타낸다는 사고방식입니다. 예를 들면 어떤 특정 직업에 종사하는 사람들의 얼굴을 컴퓨터에 입력해 평균화하면 그 직업을 가진 사람에게서만 볼 수 있는 얼굴이 만들어지는 것입니다. 정치가의 얼굴, 은행원의 얼굴, 유흥업소 아가씨의 얼굴, 이러한 것들은 분명히 존재합니다. 그렇지만 얼굴에 의해 운명이 결정되는 것은 아닙니다. 각자 걸어온 길에 따라 얼굴이 결정되는 거죠. 이 게임의 재미 가운데 하나는 다양한 인생 경험을 쌓아 최종적으로 어떤 얼굴을 얻느냐 하는 데에 있습니다."

"문제는 얼굴이 아니겠지."

가쓰라기 가쓰토시가 입을 열었다.

"자네의 주장을 받아들인다면 얼굴은 결과에 불과하네. 사람은 얼굴을 얻기 위해 사는 건 아니라고 생각하는데."

"맞는 말씀입니다. 그래서 말씀드렸습니다. 재미 가운데 하나라고. 사람은 얼굴을 얻기 위해 살아가는 것이 아니다. 맞습니다. 그렇지만 인생에 있어서 얼굴은 중요합니다. 여러 갈림길에서 얼굴은 그 사람의 운명에 영향을 미칩니다. 예를 들면 취직 시험의 면접 같은 경우입니다. 맞선을 보는 자리도 마찬가지고요. 탤런트를 지망하는 여자아이들 가운데는 10대에 성형수술을 받는 경우도 적지 않습니다. 이 게임에서는 그때까지의 인생 경험에 의해 만들어진 얼굴로 몇 가지 갈림길에 도전하게 됩니다. 사람들과 사귀지 않고 공부벌레로 인생을 보내온 사람의 얼굴에는 정신적인 왜곡이 나타납니다. 그런 사람은 첫인상이 나쁘고, 당연히 면접이나 맞선을 보는 자리 같은 데서 불리해집니다. 자기 얼굴에 책임을 져라. 이건 예로부터 전해 내려오는 말입니다."

"그러면 선택을 잘못해서 원하는 얼굴을 얻지 못하는 플레이어는 그 시점에서 좌절할 수밖에 없지 않은가."

"진짜 인생이라면 그렇겠죠. 그렇지만 이건 게임입니다. 그런 경우를 위한 비장의 카드가 있습니다. 그것이 가면입니다.

플레이어는 이때다 싶을 때, 준비된 가면을 주인공에게 씌울 수 있습니다. 이 가면은 그 시점에서 얼굴을 복사한 것인데, 플레이어는 어느 정도 얼굴을 변형시킬 수가 있습니다. 무뚝뚝한 얼굴이라면 약간 애교 있게 보이도록 변형하면 되는 겁니다. 다만 이 가면을 사용할 수 있는 횟수는 한정되어 있고, 계속 쓰고 있을 수도 없습니다. 결국 플레이어는 주인공의 얼굴을 바꾸려고 노력해야만 하는 것입니다. 이 게임의 궁극적인 목적은 행복을 잡는 것입니다. 그러기 위해서는 어떤 가면이 필요한지, 플레이어는 계속 모색하게 됩니다."

이야기가 너무 길어졌는지도 모른다. 가쓰라기 가쓰토시가 얼마나 진지하게 듣고 있는지 몰라 나는 불안해졌다. 애당초 지금 그는 어떤 이야기도 진지하게 들을 수 있는 상태가 아닐지도 모르지만.

"히트칠지 어떨지는 모르겠지만."

가쓰라기 가쓰토시가 말했다.

"재미있는 발상이군. 경험이 얼굴을 만들고, 그 얼굴이 운명을 결정한다. 어떤 의미에서는 진실일지도 모르지."

"감사합니다."

"하지만 가장 긴요한 순간에 가면을 쓸 수 있다는 건 좀 그렇군. 대인관계가 서툰 젊은이들에게는 편리한 아이템일지도 모르지만, 인간이라면 누구나 좌절할 수밖에 없는 때가 있게 마련일세. 필요하다고 해도 좋고."

"그래도 이건 게임이니까요."

"아무리 게임이라 해도 역부족을 인정하게 하는 것은 중요하네."

가쓰라기 가쓰토시는 그렇게 말하고 소파에 기댔다. 무릎 위에서 깍지를 끼고 나를 올려다보았다.

"자네, 한 가지 묻고 싶은데."

"말씀하십시오."

"자네는 자네 얼굴에 책임을 지고 있는 건가?"

나는 순간 말문이 막혔다. 질문의 의도를 알 수 없었기 때문이다.

"그런 셈입니다."

"그러면 자네에게 있어서 행복을 얻기 위한 가면이란 바로 지금 자네의 얼굴인 셈이군."

"글쎄요. 그건 잘……."

나는 억지로 부드러운 웃음을 지었다.

가쓰라기 가쓰토시는 물끄러미 내 얼굴을 바라본 뒤 고쓰카 쪽으로 시선을 돌렸다.

"고맙네. 다음으로 넘어가지."

7

·

부재중 메시지

·

집에 돌아오니 주리가 주방에서 뭔가를 만들고 있었다. 냄새로 미루어 어떤 요리인지 짐작할 수 있었다.

"크림스튜를 만들 재료가 남아 있었나?"

주방 입구에 서서 물었다.

주리는 내 셔츠와 스웨터를 입고, 그 위에 티셔츠를 앞치마 대신 둘렀다. 그런 차림으로 냄비의 내용물을 젓고 있었다.

"냉장고 안을 다 뒤졌지. 야채가 맛이 가려던 참이었지만 그럭저럭 쓸 만했어."

그라탱을 만들 작정으로 사두었던 것이 생각났다.

"사람을 만나거나 전화를 받거나 하지는 않았겠지?"

"안 했어. 사람이 있다는 걸 주위에서 눈치채면 안 될 것 같아서 텔레비전 볼륨도 아주 작게 해놓았는걸. 걸을 때도 발소리가 나지 않도록 조심했고. 전화는 점심때쯤 한 번 왔었는데 받지 않았어."

내가 건 전화일 것이다. 일단 주리가 실수를 하지는 않은 것 같았다.

그녀는 가스레인지의 불 조절에 신경을 썼다. 스튜를 끓이고 있는 냄비는 지금까지 두 번밖에 쓰지 않았던 것이다.

"요리가 특기인 줄은 몰랐네."

"특기는 아니야. 심심해서. 배 안 고파?"

"난 먹고 들어왔어. 너 주려고 이걸 사왔는데."

종이봉투를 들어 올렸다.

"뭔데?"

"도시락."

그녀는 종이봉투 안을 들여다보고 눈이 동그래졌다.

"야스만 도시락이잖아. 멋져. 여기 요리사, 가끔 텔레비전에도 나오던데. 자, 난 이거 먹을래."

"스튜는 어떡하고?"

"그런 건 아무래도 상관없어."

주리는 냄비 앞으로 다가가 불을 껐다.

침실에서 옷을 갈아입고 거실로 돌아오니 그녀는 벌써 도시락을 먹고 있었다. 요리 하나하나에 감탄하면서 사설을 늘어놓았다. 나는 캔 맥주를 마시면서 그 말을 들었다.

"그런데 오늘 너희 아버지를 만났어."

주리가 젓가락질을 멈췄다.

"어디서?"

"우리 회사에 왔었어. 딸이 유괴되었는데 무슨 생각인지. 아마 경찰의 지시가 있었을 거라고 생각하지만, 아무 일 없다는 듯이 가장하기 위해서라면 그냥 회사에 가만히 있으면 됐을 텐데."

"나 같은 건 아무래도 상관없는 거지."

그녀는 다시 식사를 시작했다.

"진심이야 어떤지 몰라도 골치 아프게 되었다고는 생각할 거야. 협박장을 본 것 같으니까. 답글이 올라왔어."

"정말? 인터넷에 글이 떴어?"

나는 컴퓨터를 켰다. 인터넷에 연결해 그 사이트에 접속했다.

"어, 게시물이 늘었네."

낮에 보았던 게시물 말고도 다음과 같은 글이 새로 올라와 있었다.

품질 확인하고 싶어(주리)

새내기 회원 주리입니다. CPT를 양도받을 예정인데 역시 눈으로 직접 물건을 보고 싶군요. 흠집이 있는지 어떤지 확인하고 싶고, 엔진 소리 같은 것도 들어보고 싶어요. 돈을 지불하는 건 그다음이겠죠. 어떻게 생각하세요, 여러분?

주리는 또 식사를 중단하고 화면을 들여다보았다. 그 옆얼굴에 대고 말했다.

"자, 어떻게 생각하십니까, 주리 씨?"

"이건 결국……."

"네가 무사하다는 것을 확인하게 해달라, 거래는 그다음이다. 그런 의미겠지."

"어쩔 생각이야?"

"글쎄, 어떻게 할까?"

나는 소파에 앉아 다리를 쭉 뻗었다. 맥주를 목으로 넘겼다. 주리는 나를 바라보고 있었다.

적이 이렇게 제안하는 이유는 두 가지다. 하나는 진짜로 인질이 무사한지 확인하고 싶어서. 또 하나는 범인의 꼬리를 잡으려는 것. 경찰이 가장 원하는 건 범인이 전화를 거는 것임에 틀림없다. 주리를 바꿔 달라고 하여 위치 추적과 동시에 뭔가 정보를 입수할 속셈이다. 지금쯤 가쓰라기 저택의 전화기에는 녹음 장치니 뭐니 하는 것들이 잔뜩 달려있고, 형사들이 헤드폰을 한 손에 들고 대기하고 있을 것이다.

유괴를 다룬 소설이나 영화에 반드시 나오는 장면이다. 피해자 측은 인질의 안전을 확인하게 해달라고 하고, 범인은 어떻게 수사진의 의표를 찔러 그 목표를 이룰 것인가 머리를 짜낸다. 수사하는 측과 범인 측이 벌이는 최초의 대결이라고 할 수 있다. 대담하게 인질의 상태를 텔레비전을 통해 중계한다는 미스터리 소설도 있었다.

생각해보면 웃기는 일이다. 범인 측은 피해자 측이 내놓은 요구를 들어줄 이유가 없다. 범인은 그냥 요구만 하면 된다. 거래가 중지되면 곤란한 것은 피해자 측이다. 그러니 이번 케이스에서도 나는 이런 요구를 무시해도 좋을 것이다. 인질의 안전은 돈을 지불하면 확인할 수 있다. 왜냐하면 털끝 하나 다치지 않은 채로 돌려보낼 테니까. 이런 식으로 이야기할 수도 있을 것이다. 그런 내용으로 쓴 메일을 보내버릴까 하는 생각도 했다. 그 게시판에 게시물을 올린 '주리'는 이메일 주소도 적어 놓았다. 물론 이쪽이 메일을 보낼 가능성을 생각해서일 것이다.

"전화를 걸 수는 없겠지?"

주리가 말했다.

"너무 위험하잖아."

"그렇네."

"전화를 걸고 싶어?"

그녀는 고개를 저었다.

"그런 말이 아니야."

"아무리 바보 같은 범인이라도 요즘 세상에 그런 짓은 하지 않을 거야. 다만, 그렇게 생각은 하지만 그 바보 같은 짓을 해 보면 재미있을 것 같은 기분은 드는군."

"재미라니……."

"이건 게임이니까. 재미없으면 소용없잖아. 그렇다고 아무런 메리트 없이 전화를 건다는 건 아무래도 앞뒤가 맞지 않고."

전화를 거는 이상 뭔가 메리트가 있으면 좋겠다. 내가 노리는 메리트는 수사를 혼란시키는 것이다. 어떻게 하면 그럴 수 있을까?

그런 궁리를 하는데 주리가 입술을 살짝 떼었다.

"저어."

"뭐야."

"전화 이야기가 나와서 생각난 건데, 나 아무래도 큰 실수를 한 것 같아."

주리로서는 드물게 조심스럽고 풀죽은 말투였다. 불길한 예감이 들었다. 나는 눈초리가 매서워지는 것을 스스로도 느끼면서 그녀를 바라보았다.

"어제 나한테 물었잖아. 가출한 뒤에 누구하고 통화를 하지 않았느냐고."

"그랬지. 아니, 설마 통화했다는 이야기는 아니겠지."

나도 모르게 소파에서 몸을 일으켰다.

"통화는 하지 않았어. 그렇지만, 전화는 걸었어."

"무슨 소리야?"

"유키라는 친구가 있어. 일단 그 애 집에라도 가 있을까 싶어서 전화를 걸었거든. 그런 표정으로 째려보지 마. 그때는 일이 이렇게 될 거라고는 생각도 못했으니까."

"아, 그래. 계속해봐."

머리가 쑤셔오기 시작했다. 젊은 여자애들은 늘 이렇다.

"그런데 집에 없었어. 그제야 생각이 났지. 유키가 이번 달부터 미국에 가 있을 거라고 했던 것이. 그러니까 아무도 전화를 받지 않았고, 자동응답기 메시지가 흘러나왔을 뿐이야."

"거기다 대고 뭐라고 떠든 건 아니겠지?"

내 질문에 주리는 뿌루퉁한 표정으로 고개를 숙였다. 나는 머리를 감싸 쥐었다.

"뭐라고 했는데?"

"주린데 미국에 갔다는 걸 깜빡했네, 라고."

"그리고?"

"그뿐이야. 바로 끊었으니까."

나는 다시 소파에 앉았다. 얼굴을 찌푸리며 몸을 쭉 폈다.

"왜 이제야 그런 이야기를……."

"얘기는 하지 않았어. 그래서 지금까지 까맣게 잊고 있었단

144

말이야."

"잘 들어. 메시지가 녹음되면 걸려온 전화의 날짜와 시간이 확실하게 기록된단 말이야. 그 유키라는 친구가 미국에서 돌아올 경우 유괴 사건에 대해 알게 되는 건 시간문제야. 어쩌면 꽤 자세하게 알아볼지도 몰라. 어쨌든 친구가 유괴되었던 거니까. 그런 마당에 그 녹음 메시지를 들으면 어떻게 되겠어? 유괴된 뒤에 느긋하게 전화를 걸었다는 사실에 분명 의심을 품게 될 거라고."

"괜찮을 거야. 비교적 꼼꼼한 아이는 아니어서 시간의 모순 같은 건 눈치채지 못할 거야."

그녀의 말이 끝나기도 전에 나는 머리를 설레설레 흔들기 시작했다.

"나는 이 게임을 완벽하게 풀어가고 싶어. 괜찮을 거라는 애매한 말을 믿고 계속해나갈 수 있을 거라고 생각해?"

"그럼 어떻게 해야 되는데?"

주리가 화난 목소리로 말했다.

나도 엄지와 검지로 양쪽 눈꺼풀을 문질렀다. 속이 약간 메스꺼운 것 같기도 했다.

"뻔하잖아. 계획은 중지야. 게임은 여기까지야."

"그런……."

"어쩔 수 없어. 만약 유키라는 친구가 시간에 모순이 있다는 걸 눈치채고 그 사실을 누군가에게 이야기하면 어떻게 될 것 같아? 누군가가 친절하게 경찰 관계자에게 알릴지도 몰라. 경찰은 거짓 유괴일 가능성을 염두에 두고 널 추궁할 거야. 그러면 끝장이라고."

"난 절대로 이야기하지 않을 거야. 죽어도 이야기하지 않을게."

주리가 확실하게 잘라 말했다. 자신의 결심을 표현하고 싶었는지, 말을 마친 뒤 입술을 꽉 다물었다.

"경찰의 취조가 그리 호락호락하진 않아. 뭐 나도 잘 아는 건 아니지만, 적어도 여자애의 그런 각오가 통할 상대는 아닐걸."

여자애라고 말한 것에 기분이 상했는지 주리는 뾰로통한 표정을 지었다. 그러나 비위를 맞춰줄 여유는 내게도 없었다. 맥주를 다 들이켜고 빈 깡통을 움켜쥐어 찌그러뜨렸다.

계획을 중지하기로 한 이상 주리를 빨리 돌려보내는 편이 신상에 좋다. 그렇지만 돌려보내는 것만으로는 안 된다. 협박장을 보내고 말았다. 경찰도 움직이기 시작했을 것이다. 주리가 나를 꼬드겨 질이 나쁜 장난에 동참했다는 스토리로 가야만 한다. 문제는 어떻게 주리를 설득하느냐다.

"저기, 할 말이 있는데."

"그 말을 듣기 전에 내가 먼저 하고 싶은 얘기가 있어."

"게임을 중지하자는 이야기라면 듣지 않을 거야."

나는 천장을 올려다보며 외국의 영화배우처럼 포기했다는 포즈를 취했다.

"지우러 가려고 생각했는데."

그녀는 내 제스처를 무시하고 말했다.

"지워? 뭘?"

"내가 남긴 메시지. 그걸 지우면 문제없는 거잖아."

"어떻게 지워? 남의 전화기인데."

"미국에 가 있는 동안 나한테 필요하면 방을 쓰라고 했어. 열쇠를 어디다 숨겨두는지도 이야기해줬고."

"어딘데, 유키라는 애 집이?"

"요코스카."

"요코스카? 멀기도 하네."

"차로 가면 한 시간 남짓이야. 후딱 갔다가 후딱 돌아오면 되잖아."

"말은 쉽지. 주인이 없는 집에 수상한 남녀가 들어가는 걸 관리인이나 이웃 사람들이 보면 틀림없이 수상하게 여길 거야."

"그럴 염려는 없어. 하지만 당신은 그 집에 들어가지 않는 게 나을 거야. 거긴 여성 전용 맨션이니까. 요코스카 항에서 배 구경이나 하면서 기다리고 있어."

"말 같지도 않은 소리를."

코웃음을 치면서도 나는 언젠가 가본 적이 있는 요코스카의 거리를 떠올렸다.

문득 한 가지 아이디어가 떠올랐다.

8

·

스톡홀름 증후군

·

도쿄에 살다 보면 차를 쓸 일이 거의 없다. 여자와 만날 때도 거의 끌고 나가지 않는다. 식사할 때 곁들이는 알코올의 유혹을 참아가면서까지 교통 정체뿐인 드라이브를 즐기고 싶지는 않기 때문이다. 게다가 내차는 MR-S다. 덮개를 접어 넣고 오픈카로 몰아야 비로소 제맛이 나는 차다.

그렇지만 요코스카까지 남몰래 다녀오려면 택시로는 곤란하다. 나는 조수석에 주리를 태우고 맨션 주차장을 빠져나왔다. 당연히 덮개는 덮은 상태였다. 도쿄를 벗어나면 공기가 어느 정도 깨끗해질 테지만 오늘 밤만은 오픈할 생각이 없었다.

"이런 차가 좋아?"

출발한 지 얼마 되지 않아 주리가 물었다.

"이런 차라니?"

"2인승 스포츠카."

"왜, 싫어?"

"싫은 건 아니지만."

"세 명 이상 탈 필요가 없으니까. 남자와 드라이브하는 취미는 없고, 함께 탈 여자는 한 사람으로 족하거든."

"짐은 어디에 실어?"

"네가 앉은 자리 뒤에 캐리백쯤은 실을 공간이 있어."

"그렇지만 짐을 많이 싣고 싶을 때도 있잖아."

"이 차는 이동하는 공간으로 산 거야. 트럭이 필요했던 건 아니지."

내 대답에 대해 주리는 아무 말도 하지 않았다. 어깨를 움츠린 것 같았지만 내 시야에 확실하게 잡히지는 않았다.

"CD, 들어도 돼?"

"좋을 대로."

아니나 다를까 흘러나온 음악에 대해 딴죽을 걸었다.

"뭐야, 이게. 처음 듣는 곡이네."

"재즈 피아니스트가 바흐를 편곡해서 연주한 거야."

"흐음."

분명 불만스러운 것 같았지만 스테레오의 스위치를 끄지는 않았다.

MR-S는 클러치가 없다. 은빛으로 빛나는 레버를 움켜쥐고 기어를 변속해 속도를 높였다.

주리의 말대로 하코자키에서 수도고속도로를 타니 약 한 시간 뒤에는 요코하마 요코스카 도로에서 빠져나오게 되었다. 요코스카 입체교차로를 나와 혼마치야마나카 도로로 옮겨 탔다. 단 몇 분 만에 시오이리 역 앞에 다다를 수 있었다.

"저기 있는 패밀리 레스토랑 주차장으로 들어가."

주리의 지시대로 MR-S를 주차장에 넣었다.

"당신은 여기서 기다려. 나 혼자 갔다 올게."

"여기서 가까워?"

"걸으면 좀 걸릴지도 몰라. 그렇지만 이렇게 눈에 띄는 차로 맨션 근처까지 가면 위험하니까."

맞는 말이었다. 나는 휴대전화 번호를 알려주고, 무슨 일이 생기면 전화하도록 이른 뒤 그녀를 배웅했다. 그녀는 넓은 국도를 건너 좁은 샛길로 사라져갔다.

패밀리 레스토랑에서 맛없는 커피를 마시면서 앞으로의 일을 생각했다. 주리가 친구의 전화기에 메시지를 남겼다는 것은 생각지도 못한 변수다. 그러나 그것을 무사히 지울 수만 있다면 계획을 계속 진행하는 데는 문제가 없다.

가장 어려운 문제는 몸값을 받아내는 방법이다. 3억 엔이라면 그 부피나 무게가 보통이 아닐 것이다. 옮기는 데는 당연히 차가 필요할 것이다. 그렇지만 차는 꼬리가 잡히기 쉽다. 그렇다고 돈다발을 들고 도주하는 따위의 원시적인 방법은 쓰고 싶지 않았다.

3억 엔의 가치가 있는 다른 물건으로 받아낸 다음 돈으로 바꿀까? 예를 들면 3억 엔 상당의 다이아몬드를 준비하게 하는 방법이 있다. 그렇게 하면 옮기기도 쉽다. 돈으로 바꿀 때 수상하게 여기면 골치 아프니까 한 개당 가치는 100만 엔 이하로 제한할 필요가 있을 것이다. 100만 엔짜리 다이아몬드라면 300개.

나는 고개를 저었다. 한두 개라면 돈으로 바꿀 수도 있을 테지만 300개는 도저히 무리다. 한 가게에서 두 개씩 판다고 해도 150군데나 돌아다녀야 한다. 그런 가게들은 횡적인 연락망이 긴밀하기 때문에 출처 불명의 다이아몬드를 파는 수상한 남자가 있다는 소문은 순식간에 퍼져나갈 것이다. 다섯 군데만 돌아다녀도 잠복한 형사를 만나게 될 게 뻔하다.

은행의 계좌이체를 이용할까? 물론 가명 계좌가 필요하지만 그것을 마련하기는 어렵지 않다. 인터넷상에는 그런 가명 계좌를 취급하는 업자들이 우글우글하니까. 그러나 문제는 어떻게 돈을 인출하느냐다. 창구로 찾아갈 수는 없으니 현금인출기를 이용해야 한다. 또 하루에 인출할 수 있는 금액에는 한도가 있기 때문에 3억 엔을 찾으려면 여러 계좌를 사용한다 해도 여러 날 걸릴 것이다. 경찰은 당연히 은행에 협조를 의뢰하고, 이쪽이 지정한 계좌의 움직임을 체크할 것이다. 몇 십 번이나 현금인출카드를 사용하다 보면 저쪽이 펼쳐놓은 그물에 걸려들게 될지도 모른다. 또한 감시카메라에 증거가 남는 것도 골치 아프다.

이런 생각을 하고 있을 때였다. 계산대 근처의 전화기가 울렸다. 유니폼을 입은 젊은 웨이터가 전화를 받았다.

웨이터는 왠지 놀란 표정을 지으며 무선전화기를 든 채 밖으로 나갔다. 잠시 후 돌아온 그는 급한 걸음으로 카운터 안쪽으로 사라졌다.

이윽고 지배인으로 보이는 뚱뚱한 남자와 조금 전의 웨이터가 나와 또다시 밖으로 뛰어나갔다. 다시 돌아온 두 사람은 분명히 당황한 표정을 짓고 있었다.

두 사람은 뭔가를 상의한 뒤 따로따로 손님 테이블로 다가갔다. 각 테이블의 손님에게 뭔가 말을 걸고 있다. 잠시 후 젊은 웨이터가 내 자리로 다가왔다.

"저어."

머뭇머뭇 입을 열었다.

"오늘 차를 갖고 오셨습니까?"

"그런데."

"어떤 차인가요?"

"MR-S인데."

"엠아르……."

모르는 모양이다.

"짙은 청색 스포츠카야. 덮개가 있는."

웨이터의 안색이 변했다.

"저어, 시나가와 번호판을 단?"

"그런데."

불길한 예감이 들었다. 나는 엉거주춤 일어섰다.

"무슨 일이 있나?"

"그게…… 누가 스프레이로 장난을."

웨이터의 말이 끝나기도 전에 나는 밖으로 달려 나갔다.

밖에 나와 내 차를 보고 깜짝 놀랐다. 헤드라이트 한쪽에 빨간 스프레이가 뿌려져 있었다. 나는 혀를 찼다.

"어떤 자식이……."

충혈된 눈알처럼 되어버린 헤드라이트를 내려다보며 서 있는데 웨이터가 뭔가를 들고 달려왔다.

"저어, 일단 이거라도 갖고 왔는데요."

벤진과 타월이다. 고맙다는 말조차 할 기분이 아니었다. 그것을 받아들고 타월에 벤진을 적셔 헤드라이트를 닦아보았다. 얼마 지나지 않아서인지 유리 부분은 쉽게 지워졌다. 그러나 도장된 부분을 그걸로 빡빡 문지르고 싶은 생각은 없었다. 다행히 보디 부분의 피해는 적었다.

"저어, 실례합니다."

어느새 지배인으로 보이는 뚱뚱한 남자가 뒤에 서 있었다.

"이 주차장에서 생긴 문제에 대해서는 저희 가게가 책임을 지지 않습니다만."

"알았어요. 별로 변상해달라고 할 생각은 없습니다."

타월과 벤진을 웨이터에게 건네주었다.

"고마워."

"경찰에 신고하시겠습니까?"

웨이터가 물었다.

"아니, 시끄럽게 하고 싶진 않아."

경찰을 부르면 큰일이다.

"이제 됐어요. 당신들은 그만 들어가봐요."

나도 모르게 주위를 둘러보았지만 범인이 아직 근처에 있을 리는 없었다.

"지금까지 이런 일은 한 번도 없었는데 말이죠."

뚱뚱한 남자가 변명처럼 말했다. 나는 아무 대답도 하지 않았다.

레스토랑으로 돌아왔지만 느긋하게 커피를 마실 기분이 아니어서 계산하고 밖으로 나왔다. 차 안에서 주리를 기다리려 했는데 스프레이 흔적을 보니 화가 치밀었다. 새 차나 마찬가지인 MR-S인데 갑자기 애정이 식었다.

10분쯤 지나자 주리가 돌아왔다. 레스토랑으로 들어가려 하기에 클랙슨을 한 번 울려 불렀다.

차에 탄 그녀에게 스프레이 이야기를 하자 놀란 표정을 짓더니, 굳이 차에서 내려 피해 상황을 보러 갔다.

"너무하네. 폭주족 짓인가?"

다시 조수석에 앉고 나서 그녀가 말했다.

"요즘 폭주족은 이런 쩨쩨한 짓 하지 않을걸. 아마 근처 초등학생이나 중학생 장난이겠지."

"그럴지도 모르겠네."

"그런데 그쪽은 어떻게 됐어. 잘됐나?"

"그야 확실하게."

주리는 오케이 사인을 그려 보였다.

"열쇠를 숨겨놓은 장소가 바뀌지 않아서 들어가는 건 간단했어. 메시지 녹음을 지우는 것도 잘됐고."

"사람들 눈에 띄진 않았겠지?"

"내가 그런 실수를 할 거라고 생각해?"

"글쎄, 어떨까. 아까까지 메시지를 남겼다는 걸 까먹었던 것자체가 아주 중대한 실수였다고 생각하는데."

"결국 기억해냈고 뒤처리도 깔끔하게 했잖아."

"일부러 요코스카까지 와서 말이지."

나는 시동을 걸었다.

주차장을 나온 뒤 바로 귀갓길에 오르지 않고, 왔던 길과는 정반대쪽으로 달렸다.

"어디 가는 거야?"

"아, 잠깐 나한테 맡겨둬."

요코스카에는 전에 와본 적이 있다. 그때의 기억을 더듬어 핸들을 꺾었다. 한 번이라도 달려본 적이 있는 길이라면 80퍼센트 이상은 기억해 내는 것이 내 자랑 가운데 하나였다.

차가 많은 국도에서 벗어나 좁은 길을 타고 산 쪽으로 달렸다. 민가가 줄어들고 숲이 가까워졌다. 이윽고 비스듬히 앞쪽으로 연녹색 조명을 받고 서 있는 건물이 눈에 들어왔다. 주차장 표시가 있었다. 나는 속도를 늦췄다.

"잠깐. 왜 이러는 거야?"

목소리가 날카로웠다.

"가만히 있어."

"가만히 있으라니. 난 이런 곳에 올 거라는 이야기 듣지 못했어."

주리의 말을 무시하고 나는 길가에 차를 세웠다. 사이드브레이크를 당기고 시동을 껐다.

"자, 갈까?"

"어딜?"

"뻔하잖아. 저 멋진 건물로 들어가는 거지."

그렇지만 주리는 안전벨트를 풀려 하지 않았다. 앞을 바라보며 꼼짝도 하지 않았다. 표정도 굳어 있었다. 나는 낮게 웃었다.

"웃기지 않아? 넌 요즘 내 집에서 내내 나하고 함께 지내고있어. 그건 괜찮으면서 나랑 러브호텔에 들어가는 건 싫다는건가?"

"그래도 여기는……."

"그게 목적인 장소라서?"

주리는 대답하지 않았다. 나는 한 번 더 소리 내어 웃었다.

"오해하지 마. 중요한 일이 있어. 그 일 때문에 객실이 필요한 거야."

"일이라고?"

"물론, 그 게임의 일환이지. 단순히 자동응답기의 메시지를지우기 위해 여기까지 왔다고 생각해?"

주리의 얼굴에 안도와 납득의 빛이 떠올랐다. 그래도 아직은 약간 수상하다는 듯이 눈을 치켜떴다.

"그러면 어째서 차를 주차장에 넣지 않는 거야?"

"이런 호텔 주차장에는 감시 카메라가 설치돼 있고, 넘버까지 기록되는 경우도 있어. 앞으로 하려는 일을 생각하면 내차의 기록을 남겨둘 수는 없지."

"흐음."

그녀는 애매하게 고개를 끄덕이고 나를 보았다.

"잘 아네."

"전에 이런 호텔의 컨설팅을 한 적이 있거든."

카메라에 신경을 쓰면서 나란히 호텔로 들어갔다. 우리가 들어간 방은 모노톤으로 무미건조하게 꾸며져 있었다. 내가 맨 먼저 한 일은 창을 열어보는 것이었다. 산속으로 꽤 들어왔는데 의외로 바다가 가까이 보였다. 이따금 희미한 뱃고동 소리가 들려왔다.

"여기서 뭘 하려는 거야?"

"금방 알게 돼. 아, 일단 그 멋진 소파에 앉아서 기다려."

그러나 주리는 소파에 앉지 않고 커버가 덮여 있는 침대에 걸터앉았다. 흥미로운 듯 실내를 둘러보고 있는 것은 이런 곳에 와보는 것이 처음이기 때문인지, 그렇지 않으면 지금까지 들어가본 적이 있는 방과 비교하기 때문인지 나로서는 판단이 서지 않았다.

나는 소파에 앉아 수첩을 꺼냈다. 그리고 거기에 볼펜으로 글을 적기 시작했다.

"뭘 쓰는 거야?"

"좀 기다려."

그녀는 침대의 탄력을 확인하듯 몸을 들썩인 뒤 테이블 위의 리모컨을 집어 텔레비전 전원을 켰다. 채널을 몇 군데 돌리자 성인 비디오 화면이 나왔다. 벌거벗은 젊은 여자의 허벅지를 벌리고 남자 배우가 뭔가 장난을 치고 있는 중이었다. 물론 모자이크 처리가 되어 있어 중요한 부분은 전혀 보이지 않았다.

주리는 서둘러 전원을 껐다. 그걸 보고 나는 빙긋 웃었다.

"의외로 순진하네."

"시시해서 껐을 뿐이야. 보고 싶다면 켤게."

"아니, 됐어. 난 지금 중요한 작업을 하는 중이야."

"흐음."

주리는 다리를 꼬았다 풀었다 했다.

"남자들은 참 이상해. 저런 걸 보면 뭐가 좋은 걸까?"

"여자도 저런 거 즐겨 보는 사람이 있어."

"남자만큼은 아니잖아. 특히 아저씨들은 바보야. 용돈도 몇 푼 되지 않는데 원조교제에 몇 만 엔씩이나 쓰다니, 정신이 이상하다고밖에 생각할 수가 없어. 여자애들에게 농락당하고 있다는 걸 모르는 걸까?"

"농락당한다, 어려운 말을 쓰네."

나는 손을 멈추고 고개를 들었다.

"정말로 그렇게 생각해? 아저씨들이 바보여서 여자애들에게 이용당하고 있을 뿐이라고?"

"아니야?"

"잘 들어. 이 세상 대부분의 아저씨들은 살벌한 경제사회 속에서 살아가고 있어. 만 엔짜리 지폐가 얼마나 소중한지 누구보다도 잘 알고 있지. 그걸 지불한다는 건 그만한 가치가 있다고 생각하기 때문이야."

"그러니까 그게……."

"기껏해야 섹스를 위해 그런 돈을 지불하다니 바보 같다고 하고 싶겠지만, 그렇지가 않아. 경험이 없는 여고생과의 섹스는 얼마 전까지만 해도 몇 십만 엔을 지불해도 이룰 수 없는 꿈이었어. 그런데 지금은 기껏해야 몇 만 엔이면 가능해. 이건 엄청난 덤핑이야. 달려들지 않은 것이 오히려 이상하지. 아저씨들은 이렇게 생각할걸. 실제로는 몇 십만 엔, 아니 어쩌면 몇 백만 엔이나 되는 가치 있는 것을 푼돈에 파는 여자애들이 바보라고 말이야. 그 애들이 덤핑한 건 몸뚱이만이 아니야. 자신의 혼까지 싸구려로 만들어버리는 거지."

"마음까지는 팔지 않아. 여자애들은 몸만 파는 비즈니스라고 이야기 하고 있어."

"스스로 그렇게 합리화하는 것뿐이야. 하긴 아저씨들에게 마음까지 열지는 않겠지. 그렇다고 뭐가 달라지나? 그렇게 생각한다고 아저씨들을 움직일 수 있어? 아저씨들은 그 여자애들을 품에 안으면서 이렇게 생각할 거야. 사실 이 녀석 나한테 안기는 게 죽기보다 싫을 거다. 그렇다 해도 뭐 별로 상관없다. 나야 지불할 것은 지불했으니까. 결국 아저씨들은 돈을 지불했기 때문에 여자애들의 마음을 무시할 권리를 얻었다고 생각하는 거지. 이게 어떻게 혼의 값어치를 떨어뜨리는 일이 아니라는 거야?"

기관총처럼 쏘아대서인지 그렇지 않으면 의미를 제대로 이해하지 못하는 건지, 주리는 고개를 숙인 채 아무 말이 없었다. 나는 한숨을 내쉬었다.

"세상에는 돈보다 가치 있는 것들이 존재해. 내 생각에 그건 사람의 마음과 시간이야. 돈으로 사람의 마음을 움직일 수는 없고, 잃어버린 시간을 돈으로 사들일 수도 없어. 그래서 이 두 가지에 대해서는 적어도 그럴 수만 있다면 난 돈을 아끼지 않아."

나는 수첩의 한 페이지를 찢어 그녀에게 내밀었다.

"자, 수다는 이쯤에서 끝내고 작전을 계속하자. 금방 이야기했듯이 시간은 돈보다 귀중하니까 말이야."

"이게 뭐야?"

"읽어보면 알아."

메모 내용을 다 읽은 주리가 천천히 고개를 들었다. 얼굴이 굳어져 있었다.

"지금 전화를 거는 거야? 내가?"

"그렇지. 저쪽은 네가 무사하다는 것을 확인하고 싶은 모양이니까. 본인이 직접 전화를 걸면 만족할 거야."

"어째서 굳이 이런 곳에서?"

"이유는 두 가지를 들 수 있어. 하나는 위치를 추적당했을 경우를 대비해서야. 또 하나는 저 뱃고동 소리고. 저쪽이 어느 정도 성능의 녹음 장치를 설치해두었는지는 모르지만 저 소리가 잡힌다면 행운이지. 경찰은 무슨 소리인지 분석하려고 들 거야. 뱃고동 소리라는 걸 알아내면 범인이 숨어 있는 장소가 바다 근처라고 추측할 게 틀림없어. 어쩌면 그 소리만으로 요코스카 군항이라는 것까지 알아낼지도 몰라."

"말하자면 수사를 교란시키겠다는 거네."

"그런 셈이지."

나는 침대 옆에 놓여 있는 전화기의 숫자 버튼을 눌렀다. 곧바로 내 휴대전화가 울렸다. 휴대전화의 액정 화면을 보고 나서 호텔 전화를 끊었다.

"뭐 하는 거야?"

"발신자 전화번호가 찍히나 안 찍히나 확인한 거야. 괜찮아. 이대로 걸면 돼."

나는 전화기를 주리 쪽으로 밀었다.

그녀는 팔짱을 낀 채 전화기를 쏘아보다가, 입술을 핥고 나서 고개를 들었다.

"아빠가 전화를 받지 않을 수도 있잖아."

"일단은 틀림없이 너희 아버지가 받을 거라고 생각하지만 만약 다른 사람이 받으면 바로 가쓰라기 씨를 바꿔달라고 해. 그런 경우라도 기다리는 건 10초뿐이야. 상대에게 그렇게 전해. 만약 10초를 넘으면 전화가 끊길 거라고."

"아빠는 분명히 나한테 이것저것 물을 거야."

"그렇겠지. 하지만 쓸데없는 이야기를 하고 있을 시간은 없어. 질문엔 대답할 수 없다고 하고 너는 거기 적혀 있는 대로만 이야기하면 돼."

"알았어."

그녀는 천천히 눈을 감았다.

"해볼게."

그리고 다시 눈을 떴다.

나는 전화기를 손으로 가리켰다. 주리가 침을 삼켰다. 심호흡을 하고 나서 수화기로 손을 뻗었다.

떨리는 손가락 끝이 숫자 버튼을 누르고 있다. 역시 내 심장의 고동도 빨라지기 시작했다. 혹시라도 실수한 부분이 없는지, 거듭 확인했다.

호출음이 주리의 귀와 수화기 사이에서 흘러나왔다. 세 번 울리고 난 뒤 전화가 연결되었다. 누군가의 목소리. 그러나 가쓰라기 가쓰토시의 목소리인지까지는 알 수 없었다.

"아, 아빠? 나예요. 들려? 주리예요."

상대가 뭔가 큰 소리로 말하는 것이 내게도 들려왔다. 주리는 당황한 빛을 띠며 숨을 들이켰다.

"미안해요. 천천히 이야기할 시간은 없어. 알죠? 나 혼자 있는 게 아니어서…… 그런 말에는 대답할 수 없어. 어쨌든 내 이야기부터 들어요. 시간이 없으니까."

나는 시곗바늘을 노려보고 있었다. 이미 15초가 지났다.

"나는 무사해요. 그러니 안심해. 이 사람들이 돈만 받으면 돌려보내준대……. 아아, 미안. 벌써 시간이 다 된 것 같아요."

나는 통화 버튼에 손을 얹었다. 2초 뒤에 전화를 끊으려고 생각한 순간, 멀리서 뱃고동 소리가 들려왔다. 나는 바로 전화를 끊었다.

"됐어."

나는 주먹을 한 번 흔들고 일어섰다. 창문을 닫고 나서 주리 쪽을 돌아보았다.

"하늘이 우리 편을 들고 있어. 기막힌 타이밍에 뱃고동이 울렸어."

그렇지만 주리의 모습이 이상했다. 추운 듯이 등을 웅크리고 있었다.

"왜 그래?"

나는 그녀의 옆에 앉았다. 그녀는 몸을 가늘게 떨고 있었다.

괜찮으냐고 물으려는데 그녀가 나를 부둥켜안았다.

"결국은 하고 말았어. 돌이킬 수 없어."

내 가슴에 뺨을 대고 주리가 중얼거렸다.

"무서웠니?"

그렇지만 주리는 대답하지 않았다. 그대로 가만히 있으니, 그녀의 작은 떨림이 내 팔에 전해져왔다.

"당연한 거야."

내가 말했다.

"우리가 하고 있는 건 보통 일이 아닌걸. 평범한 사람은 할 수 없는 일이야. 그 대신 얻는 것도 적지 않을 거야."

주리가 살며시 고개를 끄덕이고 나를 올려다보았다. 그 눈이 젖어 있는 것 같았다.

불현듯 예기치 못한 감정이 내 안에서 부풀어 올랐다. 충동이라고 해도 좋을 것이다. 나 자신만 지금까지 깨닫지 못했던 무언가가, 정확하게 말하면 알면서도 애써 무시하려고 노력했던 무언가가 마음속에서 꿈틀하고 움직였다.

나는 주리를 안은 팔에 힘을 주었다. 그녀가 놀란 듯 눈을 크게 떴다.

갖가지 생각이 머릿속에서 오갔다. 그 가운데는 나 편할 대로 해석한 것도 적지 않다. 여기서 주리와 관계를 갖는다 해도 대세에 영향은 없다. 오히려 두 사람의 관계가 깊어지면 계획을 원만하게 추진하는 데 도움이 될 것이다. 이런 식으로도 생각했다.

그러나 나는 팔 힘을 빼고 그녀에게서 물러났다.

내가 원하는 건 이런 게 아니었다. 나는 지금 생애 최대의 게임에 도전하고 있는 것이다.

"어쨌든 여기서 나가자. 위치를 추적당했다고는 생각하지 않지만 오래 머물러서 좋을 건 하나도 없어."

주리는 말없이 고개를 끄덕였다.

차로 돌아와 시동을 걸었다. 경쾌하게 출발하려고 하는데 주리가 입을 열었다.

"잠깐만."

나는 브레이크를 밟았다.

"부탁이 있는데."

"뭔데?"

"이 근처에 가보고 싶은 곳이 있어."

"아직 무슨 볼일이 남았어?"

"그게 아니라, 내가 좋아하는 곳이야. 옛날에 돌아가신 엄마가 데려갔던 곳이지. 마음을 좀 가라앉히고 싶어서……. 부탁해."

주리가 두 손을 모으는 것을 보고 나는 약간 당황했다. 그런 부탁을 할 만한 감수성이 이 여자애에게 있으리라고는 생각하지 않았다.

"멀어?"

"그렇지는 않을 거야."

"난 가능한 한 빨리 여기서 벗어나고 싶은데."

"그렇다면 괜찮아. 여기에서 아주 가까운 곳은 아니니까. 차로 가면 멀지 않다는 뜻이지."

"흐음."

나는 브레이크 페달에서 발을 뗐다. 차가 천천히 움직이기 시작했다.

"길은 알아?"

"응, 아마."

나는 한숨을 쉬었다.

"그럼 길 안내를 부탁해."

"알았어. 일단 아까 왔던 길로 다시 나가."

"오케이."

나는 액셀러레이터를 밟으며 핸들을 크게 꺾었다.

주리가 이르는 대로 국도를 계속 달렸다. 이윽고 해안을 낀 도로로 나왔다. 왼쪽은 바다고 오른쪽으로 약간 높은 언덕이 이어졌다. 잠시 뒤 주리가 오른쪽으로 꺾으라고 했다. 핸들을 꺾어 좀 더 가자 비탈이 가팔라졌다.

"꽤 올라왔어. 여기가 틀림없니?"

"맞아."

주리는 자신 있는 말투로 대답했다.

달리다 보니 민가가 적어졌다. 주변을 가로막는 것도 없어 지평선이 보일 것 같았다. 고개를 다 올라왔는지 평탄한 길이 이어졌다.

"이쯤에서 세워."

주리가 이르는 대로 브레이크를 밟았다. 주위는 캄캄했다. 앞에도 뒤에도 차가 오는 기척은 없었다. 그래도 일단 길가에 차를 댔다.

"저어."

주리가 나를 바라보았다.

"이거 열어줄 수 없어?"

덮개를 가리켰다.

"이런 데서?"

"이런 데니까."

나는 약간 망설였지만 결국 덮개의 오픈 스위치를 눌렀다. 덮개가 조용히 뒤쪽으로 접혔다. 서늘한 바람이 뺨을 스쳤다. 풀과 흙 냄새가 섞여 있다.

"저것 봐. 멋져."

주리가 하늘을 보며 검지를 세웠다.

"와아."

나는 바보처럼 탄성을 질렀다. 그만큼 아름다운 밤하늘이었
다. 끝없이 넓고 한없이 칠흑에 가까운 공간에 수많은 불빛이
흩뿌려져 있었다. 그 배치는 완벽했다. 바라보고 있자니 마음
이 뭔가에 빨려드는 것만 같았다.

"흔해빠진 표현이지만······."

거기까지 말한 순간 주리가 가로막았다.

"혹시라도 플라네타륨 같다는 따위의 말은 하지 마."

나는 하늘을 바라보며 쓸쓸하게 웃었다. 확실히 그런 표현
은 쓰지 않는 것이 낫겠다.

"별자리에 대해서는 거의 아는 게 없어. 그게 좀 후회스럽네."

"나도 오리온자리 정도밖에 몰라. 그렇지만 그런 것은 아무
래도 상관없어."

그녀는 두 팔을 뻗고 심호흡했다.

"기분 좋다. 일본이 아닌 것 같아."

나는 새삼 주위를 둘러보았다. 언덕이나 골짜기가 뿌연 어
둠 속에 가라앉아 있다. 바로 앞에 펼쳐져 있는 것은 무슨 밭
인 듯하다.

"바다는 어느 쪽일까?"

꼭 알고 싶은 것은 아니었지만 그렇게 물었다.

"저쪽도, 저쪽도, 그리고 저쪽도 바다야."

주리가 세 방향을 차례로 가리켰다.

"여긴 미우라 반도의 끄트머리 부근인걸."

나는 고개를 끄덕였다. 운전해서 온 감각으로 미루어보아도 그녀의 말이 맞을 것 같았다.

"그래, 마음은 좀 가라앉았어?"

"응. 고마워."

주리는 방긋 웃고 나서 나를 바라보았다. 눈을 두 번 깜빡였다.

"물어봐도 돼?"

"이번엔 뭐야?"

"아까 안으려고 했잖아."

나는 순간 숨을 멈췄다. 그녀를 바라보며 천천히 숨을 토해냈다.

"네가 안긴 거지."

"그런 의미가 아니라……."

그녀는 잠깐 뜸을 들이고 나서 말을 이었다.

"그런 의미가 아니라는 거 알잖아."

나는 대답하지 않았다. 핸들에 오른손을 얹고 손가락 끝을 움직였다.

"왜 그만뒀지? 거기 오래 있으면 위험해서? 그렇다면, 시간이 있었다면 그대로 안았을까?"

속삭이듯 물었다. 예상 못한 질문이었다.

"나도 하나 물어볼게."

나는 그녀 쪽으로 고개를 돌렸다. 입가에 웃음을 지어 보였다.

"너는 왜 나한테 안긴 거지? 집에 전화하고 나서 무서워졌을 테지만 나는 너한테 단순한 공범자에 불과할 텐데."

주리는 일단 시선을 내렸다가 다시 눈을 치켜뜨고 나를 보았다.

"당신을 믿기로 했으니까. 이렇게 된 이상 내가 의지할 수 있는 건 당신밖에 없다는 생각이 들었어."

그녀의 눈동자에 깃든 진지한 빛이 나를 당황하게 만들었다. 조금 전 러브호텔에 있을 때 싹텄던 주체하기 힘든 감정이 또다시 가슴속에 퍼지기 시작했다.

"스톡홀름 증후군."

내가 말했다.

그게 뭐냐고 물으려는 듯이 그녀의 입술이 벌어졌다. 주리가 지금까지 보여준 적이 없는 어린 소녀의 표정이었다.

"테러리스트와 인질이 오랜 시간 함께 있다 보면 그들 사이에 연대감 같은 게 싹트게 된대. 어느 쪽이든 사태가 빨리 해결되길 바라는 마음은 같으니까. 그런 심리를 그렇게 부르는 것 같아. 007 영화에서 그러더군."

"난 인질이 아니고, 당신도 테러리스트가 아닌걸."

"마찬가지야. 정상이 아닌 상황 아래 격리되어 있어. 거짓이기는 하지만 인질과 몸값의 교환이 잘되기를 바라고 있다는 점에서는 테러리스트와 인질 관계나 마찬가지지."

주리는 고개를 저었다.

"전혀 다른 게 있어."

"뭔데?"

"인질과 테러리스트 사이에 싹트는 연대감은 원래 불필요한 거잖아. 부자연스럽다고 해도 상관없고. 그렇지만 우리 경우는 달라."

나는 입술을 적시고 살짝 고개를 끄덕였다.

"분명히 연대감은 필요하겠군."

"그렇지? 그래서 확인하고 싶었어. 당신과의 연대감을."

주리의 시선이 내게서 떠나지 않았다. 나도 이제 더는 스스로를 억제하기 귀찮아졌다. 그 제동이 무의미하게 여겨졌다.

왼손으로 그녀의 얼굴을 끌어당겨 입술을 포갰다. 직전에 그녀가 눈을 감는 것을 확인했다.

흐름이라는 것이 있다. 키스를 하면 혀를 밀어 넣고 싶어진다. 여자가 저항하지 않으면 가슴을 만지고 싶어지고, 그 상태가 계속되면 다음에는 속옷 속으로 손을 넣고 싶어진다.

어딘가로 장소를 옮기고 싶었지만 그 말을 꺼낼 기회가 없었다. 그런 소리를 하면 그녀의 기분이 식을 우려도 있었다.

나는 그녀의 입술을 더듬으며, 결국은 스톡홀름 신드롬이라고 생각했다. 집에 전화해 아버지와 이야기를 나눈 것이 주리의 마음속에 있는 무언가를 무너뜨리는 작용을 한 것이다. 그래서 그녀는 주체할 수 없는 불안에 휩싸여 있다. 지금 눈앞에 있는 남자가 자신에게 꼭 필요한 존재라고 믿지 않으면 견딜 수 없을 지경인 것이다.

그러면 나는 어떤가. 이 여자를 사랑하는 것일까? 설마, 그런 어처구니없는 일은 있을 수 없다.

내가 주리에게 관심을 갖게 된 계기는 그런 것이 아니고, 함께 있는 이유도 전혀 차원이 다른 것이다. 상대가 젊은 여자니까, 아주 자연스럽게 성적 욕구를 느낄 뿐이다. 다만 욕구를 채우려 드는 건 어리석은 짓이라는 것을 알기 때문에 지금까지 결코 밖으로 드러내지 않았고, 마지막까지 드러낼 생각도 없었다.

그러나 자연스럽게 이렇게 되어버린다면 굳이 마다할 일도 아니다. 나도 그녀와 마찬가지로 마음의 안정을 구하고 있는 것이다. 이 중요한 게임을 수행하기 위해서는 절대적인 신뢰감이 필요했다. 남자와 여자가 신뢰감을 쌓으려면 육체관계를 빼놓을 수 없을지도 모른다. 극단적으로 이야기하면, 착각일지라도 괜찮은 것이다. 한때의 충동이나 애정 비슷한 것이라 해도 상관없다. 스톡홀름 신드롬이라는 것 자체가 원래 그런 것이다.

주리가 어디선가 콘돔을 꺼냈을 때는 사실 약간 당황했다. 조금 전에 들렀던 러브호텔에서 가져온 것 같았지만, 그렇다면 그녀는 이렇게 될 것을 예상했다는 이야기가 된다. 연대감을 깊게 하기 위해 육체관계를 갖는다는 것은, 그녀에게는 어쩌면 당연한 일일지도 모른다는 생각까지 들었다.

좁은 차 안에서 우리는 몸을 섞고, 서로의 점막을 자극했다. 내가 보기에 주리는 섹스에 익숙한 것 같았다. 희열을 얻는 방법을 잘 아는 것 같기도 했다.

일을 치르고 난 뒤, 쓰레기를 버리고 오겠다면서 주리는 차에서 내렸다. 하지만 바로 돌아오지 않아 나도 바지를 추켜올리고 문을 열었다.

그녀는 약간 떨어진 곳에 서 있었다. 그 등에 대고 말했다.

"뭐 하는 거야?"

"아, 아무것도 아니야. 잠깐 경치를 보고 있었을 뿐이야."

그녀가 바라보는 쪽으로 시선을 돌렸다. 희미하게 바다가 보였다.

시선을 바로 앞으로 옮겼을 때 그것이 시야에 들어왔다. 나는 피식 웃었다.

"왜?"

"봐. 저런 곳에 지장보살이 있어."

그녀는 고개를 돌려, 그것을 확인한 듯했다.

"정말이네. 몰랐어."

"일본이 아닌 것 같다고 좀 전에 이야기했는데 말이야."

"그러게."

주리는 눈으로 웃었다. 그리고 껴안듯이 내 팔을 잡았다.

"좀 추워졌어. 돌아가자."

"그래."

나는 고개를 끄덕이고, 또 한 번 키스를 했다.

9

●

CPT 오너즈 클럽

●

맨션에 돌아왔을 때는 오전 3시가 다 되어 있었다. 하룻밤 사이에 요코스카를 다녀오고, 주리에게 전화를 걸게 하고, 게다가 카섹스까지 했다. 역시 몸은 피곤했지만 이상하게도 잠은 오지 않았다. 다행히 날이 밝으면 토요일이다. 오토모빌 파크 계획을 세울 때는 휴일에도 쉴 수가 없었지만, 지금 내게는 출근해봐야 할 일이 없었다.

컴퓨터를 켜고 CPT 사이트에 들어가보았다. 아니나 다를까, 게시판에 새 글이 올라와 있었다.

품질 확인했습니다(주리)

실례합니다. 새내기 주리입니다.

마니악 님, 귀중한 어드바이스 감사합니다.

조금 전에 확인하고 왔습니다. CPT의 품질에는 문제가 없는 것 같습니다.

이제 드디어 계약입니다. 그런데 돈이 아직 준비되지 않아서 곤란하네요. 내일 은행이 쉬는 날이라 좀 더 시간이 걸릴 것 같습니다. 그리고 어떻게 교환해야 할지 아직 모르고 있습니다만.

마니악이라는 사람은 이 게시물의 진짜 의미를 모른 채 '주리'라는 인물에게 어드바이스를 해준 친절한 사람의 닉네임인 모양이다. 어디 사는 누군지는 모르지만, 주리가 어떻게 이 늦은 시각에 품질 확인 같은 것을 할 수 있었는지 이 게시물을 보고 분명히 고개를 갸웃거렸을 것이다.

"가쓰라기 가쓰토시 씨가 어떤 표정을 지으며 이 게시판에 글을 썼을까 상상하니 좀 우습군."

그렇게 말하고 나서 실제로 입력한 것은 형사일지도 모른다고 생각했다.

"내가 무사하다는 걸 확인했으니 거래에 응하겠다는 의미네."

내 뒤에서 화면을 들여다보며 주리가 말했다.

"글쎄, 그럴까?"

"아니야? 그러면……."

"돈을 준비하는 데 좀 시간이 걸린다고 하잖아. 여전히 시간을 벌려 하고 있어. 그러면서도 교환 방법을 가르쳐달라 하고. 저쪽은 어쨌든 우리 쪽에서 뭔가 액션을 취하게 하려는 거야. 그때 꼬리를 잡겠다고 생각하는 거겠지."

"교환 방법을 가르쳐주는 건 돈이 준비되고 나서겠지?"

"응. 뭐 그렇게 생각하고 있기는 한데."

나는 컴퓨터 앞을 떠나서 거실 소파에 앉았다. 주리도 따라왔다.

나는 머리를 굴렸다. 상대가 무슨 일을 어떤 식으로 꾸밀지에 대해서. 분명 이쪽의 움직임을 그저 멍하니 지켜보고만 있지는 않을 것이다.

"저어."

주리가 내 옆에 앉았다.

"돈은 어떻게 받을 거야? 무슨 좋은 방법이라도 있어?"

"그건 글쎄……."

애매하게 말꼬리를 흐렸다. 아무것도 생각해둔 게 없다고 하면 어떤 표정을 지을까? 그러나 여기서 신용을 잃을 수는 없었다.

사실 나는 어떻게든 될 거라고 생각한다. 경찰의 허를 찌르는 일쯤은 어렵지 않다. 유괴가 제대로 성공한 전례는 없는 것처럼 알려져 있지만 사실은 그렇지 않을 거라는 것이 내 생각이다. 성공한 케이스가 보도되지 않았을 뿐이다. 경찰이 체면 유지를 위해 잘 덮어둔 것이다. 대대적으로 보도되는 것은 범인이 체포된 케이스뿐이라 아마추어가 보기에도 유괴범은 언제나 어리석게 행동하는 것처럼 비치게 마련이다. 세상에는 머리 좋은 유괴범도 있을 것이다. 피해자 입장에서도 귀한 자식이 돌아온 이상 일을 떠들썩하게 표면화시키고 싶지는 않을 것이다. 매스컴에 떠들어서 범인의 원한을 사면 좋을 게 없다.

"나한테는 가르쳐주지 않을 거야? 받아내는 방법."

"때가 되면 가르쳐줄게."

"쓸데없이 나를 자극하면 곤란하다고 생각하는 거야? 내가 겁먹을까봐? 나 그렇게 무르지 않아."

"그렇게는 생각 안 했는데."

나는 쓴웃음을 지었다.

그 순간 떠오른 생각이 있었다. 자극이라고? 그것도 나쁘지 않은 아이디어다.

나는 고개를 끄덕이며 일어섰다. 주방으로 가서 냉장고에서 캔 맥주 두 개를 꺼내 소파로 돌아왔다. 하나를 주리 앞에 놓았다.

"뭐야, 히죽히죽 웃고. 기분 나쁘네."

"재미있는 생각이 떠올랐어. 녀석들에게 자극을 좀 줄까 싶은데."

"자극?"

"전달 방법을 알려주는 거야."

내 말에 주리는 캔 맥주의 탭을 당기려던 손길을 멈췄다.

"그렇게 해도 괜찮아?"

"걱정 마. 갑자기 속셈을 밝히거나 하지는 않을 테니."

나는 컴퓨터 앞으로 돌아가 다시 인터넷에 접속했다. 그리고 몇 번 클릭해서 무료 이메일 서비스를 하는 사이트로 들어갔다. 낮에 여기서 주소를 하나 받아두었다. 주소와 이름은 물론 가짜였다.

이메일 작성 윈도를 열었다. 그리고 수첩을 꺼내 거기 메모되어 있는 주소를 수신자란에 입력했다. 이 주소는 CPT 사이트 게시판에 적혀 있던 '주리'의 것이었다.

"시작해볼까."

나는 키보드에 손가락을 얹고 심호흡을 한 번 했다.

그쪽 메시지를 확인했다. 가쓰라기 주리가 안전하다는 것이 제대로 전달된 것 같아 매우 기쁘다. 남은 것은 상담을 순조롭게 진행하는 일뿐. 쓸데없는 짓으로 지체된다면 양쪽 다 좋을 게 없다. 모든 일을 신속하게 진행시키고 싶다.

우선 준비해야 할 것은 전에도 이야기했듯이 현금 3억 엔이다. 만 엔짜리 헌 지폐로 준비하라. 그것을 둘로 나누어 골프 캐디백과 다른 가방에 담아둘 것.

다음은 휴대전화다. 평소 쓰는 것이라도 상관없다.

이상의 준비가 끝나면 같은 방법으로 알리도록. 그때 휴대전화 번호도 함께 남길 것. 번호를 그대로 적을 수는 없을 테니 적당히 눈가림하는 것은 상관없다.

준비가 빨리 끝나기를 바란다. 결국 그것이 가쓰라기 주리를 한 시라도 빨리 풀려나게 하는 길일 것이다.

혹시나 해서 일러둔다. 이 주소로 답장해봐야 소용없다. 우리가 이 주소를 다시 사용할 일도, 이리로 보내는 메일을 볼 일도 없다. 이 주소는 이번 한 번만 쓸 것이다.

나는 문장을 세 번 반복해 읽은 뒤, 등을 쭉 펴고 신중하게 발송 버튼을 클릭했다. 몇 초 지나서 메일이 잘 보내졌다는 메시지가 화면에 나타났다. 나는 바로 로그아웃했다.

"캐디백과 가방이라고? 그렇군."

뒤에서 보고 있던 주리가 감탄한 듯이 말했다.

"그러면 갖고 돌아다녀도 이상하지는 않겠네."

"상대방도 그렇게 생각할걸."

고개를 갸웃거리는 주리를 곁눈으로 보며, 나는 캔 맥주를 마셨다.

그들은 언제쯤 이 메일을 보게 될까? 틀림없이 시간이 오래 걸리지는 않을 것이다. 계속 체크하고 있을 테니까. 어쩌면 지금쯤 가쓰라기 저택에서는 큰 소동이 났을지도 모른다.

문득 CPT 오너즈 클럽 사이트를 들여다보고 싶은 충동이 일었다. 그렇지만 오늘 밤은 참기로 했다. 지금 서두른다고 어떻게 되는 것도 아니다. 어차피 저쪽은 작전회의를 하고 있을 것이다. 나는 인터넷 접속을 끊고, 아예 컴퓨터 전원을 꺼버렸다. 팬 돌아가는 소리가 멎자 집 안이 놀라울 만큼 조용해졌다. 주리의 숨소리만이 들려왔다.

"오늘 밤 게임은 여기까지야. 수고했어."

"드디어 몸값을 받는 거네."

그녀의 가슴이 들썩이고 있었다.

"어떤 방법인지 아직 가르쳐주지 않을 거야?"

"곧 알게 될 거야."

나는 웃었다. 메일을 보낸 목적을 알려줄까 하는 생각도 들었지만 쓸데없는 것은 들려주지 않는 편이 낫다.

"이제 그만 자자."

주리를 침대에 눕히고 나는 소파에 드러누웠다. 그런 나를 그녀는 약간 이상하게 여기는 것 같았지만 아무것도 묻지는 않았다.

솔직히 나는 그녀와 육체관계를 가진 것을 후회했다. 다만 그 이유에 대해서는 이렇다 할 것이 떠오르지 않았다. 게임의 금기 사항을 어겨버렸기 때문일까? 중요한 '상품'에 손을 대고 말았다는 찜찜함 때문일까?

그렇지는 않다.

내 마음속의 무언가가 경종을 울렸다. 뭔가 돌이킬 수 없는 짓을 하고 말았다는, 직감이라고밖에 할 수 없는 느낌이었다.

그런 느낌이 마음에 걸려서 그런지, 나는 좀처럼 잠을 이룰 수가 없었다. 약간 멍한 상태에서 결국은 여느 때와 비슷한 시각에 몸을 일으켰다. 세면대에서 세수를 한 뒤, 평소 버릇대로 컴퓨터를 켰다.

메일을 체크하는 김에 CPT 오너즈 클럽 사이트에 들어가보았다. 그리고 게시판을 본 순간 숨을 삼켰다.

준비 완료(주리)

안녕하세요? 주리입니다. 드디어 돈이 마련되었습니다. 이제 바라던 차를 손에 넣는군요. 남은 일은 상대의 연락을 기다리는 것뿐.

그런데 요즘에는 차 넘버를 마음에 드는 번호로 붙일 수 있다면서요?

전 이 두 가지 가운데 하나였으면 좋겠는데.

3xxx 나 8xxx.

골프를 시작한 지 얼마 되지 않았는데, 캐디백을 트렁크에 싣고 달릴 날을 학수고대하고 있습니다.

10

•

호텔 가든즈 1526호

•

호텔 가든즈에 전화해서 오늘 밤 방을 하나 예약하고 싶다고 말했다. 전화는 곧 프런트로 돌려졌고 남자 직원이 응답했다. 몇 명이 묵을 거냐고 물어 나 혼자뿐이라고 대답했다.

"예. 오늘 밤 싱글로 준비할 수 있습니다."

"가능하면 큰길 쪽으로 난 방이 좋겠는데요."

"정면 쪽을 말씀하시는 건가요?"

"그렇게 되나? 가능하면 너무 높은 층은 아니었으면 좋겠습니다."

"잠깐 기다려주십시오."

20초쯤 기다리니 직원의 목소리가 다시 들려왔다.

"예. 그러면 15층 방은 어떨까요?"

"15층이라. 좋습니다. 그 방으로 부탁합니다."

"알겠습니다. 그럼 성함과 전화번호를 알려주시겠습니까?"

엉터리 이름과 전화번호를 대고 나는 전화를 끊었다.

"어디 호텔을 예약한 거야?"

소파에 걸터앉은 채 주리가 물었다.

"호텔 가든즈. 이 근처에 있어. 꽤 좋은 호텔이야. 거기 차이니스 레스토랑의 게 알이 들어간 상어 지느러미 수프는 정말 일품이지. 프랑스 요리 주방장이 일본인으로서는 가장 많은 상을 받은 할아버지라는 것 같아."

내 이야기 도중에 주리는 고개를 젓기 시작했다.

"뭣 때문에 호텔을 예약했는지 묻는 거야. 설마 레스토랑에서 식사를 하는 게 목적은 아닐 거 아냐. 그렇지 않으면 거기를 새 아지트로 삼으려는 거야?"

"새 아지트 같은 것은 필요 없어. 그 호텔을 이용하는 건 오늘 하루뿐이야."

"몸값 받아내는 데 쓰려고?"

나는 어깨를 흔들며 웃었다.

"그런 건 아니야."

"그럼 어쩔 생각인데? 어디 쓰려는 건데? 도대체 돈은 어떻게 받아낼 거야?"

주리가 히스테릭하게 쏘아붙였다.

"너무 몰아붙이지 마."

"당신이 아무 이야기도 해주지 않으니까 그렇지. 우리 파트너 아니었어?"

"때가 되면 이야기해줄게."

"지금이 그때 아니야? 인터넷에 아빠의 답글이 떴잖아. 돈이 준비되었다고. 휴대전화 번호도 적혀 있었어. 남은 일은 받아내기만 하면 되는 거 아니야?"

나는 한숨을 쉬며 천천히 눈을 껌뻑였다.

"다시 말하지만 이건 일생일대의 게임이야. 그렇게 쉽게 풀리지는 않아. 하나하나 수순을 밟아가지 않으면 최종 목적지에 이를 수 없다고. 이번 일도 그 수순 가운데 하나에 불과해."

"그래도 돈을 준비하라고 당신이…… 골프백에 넣으라고……"

"그건 다음 수순으로 넘어가기 위해 필요한 아이템이야. 너도 게임을 할 테니까 알 거 아냐."

"난 게임 같은 거 해본 적 없어."

"그런가? 어쨌든 지금은 잠자코 내가 하는 대로 지켜봐줘."

이해하지는 못했을 테지만, 그녀는 마지못해 고개를 끄덕였다.

어젯밤 주리가 만든 크림스튜로 간단히 아침 겸 점심을 때운 뒤, 나는 외출 준비를 시작했다. 옷장에서 스포츠 백을 꺼내 비디오카메라와 테이프, 삼각대, 그리고 쌍안경 등을 챙겨 넣었다. 쌍안경은 취미로 조류 탐사를 즐기는 친구에게 빌린 것이었다.

"싱글 룸을 예약했다는 건, 혼자서 묵을 생각?"

"오늘은 토요일이야. 더블 룸이 비어 있을 것 같아? 비어 있다 해도 방의 위치나 층수까지 지정할 수는 없을 거야."

"그럼 나도 함께 가도 돼?"

"다만 호텔 쪽에서 눈치채지 못하게 조심해야 해. 그리고 부자연스럽지 않을 만큼 변장할 것."

그러자 주리는 내 앞에 서서 두 손을 허리에 짚고 내려다보았다.

"왜?"

"왜냐고? 나보고 어떻게 변장하라는 거야. 옷도 없고 화장품도 없어. 내가 변장한다고 해봤자 젊은 노숙자 꼴밖에 안 될 거라고."

하하하, 하고 나는 웃었다.

"그럼 집에서 기다리고 있어. 아마 경찰은 네가 행방불명되었을 때의 옷차림을 파악하고 있을 거야. 유괴범이 호텔을 이용할 가능성도 있다고 보고 통보해두었을 수도 있고."

"나도 꼭 같이 갈 거야. 뭘 할 생각인지는 모르지만, 당신도 내가 있는 게 여러 모로 도움이 될 텐데?"

나는 그녀의 눈을 보았다. 이번에는 물러서지 않겠다고 그 눈이 말하고 있었다. 나는 앞으로 하려는 일을 머릿속으로 다시 되짚어보았다. 그녀가 있으면 도움이 될 일이 분명히 있을 것 같았다.

나는 스포츠 백을 내려놓았다.

"할 수 없군. 나가자."

"나도 호텔에 같이 가는 거지?"

"그전에 쇼핑이야."

●

이런 유괴범이 또 어디에 있을까?

유괴한 여자와 함께 긴자에 있는 백화점에서 쇼핑을 하고 있다. 물론 생각하기에 따라서는 경찰의 허를 찌르는 셈이 되지만, 도저히 마음이 놓이지 않았다.

주리는 내 기분 따위는 상관없다는 듯이 이리저리 옷을 고르는 중이었다. 그 모습은 여느 젊은 여자들과 전혀 다를 게 없어 아주 자연스럽게 보였기 때문에 할 말이 없지만, 나로서는 쇼핑하러 온 목적을 생각하라고 한마디 해주고 싶었다.

하긴 그녀도 바보는 아니라 점원이 얼굴을 기억할 만한 어처구니없는 실수는 하지 않았다. 옷을 고르면서도 자연스럽게 이동했다. 오히려 인상을 남길 만한 행동을 하는 것은 내 쪽일지도 모른다. 아까부터 내내 쇼윈도 앞에 서서 무뚝뚝하게 그녀의 모습을 바라보고 있었던 것이다. 그렇지만 나이 어린 여자 친구의 쇼핑에 끌려나온 남자 역할이라고 본다면 어떤 연출가도 내게 NG사인을 보내지는 않을 것이다.

드디어 주리가 가게에서 나왔다. 종이봉투를 들고 있었다.

"사기는 산 모양이군. 시간이 좀 더 걸릴 줄 알았는데."

빈정거리는 투로 말했다.

"이렇게 서둘러 쇼핑을 하기는 처음이야. 그래도 가게에 너무 오래 있으면 점원이 기억할까 봐 적당히 골랐어."

"그거 정말 잘했군."

"그럼 다음은 화장품. 1층으로 가자."

주리의 목소리는 들떠 있는 것 같았다.

그녀가 화장품을 다 고를 때까지 티 라운지에서 커피를 마시면서 기다렸다. 혼자 놔두기는 불안했지만 내가 함께 있어 봐야 아무 도움도 되지 않을 것이다. 시부야라면 몰라도 긴자에서는 아는 사람을 만날 확률이 제로에 가깝다는 그녀의 말을 믿기로 했다.

30분쯤 지나서 그녀가 돌아왔다. 그녀의 얼굴을 보고 나는 눈이 휘둥그레졌다.

"화장을 하고 온 거야?"

"뭐 내친김에."

그렇게 말하며 주리는 맞은편 자리에 앉았다. 웨이트리스가
오자 그녀는 밀크티를 주문했다.

"설마 점원에게 화장을 해달라고 한 건 아니겠지?"

"그런 짓을 할 리 없잖아. 거울만 빌려서 내가 한 거야. 괜찮
아. 그런데서는 아무도 다른 사람을 쳐다보지 않아. 모두 거
울에 비친 자기 얼굴에만 관심이 있다고."

"좀 봐주라. 나는 편의점이나 패밀리 레스토랑에서 네 얼굴
이 드러난 일조차 걱정하고 있단 말이야."

"걱정 말라고 했잖아."

그녀는 가방에서 담배를 꺼냈지만, 금연석이라는 것을 알고
불쾌하다는 듯이 다시 집어넣었다.

밀크티가 나왔다. 잔을 입으로 가져가는 그녀의 얼굴을 나
는 멍하니 바라보았다. 화장을 아주 옅게 해 피부를 잘 살렸
다. 예쁜 눈과 코가 강조되어 아까보다 얼굴 윤곽이 뚜렷해
보였다.

"뭘 그렇게 빤히 보는 거야? 아직도 걱정돼?"

"아니, 별로."

나는 시선을 돌렸다.

"또 하나 살 게 있어."

"이번엔 뭔데?"

"게임 필수품."

다시 택시를 타고 아키하바라로 갔다. 택시 안에서 만 엔짜리 지폐 다섯 장을 주리에게 주었다.

"뭐야, 이게?"

"쇼핑할 돈. 네가 사와."

"그렇지만 뭘 사는지도 모르는데."

"때가 되면 가르쳐줄게. 시키는 대로만 하면 돼."

주리는 또 뽀로통한 표정을 지었지만 택시 운전기사가 있는 차 안에서는 이야기하고 싶지 않았다.

우리는 쇼와 거리 부근에서 내렸다. 토요일의 전자상가는 무척 붐볐다. 사람들 눈을 피해야 하는 우리로서는 잘된 일이었다. 게다가 주리는 눈을 가릴 만큼 모자를 푹 눌러쓰고 있었다.

유명한 전자제품 가게가 늘어서 있는 거리를 조금 벗어나, 골목길로 접어들었다. 거기에도 사람들은 많았지만 어딘가 분위기가 달랐다. 늘어선 가게들도 마니아를 상대하는 곳이 많았다.

나는 바로 한 남자를 주목했다. 수염을 기르고 피부가 검은 이란 사람이었다.

"저 남자한테 가서 대포폰이 있냐고 물어봐."

주리의 귀에 대고 말했다.

"대포폰?"

"가명 휴대전화 말이야."

"아아."

그녀는 고개를 끄덕였다.

"들어본 적이 있어."

"메이커는 상관없어. 아마 5만 엔이면 충분할 거야. 대금은 선불이고. 그다음에 따라오라고 하면 잠자코 따라가면 돼. 나는 이 근처에서 기다릴게."

"함께 가지 않는 거야?"

"경찰의 함정 수사라고 오해하면 곤란해. 너한테 사오라고 하는 것도 그걸 피하기 위해서야. 좀 겁날지도 모르지만 용기를 내."

주리는 잠깐 불안한 듯한 눈을 했지만 바로 힘차게 고개를 끄덕였다.

"알았어. 갔다 올게."

남자를 향해 걷기 시작했다.

주리가 이란인에게 말을 거는 것을 나는 멀리서 지켜보았다. 상대가 젊은 여자여서 그런지 이란인은 별로 경계하는 것 같지 않았다. 여기서 대포폰을 살 수 있다는 것은 일부 여자들 사이에서 소문으로 돌고 있었다. 나도 그런 여자들 가운데 한 명에게 이야기를 들었다.

예상대로 이란인과 주리가 움직이기 시작했다. 두 사람은 거리 모퉁이를 돌아 사라졌다. 주리는 내 쪽을 돌아보지 않았다. 대단하다.

물건을 갖고 있는 동료는 차에서 대기할 것이다. 만약 적발될 것 같으면 재빨리 도망치기 위해서다.

15분쯤 지나 주리가 돌아왔다. 나는 한숨 놓았다.

"임무 완료."

그러면서 작은 종이봉투를 들어올렸다.

"선물까지 받았어."

"선물?"

"전화카드. 얼마든지 쓸 수 있대. 일단은 50통화지만, 제로가 되면 또다시 처음부터 시작한대."

나는 쓴웃음을 지었다.

"공중전화를 쓸 일이 있을까?"

"하지만 난 지금 휴대전화가 없는걸."

주리가 카드를 살랑살랑 흔들었다.

그 이란인에게는 얼마 전까지 불법 전화카드가 주요 상품이었을 것이다. 하지만 휴대전화가 보급되면서 거의 팔리지 않았다. 그래서 취급하게 된 대체 상품이 대포폰인 셈이다.

"저 사람들 일본말 잘하네. 어떻게 배운 걸까?"

"살기 위해서라면 누구나 필사적이 되지. 불법 전화카드를 만든 녀석들도 그렇고. 필사적이었을 거야. NTT는 그만큼 노력하지 않으니 늘 녀석들 때문에 골치를 썩는 거지."

"경찰도 적발하려면 열심히 저 사람들 말을 배워야겠네."

"그렇지."

대답하자마자 나는 발길을 멈췄다. 내 팔을 잡고 있던 주리가 앞으로 고꾸라질 뻔했다.

"뭐야. 갑자기 멈춰 서면 어떡해."

"좋은 방법이 떠올랐어."

나는 싱긋 웃어 보였다.

"드디어 게임 시작이다."

택시를 타고 일단 맨션으로 돌아와 나는 다시 준비를 서둘렀다. 마지막으로 노트북 컴퓨터를 가방에 챙겨 넣었다.

"그럼 나중에 연락할게. 다시 한 번 말하지만, 호텔 정문으로는 절대 들어오지 마."

"알아. 대체 몇 번이나 말하는 거야."

알고 있는지 어쩐지 의심스러우니까 몇 번이나 말하는 거라고 대꾸하고 싶은 것을 참고, 나는 집을 나섰다. 손목시계의 바늘이 오후 3시를 가리켰다.

호텔 가든즈까지 택시를 타니 몇 분 만에 도착했다. 현관 바로 앞에서 내려 프런트로 향했다. 나는 셔츠에 넥타이, 짙은 회색 양복을 차려 입었다. 휴일도 반납하고 도쿄에 출장 온

샐러리맨이라는 설정이었다. 예약할 때 댄 엉터리 전화번호의 지역번호는 나고야 것이었다.

숙박계에 가명과 가짜 주소와 전화번호를 적은 뒤, 5만 엔을 내고 체크인 수속을 마쳤다. 프런트 담당은 내 손만 내려보고 있었지만, 만약을 위해 나는 가능한 고개를 들지 않으려고 했다.

내 손에 1526호실의 카드 키가 쥐어졌다. 보이의 안내를 거절하고 혼자 엘리베이터에 올랐다.

방에 들어오자마자 제일 먼저 창의 커튼부터 열었다. 왼쪽 비스듬히 아래로 수도고속도로 하코자키 교차로가 보인다. 가방에서 쌍안경을 꺼내 재빨리 초점을 맞췄다. 긴자 방향에서 달려온 짙은 청색 국산 차가 시야를 가로질러 지나갔다.

제1단계 합격. 나는 안도의 숨을 내쉬었다. 전에 한 번 이 호텔에 묵었을 때 교차로가 보인다는 것을 알게 되었다. 물론 그때는 그 사실을 무언가에 이용하겠다는 생각 따위는 눈곱만큼도 하지 않았다.

수화기를 들어 집에 전화를 걸었다. 호출음이 세 번 울리고 부재중 메시지가 흘러나왔다. 발신음을 확인하고 나는 입을 열었다.

"1526호실이야. 들어올 때 노크해."

그렇게만 말하고 전화를 끊었다. 주리는 지금 메시지를 들자마자 집을 나설 것이다. 택시를 이용하라고는 했지만 한조 몬 선의 스이텐큐마에 역에서 내리라고 일러두었다. 거기서 지하도를 통해 호텔로 들어오라고 했다. 이 호텔의 지하 1층 은 지하철역과 연결되어 있다. 그리고 지하에서 엘리베이터 로 바로 객실이 있는 층까지 올라올 수 있다. 말하자면 프런 트나 로비처럼 사람들이 많이 모이는 장소를 완벽하게 피할 수 있는 것이다.

나는 웃옷을 벗고 넥타이를 푼 다음 작업을 시작했다. 비디 오카메라에 삼각대를 달고 창가에 설치했다. 액정 화면을 들 여다보면서 카메라 각도와 줌 렌즈를 조정했다. 긴자 방향에 서 달려오는 차는 이제 모두 포착할 수 있다.

다음에는 노트북 컴퓨터를 꺼냈다. 가져온 전화 코드로 책 상 옆의 잭에 연결했다. 비즈니스맨의 편의를 위해 이 호텔은 구내전화용 회선 외에 인터넷에 연결할 수 있는 일반 회선도 깔아두었다. 이 사실도 전에 왔을 때 알게 된 것이다.

컴퓨터를 켜고 바로 인터넷 접속을 시도했다. 바로 연결이 되었다. 혹시나 해서 CPT 오너즈 클럽 사이트에 들어가보았 다. '주리'에게서 새로운 메시지가 들어와 있었다.

너무 오래 기다리네(주리)
주문을 마쳤고 돈도 준비했는데, 저쪽에서 연락이 오지 않네요.

많이 기다리던 물건이라 어서 받고 싶은데 뭘 하고 계시는 건지.

현관에서 캐디백이 빨리 어디로든 데려가달라고 소리지르고 있습니다.

늘 감탄하는 것이지만, 참으로 그럴듯하게 꾸며낸 문장이다. 이 글만 읽는 사람은 단순히 한시라도 빨리 차를 손에 넣고 싶어 하는 여자의 투정이라고밖에 생각하지 않을 것이다.

어쨌든 저쪽이 초조해하기 시작한 것만은 확실하다. 유괴범이 어떤 방법으로 나올지 빨리 알고 싶어 견딜 수 없을 것이다.

냉장고에서 미네랄워터를 꺼내 병째 마시기 시작했다. 앞으로의 계획을 다시 정리해보았다. 어디에도 빈틈이 없고 허를 찔릴 염려 또한 없을 것이다.

시계를 보았다. 전화하고 나서 30분이 넘게 지났다. 주리는 대체 뭘 하고 있는 걸까?

그 뒤로 30분이 더 지나서야, 드디어 문을 노크하는 소리가 들렸다.

"누구세요?"

일단 물었다.

"나."

대답이 들려왔다. 나는 문을 열어주었다.

"대체 뭘 하고 있었던 거야. 옷 하나 갈아입는데……."

거기까지 말한 순간 나는 말문이 막혔다. 주리의 머리카락이 갈색으로, 그것도 금발에 가까운 갈색으로 변해 있었다. 게다가 길이도 짧아졌다.

헤헤, 하고 그녀가 웃었다. 짧은 머리를 살짝 쓸어 올렸다.

"뭐야, 그게."

"물들였어. 괜찮지?"

그녀는 살피듯이 실내를 둘러보며 창가로 다가갔다. 비디오 카메라를 들여다보았다.

"뭘 찍는 거야?"

그 질문에 대답할 상황이 아니었다.

"어떻게 된 거야."

"뭐가?"

"그 머리. 그렇게 튀면 곤란하다고 생각하지 않아?"

"이게 튀어?"

"거울을 한번 봐."

"당신이 변장하라고 해서 나 나름대로 이리저리 궁리한 거야. 직접 머리도 자르고, 물도 들였어. 옷도 갈아입었고. 봐, 아까하고는 전혀 다른 사람으로 보이잖아."

위는 빨간색 슬리브리스, 아래는 검은 스커트 차림이었다. 액세서리와 구두도 바뀌어 있는 것을 보고 나는 놀랐다. 어느 틈에 산 것일까?

"튀지 않게 변장하라고 한 거야."

내 말을 듣는 둥 마는 둥, 그녀는 침대에 걸터앉아 아이들이 트램펄린(trampoline)에서 놀듯이 몸을 들썩였다. 그 얼굴이 웃고 있었다.

"당신 정말 프로 광고기획자 맞아? 이 정도로 잔소리를 해 대다니 웃기네. 요즘은 머리카락 까만 애들이 오히려 더 적은데."

"그럼 어째서 그 애들은 물을 들이지? 튀고 싶지 않아서인가? 아닐 걸. 튀고 싶기 때문 아니야?"

"처음에는 그랬을지도 모르지만 지금은 달라. 머리카락이 까만 건 구리다고 생각해. 그렇게 보이고 싶지 않아서 물들이는 거라고."

나는 고개를 저었다. 이런 하찮은 일로 말씨름이나 할 때가 아니었다.

"어쨌든 집에 가면 다시 원래대로 돌려놔. 잊었는지 모르지만 넌 인질이야. 유괴되어 있는 동안 그 인질의 머리색이 바뀌었다면 이상하잖아."

"그러니까, 음, 범인은 괴짜야. 그래서 재미삼아 인질의 머리를 물들인 거지."

"어지간히 까불어라."

나는 아키하바라에서 입수한 휴대전화를 꺼내 그녀의 얼굴 앞으로 들이밀었다.

"자, 게임 스타트야. 아버지 휴대전화에 전화를 걸어."

"내가?"

역시 주리의 표정이 다시 심각해졌다.

"내가 걸 생각이었지만, 네가 함께 있으니 얘기가 달라지지. 가능한 한 가쓰라기 씨에게는 내 목소리를 들려주고 싶지 않아. 너희 아버지가 내 목소리를 기억할 가능성은 낮지만 말이야."

"전화해서 뭐라고 하면 돼?"

"그건 생각해뒀어. 이리 와봐."

나는 그녀를 컴퓨터 앞에 앉혔다. 그리고 키보드를 조작해 문서 하나를 화면에 띄웠다. 그녀가 오기를 기다리면서 써둔 것이다. 그 문서는 몇 가지 항목으로 나뉘어 있었다.

나는 첫 문장을 가리켰다.

"우선은 이거부터야. 이 내용만 전달하면 바로 전화를 끊어도 돼."

주리는 진지한 눈으로 거기 적혀 있는 문장을 들여다보았다. 그 표정을 보니 역시 모든 것이 제스처였다는 생각이 들었다. 쇼핑할 때 이상하게 대담했던 것이나 머리를 물들인 것이나 불안한 마음을 감추기 위한 제스처에 지나지 않았다.

"이 전화로 걸어도 괜찮아?"

"가능한 한 짧게 부탁해. 시간을 너무 많이 끌면 우리 위치가 파악될 거야."

후우, 하고 그녀는 심호흡을 했다. 휴대전화의 숫자 버튼을 들여다보았다.

"지금?"

"지금 당장. 번호는 여기 있어."

가쓰라기 가쓰토시의 휴대전화 번호가 적힌 메모지를 그녀 앞에 놓았다.

"서두르지 않으면 해가 질 거야."

"어두워지면 좋지 않다는 얘기네."

"저 비디오카메라는 적외선 카메라가 아니고, 쌍안경도 암시스코프가 아니니까."

내 말뜻을 얼마나 이해했는지, 그녀는 아무 말 없이 살짝 고개를 끄덕였다. 또 한 번 심호흡하더니 휴대전화를 왼손으로 옮겨 들고 오른손 검지를 버튼에 댔다. 메모지를 보며 번호를 하나하나 신중하게 누르기 시작했다. 다 누른 뒤 전화기를 귀에 대고 살며시 눈을 감았다.

호출음이 내게도 들렸다. 두 번 울리자 전화가 연결되었다.

"여보세요? 나예요, 주리. 아무 말 하지 말고 내 이야기 들어요."

그녀는 컴퓨터 화면으로 눈길을 돌렸다.

"지금부터 10분 뒤에 집을 출발해요. 캐디백과 가방은 차 트렁크에 실어두고. 차에 타는 건 아빠 혼자만. 수도고속도로를 타고 무코지마 입체교차로로 가요. 무코지마예요. 무, 코, 지, 마. 가능한 한 규정 속도로 달리고. 그럼 또 연락할게요……. 미안. 이야기할 시간이 없어요."

전화를 끊고 도움을 구하는 듯한 눈으로 그녀는 나를 올려다보았다. 뺨이 약간 발그레해져 있었다. 반쯤 벌어진 입술에 나는 가볍게 키스를 했다.

"잘했어."

"다음 연락도 내가 하는 거야?"

"기본적으로는 그래. 연락은 네가 해줘."

"기본적으로는, 이라니?"

"곧 알게 될 거야."

나는 컴퓨터를 조작해 다시 인터넷에 접속했다. 일본도로공단이 리얼 타임으로 교통정보를 내보내는 사이트가 있다. 그 사이트로 들어갔다. 액정 화면에 수도고속도로의 지도가 나타났다. 노선이 흰 선으로 표시되어 있지만, 정체 상황에 따라 빨간색이나 노란색으로 칠해진다.

가쓰라기 가쓰토시가 선택할 것으로 여겨지는 코스를 눈으로 더듬었다. 심각한 정체는 현재 없는 것 같았다. 다만 하코자키 교차로 앞뒤가 약간 빨간색으로 물들어 있었다.

시계와 수도고속도로의 노선도를 번갈아 보면서 남아 있는 미네랄워터를 마셨다. 갈증이 심했다. 주리도 콜라를 마시기 시작했다. 서로 아무 말이 없었다. 나는 이따금 교통 정보 데이터를 갱신했지만 상황에는 큰 변화가 없었다. 변화가 있다고 하면 사고다. 그런 일만은 없기를 진심으로 바랐다.

시계를 보고 손가락을 퉁겨 소리를 냈다.

"주리, 전화."

긴장한 얼굴로 그녀는 휴대전화를 들었다.

"이번에는 어떻게 하면 돼?"

"현재 위치를 물어봐. 그것만 하면 돼."

그녀는 고개를 끄덕이고 전화를 걸었다.

"여보세요? 나. 지금 어디 있어요? 응? 다케바시? 다케바시를 막 지났다고요?"

나는 손가락으로 오케이 사인을 그려 보였다. 그녀는 서둘러 전화를 끊었다.

"다케바시래."

"들었어."

수도고속도로의 노선도를 보았다. 다케바시 교차로에서 에도바시까지는 소통이 원활하다. 시속 60킬로미터로 달릴 수 있을 것이다. 에도바시에서 하코자키 구간은 약간 붐볐다. 여기가 문제다. 타이밍. 타이밍이 전부다. 내 감을 믿을 수밖에 없다.

나는 한 번 더 손가락을 퉁겨 소리를 냈다.

"전화해. 위치 확인."

주리는 리다이얼 버튼을 눌렀다. 바로 연결된 모양이다.

"지금은 어디 있어? 곧 에도바시?"

창가에 서서 비디오카메라의 위치를 다시 확인했다. 그녀를 손짓해 불렀다.

"1분 뒤에 전화해. 하코자키로 빠져나오라고 지시하는 거야. 그런 다음 전화기를 나한테 줘."

"당신한테? 당신이 직접 통화할 거야?"

"그래. 거기서부터는 내가 이야기할게."

그렇게 말하며 고개를 끄덕였다.

주리는 정확하게 1분 뒤에 전화를 걸었다. 그 옆에서 나는 가방에서 가스통을 하나 꺼냈다.

"여보세요? 나. 하코자키로 빠져나와요. 잠깐, 전화 끊지 말아요."

서둘러 말한 뒤 휴대전화를 내게 건넸다.

나는 심호흡하고 전화기를 받아 들었다. 가벼워야 할 휴대전화가 꽤 무겁게 느껴졌다. 심장이 빨리 뛰기 시작했다.

창가에 서서 한쪽 손으로 휴대전화를 귀에 대고, 다른 한 손으로 쌍안경을 잡았다. 비디오카메라는 이미 녹화를 시작했다.

은회색 벤츠가 미끄러지듯 슬로프를 내려가는 것이 보였다. 운전하는 사람까지는 보이지 않았다. 비디오카메라의 모니터를 들여다보던 주리와 눈이 마주쳤다. 그녀는 아무 말 없이 고개를 끄덕였다. 가쓰라기 가쓰토시의 차다.

나는 가스통을 입에 대어 가스를 들이마시고 빠르게 말했다.

"고속도로를 빠져나오지 말고, 순환차선으로 들어가."

옆에서 듣고 있던 주리가 어이없다는 표정으로 나를 보았다. 무리도 아니다. 갑자기 내가 도널드 덕 같은 목소리를 냈기 때문이다. 헬륨 가스로 목소리를 바꾸는 장난감이 이럴 때 쓸모가 있을 줄은 몰랐다. 언젠가 구입해둔 파티용품이었다.

놀란 것은 가쓰라기 가쓰토시도 마찬가지였을 것이다.

"뭐라고? 무코지마로 가는 게 아닌가?"

나는 가스를 들이마시고 대답했다.

"순환차선을 타."

"오른쪽에 긴자 방향으로 진입하는 램프가 있어. 들어가지 않아도 되나?"

"순환차선을 타."

거기서 나는 전화를 끊고 주리에게 전화를 넘겨주었다. 쌍안경으로 하코자키 교차로를 감시했다. 은회색 벤츠가 지나갔다. 그 뒤로 몇 대의 차가 따랐다. 트럭도 있다. 택시도 지나갔다.

다시 벤츠가 나타났다. 하코자키 교차로는 작은 고리 모양으로 되어 있다. 출구로 나오거나 어느 특정 방향으로 진입하지 않으면 연료가 떨어질 때까지 계속 같은 자리를 돌게 된다.

세 번째로 벤츠가 나타났을 때 나는 주리에게 다음 지시를 내렸다. 그녀는 의외라는 표정으로 휴대전화 버튼을 눌렀다.

"여보세요? 나. 거래 중지. 돌아가서 다음 연락을 기다리래…… . 미안해요. 나도 잘 몰라."

전화를 끊고 나서 주리가 나를 노려보았다. 나는 침대에 걸터앉아 있었다.

"어떻게 된 거야? 왜 갑자기 거래를 중지한 거지?"

"갑자기가 아니야. 처음부터 그럴 생각이었는걸."

"그럴 생각이었다고? 애초에 거래할 맘이 없었던 거야?"

주리가 옆으로 다가와 나를 내려다보았다.

"뭣 때문에 그런 짓을 한 거지?"

"경찰의 움직임을 읽기 위해서."

나는 일어서서 테이프가 다 돌아간 카메라를 정지시켰다.

11

•

플래시 카드

•

컴퓨터 모니터에 하코자키 교차로가 보인다. 은회색 벤츠가 몇 번이나 지나갔다. 그 밖에도 여러 대의 차가 지나갔다. 그러나 두 번 이상 잡힌 것은 가쓰라기 가쓰토시의 차뿐이었다.

"이상하군. 역시 벤츠뿐이야."

우리는 맨션에 돌아와 있었다. 호텔 방은 그대로 두고 왔다. 체크아웃은 내일 아침에 내가 하고 올 생각이다. 오늘 밤 바로 체크아웃하면 호텔 측에서 이상하게 여길 수도 있기 때문이다.

"뭐가 그렇게 이상한데? 그쯤 하고 얘기 좀 해줘."

주리가 조급해했다.

"순환차선을 달리고 있는 게 벤츠뿐이니 이상하다는 거야. 다른 차가 더 찍혔어야 하는데."

"찍혔잖아. 트럭이랑 택시랑 잔뜩."

"한 번뿐이야. 순환차선을 빙빙 돌고 있는 건 벤츠뿐이고, 다른 차는 한 대도 없어."

"그야 당연하지. 아빠가 운전하고 있는 건 벤츠뿐이니까."

"그렇지만 그 벤츠에는 미행이 따라붙어 있을 거야. 경찰의 미행 말이야."

주리가 입을 반쯤 벌렸다. 이제야 내 의도를 알아차린 모양이다.

"벤츠 바로 뒤가 아니라도, 적어도 두세 대 뒤에는 경찰차가 따라와야 하는데 이상해. 그렇게 하지 않으면 만약의 경우에 대처할 수 없으니까. 그런데 이 영상을 보면 따라오는 차가 없어. 이게 뭘 말하는 걸까?"

주리는 대답하지 못하고 모니터에 시선을 고정한 채 고개를 갸웃거렸다. 나도 그녀가 대답을 해주리라고는 기대하지 않았다.

"생각해볼 수 있는 경우가 몇 가지 있긴 하지. 하나는 뭔가 이유가 있어서 경찰이 미행하지 않았다는 것. 이 경우는 미행보다 더 좋은 추적 방법이 동원됐다는 얘기가 되지. 예를 들면 벤츠에 수사관이 숨어 있었다거나."

"숨어 있다고?"

주리는 컴퓨터 모니터에 얼굴을 들이댔다.

"확인해보자."

나는 영상 가운데서 벤츠의 내부가 가장 깨끗하게 찍힌 화상을 골라내 그 부분을 확대해보았다. 화상은 거칠지만 윤곽은 보였다.

"뒷좌석에는 아무도 없는 것 같군."

"그럼 트렁크에 숨어 있었나?"

"그럴 가능성은 낮아. 3억 엔이나 들어 있는 가방하고 캐디백이 실려 있어. 한 사람쯤은 들어갈 수 있겠지만 움직일 수 없다면 아무 의미가 없지. 바로 그런 이유 때문에 백을 두 개나 트렁크에 실으라고 지시한 거야."

내 말에 주리는 이해가 간다는 표정으로 고개를 끄덕였다. 약간은 나를 다시 본 듯했다.

"저어, 소설이나 영화를 보면 흔히 경찰이 몸값에 위치추적기를 장치한다는 이야기가 나오잖아. 이번에도 그런 장치를 해둔 게 아닐까?"

"위치추적기를 장치했을지도 모르지."

나는 그녀의 의견에 동의했다.

"하지만 그것만 믿을 거라고는 생각할 수 없어. 일반적으로 반드시 미행이 따라붙게 마련이야. 아니면 어디서 감시하거나."

"감시하고 있었던 걸까?"

"그럴 리가. 우린 처음에 분명 무코지마 입체교차로로 가라고 지시했어. 어떻게 그 중간에 있는 하코자키 교차로에서 감시할 생각을 할 수 있었겠어?"

"그건 나도 그렇게 생각하지만……. 그럼 당신 생각은 어떤데?"

"그걸 모르겠어서 고민이야. 경찰들은 대체 어디 박혀 있는 걸까?"

나는 소파에 벌렁 누웠다.

사실은 또 한 가지 생각할 수 있는 경우가 있었다. 그렇지만 도저히 믿기 어려운 것이라 입에 담지 않았다. 경찰이 움직이지 않았다는 것. 그러니까 가쓰라기 가쓰토시가 사건을 경찰에 신고하지 않았다는 말이 된다. 그렇다면 벤츠만 나타났다고 해도 이상하지는 않다.

그렇지만 그런 일이 있을 수 있을까? 물론 없다고 단언할 수는 없다. 가쓰라기 가쓰토시도 한 사람의 아버지다. 딸의 목숨이 무엇보다 중요하므로 경찰에 알리지 말라는 이쪽의 지시를 따르고 있을지도 모른다.

그러나 나는 고개를 젓고 싶어졌다. 그는 그럴 사람이 아니다. 협박에 쉽게 굴복하지 않는다. 반드시 범인의 허를 찌른 다음 딸을 구출하려 할 것이다. 그러기 위해서는 경찰의 힘이 필요하다. 경찰은 어디선가 움직이고 있을 것이다. 하코자키 교차로에서 가쓰라기 가쓰토시가 회전목마의 말처럼 빙빙 도는 동안에도 숨을 죽인 채 범인이 나타나기를 기다렸을 것이다.

"저어, 그래서 언제 할 거야?"

"언제? 뭘?"

"진짜로 몸값 받는 거. 뻔하잖아. 그렇지 않으면 또 예행연습 계획이라도 세우는 거야?"

그녀는 내 옆에 서서 두 손을 펼쳤다. 야유하는 느낌이 말투에 묻어났다. 내 방식이 마음에 들지 않는 모양이었다.

"나는 완벽하게 하고 싶을 뿐이야. 그게 너를 위해서도 좋아. 돈이 필요하지? 가쓰라기 집안에 앙갚음을 하고 싶지?"

"그래. 그렇지만 꾸물거리지 않았으면 좋겠어."

"꾸물거리는 게 아니야. 신중하게 하고 있을 뿐이지. 어쨌든 적은 천하의 가쓰라기 가쓰토시니까 말이야."

"언제 할 건데?"

"뭐가 그렇게 초조해? 서두를 필요 전혀 없어. 스페이드 에이스는 이쪽에서 쥐고 있다고. 확실한 시기를 골라서 확실한 방법으로 돈을 손에 넣으면 돼."

주리는 머리를 마구 흔들었다. 짧게 자른 머리카락이 헝클어졌다.

"당신은 게임하는 기분이라 재미있을지 모르지만 내 입장도 좀 생각해줘. 이런 긴장 이젠 싫어. 빨리 편해지고 싶다고."

소리친 뒤 주리는 침실로 뛰어 들어갔다. 그녀의 반응은 내가 생각하기에 느닷없는 것이었다. 심정이야 이해가 가지만 왜 갑자기 감정이 격해졌는지 알 수가 없었다.

침실로 들어가니 주리는 침대에 엎드려 있었다. 나는 옆에 앉아 물들인 지 얼마 되지 않은 그녀의 머리카락을 쓰다듬었다. 이 머리를 내게 보여줄 때는 그리도 당당하더니 왜 이렇게 변해버린 것일까?

주리가 내 허리에 팔을 감아왔다. 나는 말없이 옆에 누우며 그대로 그녀의 몸을 덮었다.

"꼭 안아줘."

그녀가 속삭였다.

"함께 있을 수 있는 건 지금뿐이니까."

섹스에 빠지는 것은 바보 같은 짓이다. 그걸 알면서도 내 품 안에 잠들어 있는 주리가 사랑스럽게 여겨지는 것은 어찌된 일일까?

함께 있을 수 있는 건 지금뿐. 맞는 말이다. 이 게임이 무사히 끝나면 우리가 다시 만날 일은 없다. 그런 위험한 짓은 할 수 없다. 나도 처음부터 그럴 작정이었다.

그렇지만 지금은 그것이 마음에 걸렸다. 솔직히 말하면, 주리와 함께 있는 시간을 더 연장하고 싶다는 생각이 들기 시작했다. 그뿐만 아니다. 몸값을 무사히 받아낸 뒤에도 어떻게 하면 그녀와 헤어지지 않을 수 있을까 궁리하고 있다.

어떻게 된 거냐, 사쿠마 순스케. 너는 그런 남자가 아니었을 텐데.

다음 날 아침, 눈을 뜨니 곁에 주리가 없었다. 그 대신 커피 향이 풍겨왔다.

침실 문으로 내다보니 그녀는 식당 테이블과 주방 사이를 왔다 갔다 하고 있었다. 테이블 위에는 벌써 몇 가지 요리가 차려져 있었다.

나는 서랍장 위에 두었던 디지털 카메라를 손에 들고 문틈으로 그녀의 모습에 초점을 맞췄다. 마침 쟁반을 들고 다가오는 중이었다. 플래시가 터지지 않도록 설정하고 셔터를 눌렀다. 그녀는 눈치채지 못한 듯했다. 액정 화면으로 확인하니, 약간 어둡기는 하지만 그녀의 모습이 또렷하게 찍혀 있었다. 바로 카메라 커버를 열고 메모리 카드를 뽑았다.

"깼어?"

소리를 들었는지 주리가 다가왔다. 나는 후다닥 카메라를 서랍장 위에 얹었다. 카드는 오른손에 쥔 채였다.

문이 열리고 주리가 다가왔다. 내가 바로 옆에 서 있는 것을 보고 놀란 표정을 지었다.

"뭐야, 일어나 있었어?"

"지금 막 일어났어. 아침식사를 차린 모양이네."

"식객이니까. 조금은 은혜를 갚아야지. 크림스튜만 먹으면 금세 물릴 테고."

주리가 등을 보인 틈을 타 나는 옆에 걸려 있던 윗옷 안주머니에 카드를 집어넣었다.

햄에그와 야채수프, 토스트와 커피가 메뉴였다. 도저히 요리라고 부를 만한 것은 아니지만 냉장고에 들어 있던 재료를 생각하면 이게 최대한이었을지도 모른다.

"마치 살림을 차린 것 같군."

"왜 결혼하지 않아?"

"글쎄. 난 왜 다들 결혼하고 싶어하는 걸까, 그게 오히려 궁금한걸. 어차피 언젠가는 질릴 상대와 평생 함께 살겠다는 약속 따위 할 수가 없어."

"그래도 그 사람만은 당신 곁에 있어줄 텐데. 예를 들어 당신이 아무리 추한 할배가 돼도 외톨이는 아니지."

"그 대신 상대가 아무리 추한 할망구가 되더라도 곁에 있어줘야 하잖아. 그리고 사람이란 언젠가는 외톨이가 되게 마련이야. 결혼하나 하지 않으나 마찬가지지."

"그래서 아이를 낳는 거 아니야? 배우자는 떠나도 가족은 남잖아."

"그럴까? 날 봐."

포크로 내 가슴께를 가리켰다.

"나한테도 부모는 있어. 그렇지만 이렇게 혼자 살지. 연락도 몇 년째 하지 않고, 그런 자식도 부모에게 가족일까? 없는 거나 마찬가지 아닐까?"

"같이 살지 않아도 어딘가에 있다는 건 알아. 그것만으로도 부모는 기쁘지 않을까? 어떻게 지내고 있을지 상상하는 것만으로 즐거울지도 몰라."

나는 커피를 입에 머금고 쓴웃음을 지었다. 그녀는 뭐가 우습냐는 표정을 지었다.

"너한테 가족의 중요성을 듣게 될 거라고는 생각도 못했는데."

주리는 아픈 곳을 찔린 듯이 고개를 숙였다.

나는 햄에그의 노른자를 으깬 다음 햄에 묻혀 입에 넣었다.

"왜 부모님한테 연락하지 않는 거야?"

고개를 숙인 채 그녀가 물었다.

"볼일이 없으니까, 라는 게 가장 정확한 답이려나. 나한텐 성가신 존재일 뿐이야. 이따금 별 볼일 없는 사무적인 일로 전화가 오는 일은 있어도 용건이 끝나면 할 얘기가 없어."

"부모님은 어디 계셔?"

"요코하마. 모토마치 근처야."

"좋은 곳이네."

"여자애들은 꼭 그렇게 말하더군. 그렇지만 태어나 자라는 것과 애인과 팔짱을 끼고 걷는 건 이야기가 달라."

"장사를 하시는 건가?"

"아버지는 평범한 샐러리맨. 모토마치 상점가하고는 관계 없어."

"아버님은 지금도 일을 하고 계신 거야?"

나는 고개를 저었다.

"돌아가셨어. 내가 초등학교 때."

"아, 그렇구나."

"우리 부모님은 이혼했어. 난 아버지가 맡아 키웠지. 그렇지만 병으로 돌아가시자 이번에는 어머니에게 맡겨졌어. 그때 어머니는 친정에 돌아가 있었기 때문에 나도 거기서 함께 살게 되었지."

외갓집은 가구점을 했다. 그곳에서는 꽤 유명한 가게였다. 할아버지와 할머니가 두 분 모두 살아계셨는데, 장남 가족과 함께 살고 있었다. 거기에 우리 모자가 더부살이를 하게 된 셈이다. 어머니는 가게 일을 도우면서 집안일을 도맡아 했다. 부끄럽게 생각한 적은 별로 없다. 원래 그곳은 어머니가 태어나 자란 집이었다. 외할아버지, 외할머니뿐 아니라 외삼촌 부부도 나를 귀여워해주었다. 그 집에도 딸과 아들이 있었지만 둘 다 나를 군식구로 취급하지는 않았다.

"그렇지만 나는 곧 깨달았어. 그건 위장된 평화라는 걸."

"그게 무슨 말이야?"

"결국 우리 모자가 그 집의 걸림돌이라는 사실에는 변함이 없었어. 그야 당연하지. 애를 데리고 친정에 계속 눌러 살면 아무리 가족이라도 거추장스러울 테니. 특히 외숙모 같은 경우는 피가 섞이지 않았으니까 번거롭게 여기는 것이 당연하지. 노골적으로 표현하지는 않아도 애쓰는 건 느껴지더군. 그렇지만 가만히 관찰해보니 겉으로 드러난 얼굴과 그 안의 얼굴이 따로 있는 건 우리에 대해서만이 아니라는 사실을 알게되었어. 외숙모는 야무진 분이고 게다가 장사 수완도 좋았지. 가게를 실질적으로 꾸려간 건 외삼촌이 아니라 외숙모였어. 종업원들도 외숙모를 더 신뢰했고. 그렇게 되니 외숙모도 싫지는 않았겠지. 적극적으로 나서고 남편이나 시부모에게도 강한 태도로 나가게 된 거야. 그런 상황을 외할아버지나 외할머니는 달갑게 여길 리 없었어. 믿음직스럽지 못한 자식에게 뭔가 실권을 쥐어주려고 했지. 그렇지만 외삼촌은 그야말로 못난 사람이어서 말이야. 약간 귀찮은 일만 생겨도 마누라 뒤에 숨어버리는 꼴이었어. 외할아버지와 외할머니는 안타까워했지만 어차피 그분들은 일선에서 물러난 상태였지. 가게를 끌고 나가는 게 며느리니 얄미워도 대우를 할 수밖에. 그런 상태다 보니 그 큰 집에는 복잡한 기류가 흐르고 있었어."

길게 이야기한 뒤 나는 덧붙였다.

"재미없네, 이런 이야기."

"재미없지 않아. 그래서 당신은 어떻게 했어? 그런 어른들 사이에서 이런저런 눈치를 보느라 힘들었을 것 같은데."

"힘들 거야 없지. 조금 갈팡질팡했지만 그 내막을 알고 나니 간단하던걸. 말하자면 룰이 있다는 걸 눈치챈 거지. 그 룰을 지키면 어려울 게 전혀 없어."

"룰?"

"누구나 그 상황에 맞는 가면을 쓰고 있다는 것. 그 가면을 벗기려고 해서는 안 돼. 누군가의 행위에 일희일비한다는 건 무의미한 일이지. 어차피 가면에 불과하니까. 그래서 나도 가면을 쓰기로 했어."

"어떤 가면?"

"한마디로 말하면, 그 상황에 가장 어울리는 가면. 어렸을 때는 어른들이 기대하는 가면이 되겠지. 그렇다고 해서 단순히 우등생을 연기한 건 아니야. 어렸을 때는 개구쟁이 가면을 쓰고, 조금 지나서는 반항기의 가면을 썼어. 그 뒤에는 사춘기의 가면, 장래를 고민하는 청년의 가면. 어쨌든 어른들이 익숙해지기 쉬워야 한다는 게 포인트야."

"믿어지지 않아."

"대단한 건 아니야. 게다가 가면을 쓰고 있는 것이 편할 때

가 많아. 누가 무슨 소릴 해도 상대는 가면에 말을 걸고 있을
뿐이지. 나는 그 가면 아래서 혀를 날름 내밀면 돼. 그러면서
다음에는 어떤 가면을 쓰면 상대가 기뻐할까 생각하는 거지.
인간관계란 원래 번거로운 거야. 그렇지만 이 방법을 쓰면 아
무것도 아니지."

"줄곧 그렇게 살아왔어?"

"줄곧 그래왔지."

주리는 포크를 놓고 두 손을 테이블 아래로 내렸다.

"왠지 슬프네."

"그래? 난 그렇게는 생각하지 않아. 누구나 크건 작건 가면
을 쓰고 살아가. 너 역시 그러지 않았을까?"

"그런가?"

"그렇게 하지 않으면 살아갈 수 없는 세상이야. 맨얼굴을 드
러내면 언제 어느 때 얻어맞을지 몰라. 이 세상은 게임이야.
상황에 따라 얼마나 적절한 가면을 쓰느냐 하는 게임."

"청춘의 가면……."

"뭐라고?"

나는 커피 잔에 걸치고 있던 손가락을 떼었다.

"지금 뭐라고 했지?"

"아무것도 아니야."

"아니, 분명히 들었어. 청춘의 가면……. 어떻게 그 게임 이

름을 알지? 그건 아직 시판되지도 않았는데."

나는 그녀를 노려보았다. 그녀는 일단 시선을 피한 뒤, 조심스럽게 눈을 치켜떴다. 핑크빛 혀가 입술 사이로 살짝 드러났다.

"미안해. 멋대로 들여다봐서."

"뭘?"

"저쪽에 놓여 있던 거라든지 컴퓨터 파일이라든지."

나는 한숨을 쉬며 잔을 들었다. 커피를 입에 머금었다.

"맘대로 건드리지 말라고 하지 않았었나?"

"그래서 사과하잖아. 하지만 내 마음도 이해해줘. 당신에 대해 더 알고 싶었던 거야. 어떤 사람인지. 어디에서 태어나 자랐는지도."

"나에 대해서는 지금 이야기한 게 전부야. 크게 행복하지도 않았고 특별히 불행하지도 않았어."

"어머니는 지금……."

"내가 고등학교 다닐 때 재혼했어. 상대는 건축자재를 취급하는 샐러리맨. 점잖은 사람이고, 나한테도 잘해줬어."

고개를 저으며 정정했다.

"착한 남자의 가면을 쓰고 있었다고 해야 할까? 아마 지금도 계속 쓰고 있을 거야."

나에 관한 이야기는 이상이야,라고 마무리를 지었다. 주리도 그 이상은 아무것도 묻지 않았다. 옛날이야기를 길게 해버린 것에 대해 나는 약간 후회했다.

아침식사 뒤 인터넷에 접속해 CPT 오너즈 클럽 사이트에 들어가보았다. 새로운 게시물이 올라와 있었다.

스물네 시간(주리)

안녕하세요? 이쪽은 돈을 준비했는데 갑자기 계약이 연기되어 버렸네요. 투덜투덜. 화가 나서 스물네 시간이라는 시한을 정하기로 했습니다. 그동안 아무런 연락도 없을 경우에는 법에 호소해버리고 싶은 기분입니다.

아침부터 투덜거려 죄송합니다.

12

●

작전 개시

●

욕실에서 나온 주리의 머리카락은 짙은 밤색으로 변해 있었다. 원래 빛깔보다 약간 밝은 느낌이지만 조금 전까지 하고 있던 금발보다는 훨씬 낫다.

"그게 훨씬 잘 어울리네."

내가 말했다.

"일본인에게 금발은 어울리지 않아."

"어른들은 모두 그렇게 말하지."

"넌 어른 아니야?"

"아저씨라는 뜻이야."

"일본인 특유의 밋밋한 얼굴에 금발을 하고 있는 걸 보면 나까지 창피해져. 서양 콤플렉스를 드러내는 것 같아서."

뿌루퉁한 표정을 짓는 그녀를 보고 덧붙여 말했다.

"다른 젊은 애들 이야기를 하는 거야. 네 얼굴이 밋밋하다는 의미가 아니라. 물론 서양 사람만큼 윤곽이 뚜렷하지는 않지만 말이야."

마지막 한마디가 공연한 소리였는지, 주리는 별로 기분이 나아진 것 같지 않았다. 소파에 풀썩 앉으며 물었다.

"그래서, 무슨 좋은 방법이 떠올랐어?"

"생각하고 있어."

"아직도 생각하고 있는 거야? 이제 스물네 시간밖에 없단 말이야."

시계를 보며 고개를 저었다.

"그 게시물이 오전 6시에 올린 거니까 내일 6시까지면 열일곱 시간 남았어."

"그런 거에 신경 쓰고 싶지 않아."

"그렇지만 그동안 아무 연락도 없을 경우에는 법에 호소해 버리겠다고……."

나는 그녀의 말을 막듯이 한 손을 들고, 내친김에 스테레오 리모컨을 집어 들었다. CD 플레이어를 틀자 '오페라의 유령'이 중간 부분부터 흘러나왔다. 나는 이 뮤지컬이 좋아서 몇 번이나 보았다. 추한 얼굴을 가면으로 가리고 인간 이상의 뭔가가 되어보려고 애쓰는 슬픈 남자의 이야기다.

가면을 쓰고 있는 것은 이 남자만이 아니다. 이것이 뮤지컬을 보면서 내가 느낀 감상이다.

법에 호소하겠다……. 무슨 의미일까. 경찰에 신고하겠다는 것일까? 웃긴다. 그럼 지금까지는 신고하지 않았다는 건가? 이런 협박이 통할 거라고 생각했다면 이쪽을 얕보는 짓이라고밖에 할 수 없다.

그렇지만, 하고 나는 약간 망설였다. 하코자키 교차로를 이용한 작전에서 경찰의 그림자는 보이지 않았다. 혹시 가쓰라기 가쓰토시는 정말로 아직 경찰에 신고하지 않은 걸까?

나는 고개를 저었다. 그럴 리가 없다. 함정이다. 경찰은 움직이고 있지 않다고 착각하게 만들어 이쪽이 무모하게 행동하기를 기다리는 것이다.

"어제 그냥 받아내는 편이 좋았을 텐데."

"그냥이라니?"

"하코자키에서 아빠 차를 빙빙 돌게 했을 때. 경찰이 미행하지 않는다는 건 알았잖아. 차를 거기에 그냥 두고 가라고 했으면 좋았을 텐데. 아빠가 가고 난 뒤 차에서 돈을 꺼내 와도 괜찮고 아예 차까지 가져와도 좋고."

"바보 같은 소리. 바로 경찰이 쫓아왔을 거야."

"어디 있었는데? 없었잖아."

"없을 리 없지. 어딘가에서 벤츠를 지켜보고 있었을 거야."

어쩌면 수도고속도로의 각 입체교차로에서 대기하고 있었

을지도 모른다. 게다가 우리와 가쓰라기 가쓰토시의 대화도 도청할 거라고 생각해야 한다.

"몸값을 지정한 장소로 운반하게 했다고 하자. 운반한 사람을 그 자리에서 즉각 떠나도록 명령하는 건 가능해. 그렇지만 그 뒤에 어슬렁어슬렁 몸값을 가지러 가면 반드시 경찰에 체포되고 말 거야. 뭐 때문이라고 생각해?"

방으로 들어와서 나는 주리에게 질문했다.

"그거야 경찰이 지켜보고 있었기 때문이겠지."

"그래. 형사들이 눈을 번뜩이며 범인이 나타나기를 기다리고 있었던 거야. 유괴범을 체포할 수 있는 가장 확실한 순간이 바로 그때라고 해. 그럼 경찰은 어떻게 그 장소를 알고 있었던 걸까?"

"그야 당연하잖아. 피해자의 부모가 이야기했겠지."

"맞아. 결국 몸값을 받는 장소는 마지막 순간까지 발설하지 않는 게 현명하다는 이야기야. 그렇지만 아무 말도 하지 않으면 운반하는 사람은 어디로 가야 할지 알 수가 없지. 그 균형을 유지하는 것이 어려워."

"대략적인 위치를 미리 지시해두는 거야. 그리고 가까워진 다음에 정확한 내용을 알려주면 되겠지."

"말은 간단하지만 그게 그리 쉬운 일은 아니야. 경찰의 수사망이 기민하게 반응할 거라고 생각하는 것이 좋아. 분 단위로는 안 돼. 초 단위로 일을 처리해야만 해."

"그런 방법을 생각하고 있는 거구나?"

"뭐 그런 셈이지. 아이디어는 거의 다 잡혀 있지만 조금 더 연구를 해야 해."

"연구?"

"곧 알게 될 거야."

나는 컴퓨터를 켜고 두 손을 비빈 후, 다음과 같은 문장을 입력했다.

가쓰라기 가쓰토시 씨.

어제는 예상 밖의 일로 계획을 취소하지 않을 수 없었다. 예상 밖의 일이란 경찰의 개입을 말한다. 이쪽에서 감시한 바, 그런 분위기가 느껴졌다. 사실인지 어떤지는 확실치 않지만, 만약 당신이 경찰 당국에 신고했다면, 그리고 수사가 진행되고 있다면 매우 안타까운 일이다. 우리는 이 거래를 즉각 중단해야만 한다. 가쓰라기 주리가 당신 품에 돌아가는 일도 영원히 없을 것이다.

거듭 경고해둔다. 경찰은 개입시키지 말라. 만약 다음 거래에서도 그런 느낌을 받는다면 우리는 바로 철수할 것이다. 그쪽에 연락하지 않을 것이다. 그리고 그다음 거래는 없다.

즉, 이것이 서로에게 마지막 찬스라는 이야기다. 그래서 몇 가지 지시를 내리겠다. 우리도 더는 시간을 끌고 싶지 않기 때문이다.

- 몸값 3억 엔은 최대한 작은 가방 하나에 담을 것. 슈트케이스가 적당할 거라고 생각한다. 자물쇠는 채우지 않는 게 좋지만, 뚜껑을 열어보기만 해서는 내용물을 확인할 수 없도록 돈을 검은 비닐봉투 같은 것으로 싸둘 것. 위치추적기 같은 건 절대 설치해서는 안 된다. 그 흔적이 보일 경우 계약 위반으로 간주하겠다. 이쪽에서도 위치추적기 유무를 확인하는 장비를 준비해두었다.
- 메모지, 필기구, 셀로판테이프를 준비할 것.
- 이번 운반 담당은 가쓰라기 부인. 운반용 차량은 부인의 BMW로 한다. 몸값과 마찬가지로 부인이나 차에도 위치추적기를 장착해서는 안 된다. 그것이 발각될 경우에도 거래는 즉각 중단한다.
- 부인의 휴대전화를 준비할 것. 그 번호는 지난번처럼 사이트에 알릴 것.

  다음 연락은 스물네 시간 안에 하겠다. 기다려라.

문장을 네 번 반복해 읽고 나서 나는 또 가명으로 만든 이메일 주소를 써 가쓰라기 가쓰토시에게 메일을 보냈다. 이제는 정말 돌이킬 수 없게 되었다.

"위치추적기를 찾아내는 방법 같은 게 정말 있는 거야?"

주리가 물었다.

"방법 자체야 얼마든지 있지. 금속탐지기로도 가능하고, 전

파탐지기라도 괜찮아."

"하지만 그런 건 몸값을 손에 넣고 난 다음이 아니면 쓸 수 없잖아."

"그렇지."

나는 히죽히죽 웃었다.

"그렇다면 이런 지시를 해봐야 별 의미 없는 거 아니야?"

"조금 억제력이 있긴 하지. 말하자면 협박이야. 그쪽에서는 이쪽이 어떤 수를 쓸지 모르니까, 일단 시키는 대로 할 수밖에 없겠지."

"시키는 대로 할까?"

주리는 고개를 갸웃거렸다.

"몸값 자체에는 아마 위치추적기를 붙이지 않을 거야. 만약 돈을 받아내는 데 성공했다 해도 그것이 빌미가 되어 범인의 기분이 상하면 곤란하다고 생각할 테니까. 위치추적기를 붙인다면 운반을 담당하는 사람이나 차에 하겠지."

"엄마나 BMW에…… 말이야?"

"그러니까 우린 우선 그것에 대한 대비책을 준비해야만 해. 물론 생각은 있어."

"얘기해줘."

"나중을 기대하셔."

"또 그 말이야?"

주리는 지겹다는 듯이 얼굴을 찌푸렸다.

"그런 잘난 척하는 태도, 기분 나빠. 나를 협력자로 보지 않는 거야?"

"너는 유일하고도 가장 중요한 협력자야. 네가 없으면 이번 계획은 절대로 성공할 수 없어. 아니, 그보다는 계획 자체가 불가능하지. 너는, 생각하기에 따라서는 나보다 더 중요한 활약을 해줘야 할 거야."

내 말에 약간 기분이 좋아진 모양이다. 큰 눈이 빛나기 시작했다. 동시에 그 빛에는 긴장한 기색도 묻어 있었다.

"뭘 하면 되는데?"

"연극을 하는 거야."

나는 그녀의 눈을 보았다.

"중요한 역할이야. 엄청나게 중요한 역할."

●

다음 날인 월요일은 여느 때와 똑같은 시각에 일어났다. 그렇지만 잠을 푹 자지는 못했다. 드디어 이제 진짜 시작이라고 생각하니 흥분되어 깜박 졸다가 깨어나기를 반복했다. 머리가 좀 무거웠다.

세수를 하고, 늘 하는 운동을 하는데 주리가 침대에서 말을 걸어왔다.

"벌써 일어났어?"

잠을 잘 자지 못한 것은 그녀도 마찬가지인지 눈이 빨갰다.

"회사에 가야 하니까."

"회사에? 이렇게 중요한 날?"

"중요한 날이니까. 평소와 다름없이 행동하지 않으면 안 돼. 만에 하나 나중에 의심을 받게 될 경우 오늘 회사에 나가지 않았다면 무척 곤란해질 거야."

"의심을 받게 될 거라고 생각해?"

"뭐 그런 일이야 없을 거라고 생각하지만."

나는 팔굽혀펴기 자세로 고개를 저었다.

"그렇다면……."

"그만해."

내가 말했다.

"오늘은 평소와 다름없는 월요일이야. 그러니 평소와 똑같이 출근하고 회의하고 기획서를 만들 거야. 고작 게임 때문에 그 리듬을 깨고 싶진 않아."

내가 말한 뜻을 이해했는지 어떤지는 잘 모르겠지만 주리는 아무 말도 하지 않았다.

아침식사를 하면서 마지막 의논을 했다. 회사에는 가지만 계획 실행은 집에 돌아온 다음부터다. 오늘은 야근하지 않을 작정이었다.

출근하니 따분한 업무가 기다리고 있었다. 아이돌 탤런트를 띄우기 위한 기획회의에 참여해야만 했다. 게임 캐릭터와 함께 밀겠다는 전략이지만 어느 회사에서나 하는 일이라 참신하지 않았다. 의견을 내달라는 요구를 받고 내 생각을 그대로 이야기하자 회의 분위기가 바로 어색해졌다. 그렇다면 어떤 아이디어가 있느냐고 진행자가 물었다.

"빼닮은 여자애를 몇 명 준비시키는 건 어떨까?"

내 생각을 이야기했다.

"키도 비슷하고 얼굴도 닮은 애들을 데려다 분장시키면 나름대로 비슷해 보일 거야. 같은 얼굴이 열 명쯤 서 있는데 진짜는 그 가운데 한 사람뿐. 자, 누가 진짜인가. 한동안은 밝히지 않는 거지, 화제는 될 거라고 생각하는데."

이야깃거리는 될 테지만 가장 중요한 과제인 아이돌을 띄우는 데는 도움이 안 된다는 의견이 나왔다. 일시적인 유행 상품으로 취급되고 말 패턴이라고. 나는 반론을 제기하지 않았다. 그 직원의 말은 옳다. 다만 잘못 알고 있는 것은, 아이돌이 일시적인 유행은 아니라고 믿고 있다는 점이다. 그럼에도 잠자코 있었던 것은, 이런 업무에서는 내 의견이 통하건 통하지 않건 아무래도 상관없었기 때문이다.

오후에 몰래 인터넷에 접속해보았다. CPT 오너즈 클럽의 게시판에 '주리'가 올린 새 게시물이 있었다. 이 사이트를 보는 사람들은 요즘 게시판에 글을 자주 올리는 이 닉네임의 주인에게 슬슬 불신을 느끼기 시작했을지도 모른다.

드디어(주리)

안녕하세요? 저쪽에서 다시 연락이 왔습니다. 이번에야말로 계약하고 싶다 하네요. 여러 가지 조건이 붙어 있긴 하지만, 저는 원하는 차만 손에 넣을 수 있으면 아무래도 상관없다는데 끈덕지군요. 너무 오래 기다리다 보니 희망하는 번호가 바뀌었습니다.

지금은 $4 \times \times \times$와 $7 \times \times \times$.

아, 빨리 계약하고 싶다.

나는 거기 적혀 있는 숫자를 메모했다. 틀림없이 가쓰라기 부인의 휴대전화 번호일 것이다. 이제 도구는 거의 다 갖춰진 셈이 된다.

인터넷 접속을 끊었을 때, 앞쪽에서 고쓰카가 다가오는 것이 보였다. 나는 컴퓨터 화면을 기획서로 돌려놓았다.

"컨디션은 어떤가?"

고쓰카가 부드럽게 웃으며 물었다. 별로 좋은 이야기는 아닐 징조다.

"그럭저럭입니다. 새로운 업무에 몰두하고 있죠."

빈정거리는 투로 들렸다면 다행이다. 그럴 속셈으로 말한 것이니까. 고쓰카는 머리를 긁적였다.

"구리하라 유미 띄우기 기획이 별로 내키지 않는 모양이군."

회의에 참석했던 녀석들에게 들은 모양이다. 험담의 내용을 상상할 수 있었다.

"그렇지 않습니다. 저 나름대로 의견을 내고 있는 셈입니다."

"닮은꼴 십인소 아이디어는 나도 나쁘지 않다고 생각하네 만."

나는 피식 웃었다. 마음에도 없는 소리를 동정심에서 하고 있다는 생각이 들자, 화가 나기 이전에 나 자신이 한심했다. 내가 어느새 이런 존재가 되어버린 걸까?

"3시부터 시간 좀 내주게. 함께 가줬으면 하는 곳이 있어."

"어딥니까?"

"닛세이자동차 본사야."

나는 고쓰카의 얼굴을 바라보았다. 고쓰카는 시선을 피했다.

"웃기는 이야기군요. 나를 스태프에서 빼놓고 멋대로 몇 번씩이나 불러대다니. 대체 무슨 일입니까?"

"솔직히 나도 잘 모르겠네. 저쪽에서 보낸 출석 희망 리스트에 자네 이름이 있어서 얘기하는 것뿐이야."

"누구의 변덕이죠? 설마 가쓰라기 씨는 아닐 거라고 생각하는데요."

"글쎄. 가쓰라기 씨도 참석할 테니 물어보지 그러나."

"가쓰라기 씨가? 설마."

"아냐. 틀림없을 거야. 조금 전 팩스가 들어왔으니까."

그 말을 듣고도 역시 설마 하는 생각이 들었다. 가쓰라기 가쓰토시는 무슨 생각일까. 자기 딸이 유괴되어 그 몸값을 전달해야 하는 시점이 눈앞에 다가와 있는데 느긋하게 회의에 참석하다니, 어떻게 생겨먹은 사람일까. 그렇지 않으면 돈을 건네는 건 어차피 낮 시간일 거라고 생각하는 걸까? 아무리 그래도, 하는 생각이 들었다.

"어떡할 건가? 싫다면 억지로 권하지는 않겠네. 달리 중요한 일이 있다고 거절하면 돼. 이러니저러니 해도 자네를 스태프에서 제외하라고 한 건 그쪽이니까 말이야."

"아니, 가겠습니다."

내가 말했다.

"가쓰라기 씨의 얼굴을 봐두는 것도 나쁘진 않죠."

그 말을 어떻게 받아들였는지 고쓰카는 히죽히죽 웃으며 내 어깨를 툭 쳤다.

오후 3시가 지나 고쓰카를 비롯해 신차 캠페인 스태프 몇 명과 함께 신주쿠에 있는 닛세이자동차 도쿄 본사로 향했다. 스기모토는 나를 무시했다. 왜 저런 녀석이 같이 가는 거냐고 생각할 것이다.

길이 잘 뚫려 예정보다 일찍 도착했다. 스기모토 일행은 회의실에서 협의를 시작했지만 나는 할 일이 없었다. 일단 회의실을 나와 자동판매기에서 인스턴트커피를 뽑아 들고 관엽식물이 진열되어 있는 흡연실로 갔다. 고쓰카가 담배를 피우고 있었다.

"스기모토가 그러는데, 아무래도 요즘 닛세이의 상황이 이상한 모양일세."

"무슨 말입니까?"

"조령모개朝令暮改라고나 할까. 미묘하게 방침이 흔들리는 모양이야. 천하의 닛세이도 오랜 불황에 드디어 이상해진 건지도 모르지."

나는 아무 말 없이 고개를 끄덕였지만, 불황 때문만은 아닐 거라고 생각했다. 흔들리는 것은 가쓰라기 가쓰토시의 정신 상태가 아닐까?

구체적으로 어떤 내용인지 물으려 하는데 고쓰카가 내 뒤를 보더니 얼굴이 약간 굳어졌다. 그 표정만으로도 등 뒤에 있는 것이 누군지 알 수 있었다. 나는 뒤를 돌아보았다. 가쓰라기 가쓰토시가 한 손을 주머니에 넣고 서 있었다.

13

●

디데이

●

"바쁜데 미안하군."

가쓰라기 가쓰토시가 이쪽으로 다가왔다. 짙은 감색 더블 슈트를 단정하게 차려입고 있었다. 여유 있는 미소까지 짓고 있었다.

"아닙니다, 무슨 말씀을."

고쓰카가 차렷 자세로 말했다.

"지난번에 그쪽에서 내놨던 플랜에 관해 몇 가지 확인하고 싶은 게 있어서 이렇게 급히 와달라고 한 걸세."

"그럼 오늘 회의는 부사장님의 지시로?"

"그렇지. 마음에 걸리는 것이 있으면 가만히 있지 못하는 성격이라."

가쓰라기는 손목시계를 보았다.

"시간이 다 되었군. 회의실로 갈까?"

"저어, 오늘은 저 친구도 데려왔습니다만."

고쓰카가 나를 보았다.

가쓰라기가 나를 쳐다보기에 나는 고개를 숙여 인사했다. 하지만 가쓰라기는 바로 시선을 돌렸다.

"저 친구가 왜?"

고쓰카에게 물었다.

"아니. 저, 닛세이에서 보낸 서류에 사쿠마도 함께 오라는 지시가 있어서."

"흐음."

가쓰라기는 고개를 갸웃거렸다.

"어떻게 된 거지? 난 모르겠군. 담당자가 지난번 리스트를 보고 별생각 없이 적어 보낸 게 아닐까? 그런 건 뭐 아무래도 상관없지 않은가? 시작하지."

그렇게 말하고 그는 먼저 갔다.

고쓰카가 내 귓가에 입을 가까이 대고 말했다.

"어쩌지?"

"무슨 뜻입니까?"

"저 태도를 보면 가쓰라기 씨는 정말로 자네에겐 볼일이 없는 모양이네. 참석해봤자 따분하기만 할지도 몰라. 그냥 돌아가도 괜찮겠어."

사실 돌아가고 싶은 심정이지만 나는 그렇게 말하지 않았다.

"모처럼 왔으니 이야기만이라도 듣고 가겠습니다. 어차피 회사에 돌아가봤자 급한 일도 없고."

내 말에 뼈가 있다는 것을 눈치챘는지, 고쓰카는 약간 마땅치 않은 표정을 지으며 고개를 끄덕였다.

화장실에 가는 척하고 나는 고쓰카와 헤어졌다. 사람들 눈이 없는 장소를 골라 휴대전화를 꺼냈다. 주리에게 걸었다.

"여보세요? 어떻게 된 거야?"

이렇게 빨리 연락이 올 줄은 몰랐는지, 그녀는 당황한 듯한 목소리로 말했다.

"스케줄 변경이야. 앞으로 30분 뒤에 계획을 실행할 거야."

"30분 뒤? 잠깐만. 갑자기 그러면 어떡해."

"30분 뒤건 다섯 시간 뒤건 어차피 하는 거잖아."

"마음의 준비가 필요하다는 거지."

"그러니까 30분 뒤라고 하는 거야. 그때까지 마음의 준비를 해둬."

"잠깐. 마무리는 어떻게 할 거야? 의논했던 대로 하면 돼? 만약에 상대가 믿어주지 않으면 어떡하지?"

"믿을 거야. 믿지 않을 이유가 없어."

자신 있게 말하자 역시 주리는 입을 다물었다. 한숨을 쉬는 소리가 들렸다.

"분명히 괜찮겠지?"

"안심해. 난 이런 게임에서 실수한 적이 없어."

"알았어. 그렇게까지 말한다면 나도 각오를 단단히 해둘게. 30분 뒤랬지?"

"그래."

"당신은 어떻게 할 거야? 아직 회사에 있잖아."

"너희 아버지 회사에 와 있어. 지금 너희 아버지하고 회의를 시작할 거야."

"뭐?"

"확실하게 해. 모든 건 네 연기력에 달렸어."

후우, 하고 크게 숨을 내쉬는 소리가 들렸다.

"알았어. 해볼게. 그렇지만 잘못될 것 같으면 바로 중지할 거야."

"괜찮아. 잘될 거야."

전화를 끊고, 나는 30분 뒤에 다른 게임에서 맞붙을 상대가 기다리는 회의실로 갔다.

회의 내용은 인터넷 카메라를 이용한 기획에 관한 것이었다. 닛세이자동차가 발표하는 신차에 카메라를 탑재하고 거리를 달린다. 구입할 마음이 있는 손님들은 인터넷을 이용해 그 영상을 볼 수 있다. 영상은 단순히 앞 유리창에 보이는 광경만 비추는 것이 아니라, 차 안의 상태, 계기반, 각각의 미러까지 운전자가 볼 수 있는 것은 다 갖추어져 있다. 마우스로 클릭하면 원하는 대로 카메라를 교체할 수 있다. 말하자면 집에 앉아서 시승하는 느낌을 맛보는 것이다. 나쁜 아이템은 아니지만 텔레비전의 신차 정보 프로그램에서 하는 것과 본질적으로는 큰 차이가 없다. 하기야 내가 기획했던 오토모빌 파크보다는 돈이 훨씬 덜 들기는 할 것이다.

"전송 속도에 한계가 있기 때문에 어떻게 하면 스피드감과 현장감을 살릴 수 있는가가 과제라고 생각합니다. 그리고 중요한 것이 어떤 길을 달리느냐 하는 문젠데, 역시 해외를 무대로 하는 게 박력이 있지 않을까 생각하고 있습니다."

스기모토의 설명에 고개를 끄덕이는 사람은 우리 회사 스태프들 뿐이었다. 물론 나는 고개를 끄덕이지 않았다.

가쓰라기 가쓰토시가 손을 들었다. 순간 긴장감이 감돌았다.

"우리는 심야 프로에서 신차를 소개하는 게 아닐세."

이 말에 약간 놀랐다. 가쓰라기 가쓰토시도 나와 같은 인상을 받은 모양이다.

"겉만 번지르르한 영상을 내보내고 싶은 게 아니야. 그런 건 필요 없어. 우리가 소비자에게 전달하고 싶은 정보는 신차가 얼마나 코스트 퍼포먼스가 뛰어난가 하는 거야. 단순한 이야깃거리를 만들자는 것이 아니라 시승 감각을 정확하게 전달하고 싶네. 그러려면 일반인들이 늘 다니는 도로를 달리지 않으면 의미가 없어. 오스트레일리아나 캘리포니아를 달리는 영상을 보여줘봐야 고객들에게는 전혀 보탬이 되지 않네."

속상하지만 이 의견에는 나도 동감이었다. 슬쩍 스기모토와 고쓰카를 보니 두 사람은 얼굴을 마주 보며 당황하고 있었다. 아마도 로케이션 장소를 오스트레일리아쯤으로 정해두었을 것이다.

나는 시계를 보았다. 주리에게 전화를 건 지 27분이 지났다.

다시 초침이 문자반을 세 바퀴 돌았다. 나는 가쓰라기 가쓰토시의 표정을 살폈다. 이렇다 할 변화는 없었다. 이 따분한 회의에 정신을 집중하는 것같이 보였다.

이윽고 그 진지했던 표정이 한순간 흐려졌다. 가쓰라기는 양복 안주머니에 손을 넣었다. 예상대로였다. 녀석은 휴대전화 전원을 꺼두지 않았다.

"잠깐 실례."

그렇게 말하고 밖으로 나갔다.

회의는 중단된 꼴이 되었다. 부사장이 휴대전화 때문에 자리를 비우다니 희한한 일이라고 닛세이자동차 직원들이 수군거렸다.

이윽고 돌아온 가쓰라기는 자기 부하 직원의 귀에 대고 뭐라고 말했다. 직원이 고개를 끄덕이자 우리에게는 아무 인사도 없이 다시 회의실을 나갔다.

"아아, 가쓰라기 부사장님은 급한 일이 생겨서 자리를 비웠습니다. 그렇지만 회의는 그냥 계속해달라고 하셨습니다."

"하지만 부사장님이 안 계시면 더 의논해봐야 소용이 없는 거 아닙니까?"

"아뇨. 부사장님 의향은 제가 대략 아니까요."

"그렇습니까?"

고쓰카는 보기 드물게 무뚝뚝한 표정을 지었다. 협의를 하자고 한 당사자가 먼저 나가버렸으니 기분이 나쁜 것도 당연한 노릇이었다.

나는 고쓰카 쪽으로 얼굴을 기울였다.

"사장님, 저는 회사로 돌아가겠습니다. 여기 더 있어봐야 의미가 없을 것 같아서요."

고쓰카는 그렇게 하라는 듯이 고개를 끄덕였다. 내게 신경 쓸 틈이 없을 것이다.

회의실을 나오자 주차장으로 가보고 싶은 충동이 일었다. 지금쯤 임원용 주차장에서는 가쓰라기 가쓰토시가 서둘러 벤츠의 시동을 걸고 있을 게 틀림없기 때문이다. 그러나 그 모습을 바라보는 걸 목격당하면 본전도 못 찾는다. 나는 꾹 참고 건물 현관으로 나왔다.

닛세이자동차 본사 앞에서 택시를 잡아타고, 일단 아오야마로 돌아가기로 했다. 회사 근처에서 내리기는 했지만 나는 바

로 다른 택시로 갈아탔다. 아사쿠사로 가자고 했다. 시계를
보았다.

주리는 먼저 자기 집에 전화를 걸었을 것이다. 집에는 가쓰
라기 부인이 대기하고 있다. 부인은 친딸이 아닌 주리에게 무
슨 말을 했을까? 옆에 형사가 있을 테니 일단은 걱정하는 투
로 이야기했을지도 모른다. 하지만 속으로는 3억 엔이나 내
놓아야 하는 상황을 저주하고 있을 게 틀림없다.

주리가 지시한 건 당장 돈을 싣고 출발하라는 것이다. 행선
지는 자세하게 알리지 않는다. 어느 어느 도로를 서쪽으로 날
리라는 따위의 지시를 하기로 되어 있었다.

한편 주리는 가쓰라기에게도 전화를 걸었다. 그것이 조금
전의 통화다. 그에게 내린 지시는 간단하다. 골판지 상자와
셀로판테이프를 준비해서 언제라도 출발할 수 있도록 벤츠에
서 대기하라는 내용이다.

나는 주리에게 전화를 걸었다.

"여보세요? 나."

주리의 목소리는 약간 들떠 있는 것처럼 들렸다.

"어떻게 됐어?"

"다 시킨 대로 했어. 엄마는 이제 곧 신주쿠에 도착할 거야."

"좋아, 그럼 다음 단계야. 나는 그 장소로 가고 있어."

"알았어."

전화가 끊겼다.

나는 휴대전화를 집어넣으면서 가쓰라기 부인이 운전하는 BMW가 도청 앞에 멈춰 서는 모습을 상상했다. 주리는 가쓰라기 가쓰토시에게 전화를 걸어 그 장소로 가라고 지시할 것이다.

BMW에는 경찰의 미행이 따라붙었을 것이다. 차와 부인의 몸에는 위치추적기나 도청기가 붙어 있을 거라고 생각하면 틀림없다. 거기서 일단 우리가 해야 할 일은 그런 장치를 제거하는 것이다. 그러기 위해서는 운전자와 차를 교체하지 않으면 안 된다.

주리는 다시 전화해 몸값을 슈트케이스에서 골판지 상자로 옮기게 한 다음 거기서부터는 가쓰라기가 벤츠로 운반하도록 지시를 내릴 것이다. 이렇게 하면 골치 아픈 장치 같은 건 모두 떨쳐버릴 수 있다.

이런 계획을 이야기했을 때 주리는 눈썹을 찌푸렸다.

"차나 운전하는 사람을 바꾼다 해도 위치추적기나 도청기를 옮겨 달면 그만이잖아."

나는 바로 고개를 저었다.

"놈들은 그러지 않을 거야."

"어떻게 그렇게 단정할 수 있지?"

"옮겨 달다가 들키면 곤란할 테니까. 너희 부모는 경찰이 아

니야. 누구에게도 들키지 않고 몰래 장치를 옮겨 다는 일을
할 수는 없을 거야."

"그래도 우린 볼 수 없잖아."

"아…… 그런가?"

"범인이 어디선가 지켜볼지도 모른다. 이렇게 생각하게 하
는 것만으로도 게임을 유리한 위치에서 끌어갈 수 있어. 말하
자면 포커 같은 거지."

택시를 타고 가면서 주리가 이런 몇 가지 일들을 멋지게 처
리해주기를 기도했다. 놈들은 주리가 범인들이 시키는 대로
전화하는 거라고 믿을 것이다. 그녀가 단독으로 움직이고 있
을 줄은 꿈에도 모를 것이다. 그것만으로도 스트레이트 플러
시만 한 효과가 있다.

고마가타바시 근처에서 나는 택시를 내렸다. 여기서부터는
걸어야 한다. 걸으면서 계획을 머릿속으로 정리했다. 괜찮아.
잘될 거야.

높은 빌딩이 고속도로를 마주 보고 서 있다. 모 맥주 회사의
빌딩이다. 나는 엘리베이터로 꼭대기 층까지 올라갔다. 거기
에는 전망대를 겸한 비어홀이 있다. 입구에서 생맥주 티켓을
샀다.

가게 안은 창밖을 내다볼 수 있는 디근 자 모양의 카운터 테
이블로 꾸며져 있다. 몇몇 손님이 자리에 앉아 있었다. 나는

왼쪽 모퉁이에 걸터앉았다. 가방에서 쌍안경을 꺼내 고속도로에 초점을 맞췄다. 여기서 이런 행동을 하는 손님은 드물지 않기 때문에 누구도 신경쓰지 않을 것이다. 아니, 그보다 손님은 창밖에 시선을 둘 수밖에 없고, 종업원에게는 그들의 등밖에 보이지 않는다.

주리가 실수 없이 일을 처리했다면 가쓰라기 가쓰토시가 운전하는 벤츠는 이미 이쪽을 향해 달려오고 있을 것이다. 나는 약간 초조해졌다. 지금쯤 주리가 와주지 않으면 곤란하다.

손목시계를 보려는데 누군가가 가볍게 어깨를 건드렸다. 왼쪽 자리에 주리가 걸터앉았다. 물빛 원피스를 입고 있다.

"가쓰라기 씨는……."

작은 목소리로 물어보았다.

"좀 전에 고속도로를 탔어."

그녀는 짧게 대답했다.

나는 쌍안경을 잡았다. 배율이 상당히 높은 렌즈지만, 그래도 끊임없이 지나가는 차들 가운데 가쓰라기의 벤츠를 찾아내는 일은 쉽지 않을 것이다.

"전화해. 위치를 확인해줘."

주리는 시키는 대로 했다. 전화는 바로 연결되었다.

"여보세요? 나. 지금 어디 있어요?"

낮은 목소리로 그녀가 물었다.

"네? 무코지마 선으로 들어갔다고?"

나는 쌍안경을 고쳐 쥐었다. 하코자키에서 여기까지는 막히지 않는다면 몇 분 안에 도착할 것이다.

"그대로 달리래……. 미안해. 행선지는 나도 몰라."

주리는 전화를 끊지 않았다. 대포폰이기 때문에 가능한 일이지만, 이 게임이 끝나면 바로 처분해야 할 것이다.

내 시야에 은회색 벤츠가 들어왔다. 주행차선을 달리고 있다. 저 차가 틀림없다고 생각했다. 역시 운전하는 사람의 얼굴까진 보이지 않았지만, 분위기로 그렇게 직감했다.

머릿속으로 카운트를 하고 나서 나는 입을 열었다.

"고마가타를 지나면 무코지마로 내려오라고 해. 그다음 지시 내용은 알지?"

그녀가 말없이 고개를 끄덕이는 것을 곁눈으로 확인하고, 나는 내 전화기를 꺼냈다. 미리 전화번호부에 등록해둔 번호로 전화를 걸었다.

"네, 닛세이자동차판매 무코지마 지점입니다."

젊은 여자의 목소리가 들렸다.

"닛세이자동차 임원실의 다도코로라고 합니다. 실례지만, 책임자 분 계십니까?"

임원실이라는 말을 듣고 역시 놀란 모양이다.

"아, 예. 잠깐만 기다리십시오."

옆에서는 주리가 아버지에게 지시를 내리고 있었다.

"아빠, 무코지마로 빠져나와……. 어쨌든 빠져나와요."

내 전화기에서 낯선 목소리가 흘러나왔다.

"여보세요? 지점장 나카무라라고 합니다만."

"임원실의 다도코로입니다. 갑자기 죄송합니다. 실은 급히 부탁드리고 싶은 일이 있어서요."

"뭡니까?"

나카무라의 목소리가 약간 긴장감을 띠었다.

"부사장님께서 지금 그 근처를 지나고 계신데 차가 고장이 난 모양입니다."

"부사장님 차가……."

나카무라는 말을 잇지 못했다. 예상도 못한 사태일 것이다.

"차는 JAF(Japan Automobile Federation : 일본자동차연맹. 자동차를 소유한 사람이나 가족이 임의로 가입하여 로드 서비스와 교통 관계 정보를 받을 수 있는 사단법인. 국제자동차연맹 산하 단체-옮긴이)를 부르면 될 것 같은데, 한 가지 곤란한 일이 있습니다."

"무코지마로 내려왔어? 그럼 보쿠테이 길을 타고 남하해서……. 아니야. 남쪽으로 가야 돼. 돌려."

주리가 나직하지만 날카로운 목소리로 지시를 내렸다. 그걸 들으면서 나는 내 할 일을 계속했다.

"부사장님 차에 실어둔 짐을 급히 운반해야 합니다. 지도로 확인해보니 그쪽 지점이 제일 가까워서 연락드린 겁니다만."

"그건, 저어, 그런 일이라면 어떻게든 도와드려야겠지만, 그러니까, 어디로 가면 되는 겁니까?"

"자세한 위치는 바로 연락드리겠습니다. 일단 고속도로 입구에서 대기해주시겠습니까? 그쪽에서는 무코지마 인터체인지가 가깝겠군요."

"예, 그렇게 하겠습니다."

"그럼 다시 연락드릴……. 아, 어느 분이 가주실 건가요?"

"아, 그건 제가 갈까 생각하고 있습니다."

"그러면 나카무라 씨의 휴대전화 번호를 좀 알려주시겠습니까?"

상대의 번호를 들은 뒤 나는 이쪽 번호를 알려주었다. 물론 내 휴대전화가 아니라 현재 주리가 쓰고 있는 가명 휴대전화의 번호였다.

일단 전화를 끊은 뒤, 생맥주를 마시면서 주리의 통화 내용에 귀를 기울였다.

"그래, 다시 무코지마 입체교차로에서 고속도로를 타……. 나도 왜 이러는 건지 몰라. 시키는 대로 할 뿐이라."

나는 쌍안경을 눈에 댔다. 벤츠는 아직 보이지 않았다.

아직 경찰의 미행이 붙어 있을 것이다. '무코지마 인터체인지를 나온 다음 방향을 돌려 다시 고속도로를 탄다' 이런 자연스럽지 못한 운행을 뒤따른다면 경찰의 존재가 범인에게 드러날 염려가 있지만, 위치추적기도 도청기도 없는 상황에서는 아무튼 계속 뒤를 따라갈 수밖에 없을 것이다. 경찰은 인질의 안전을 걱정하면서도 반드시 그렇게 나올 것이라고 나는 예상하고 있었다.

그 경찰을 어떻게 따돌릴 것인가, 그것이 마지막 난관이었다.

벤츠가 보였다. 나는 주리 쪽으로 손을 내밀었다. 그녀가 들고 있던 전화기를 내게 건넸다.

전화기를 귀에 댔다. 심호흡 한 번. 그리고 입을 열었다.

"헬로, 미스터 가쓰라기."

갑작스러운 남자 목소리에, 그것도 영어로 말을 걸었기 때문인지 대답이 없었다. 나는 계속 말을 이었다. 모두 영어였다.

(이쪽은 영어로 이야기하겠다. 문제없겠지? 이 전화를 도청하는 경찰관이 영어에 능통하다면 운이 나쁜 셈치고 체념하겠다. 자, 우선 다음 주차구역에서 멈춰라. 300미터쯤 앞에 있는 주차구역이다. 합류 차선의 제일 뒤쪽에 차를 세운다. 알았으면 예스라고 대답해라.)

"예스."

(엑설런트.)

쌍안경으로 고마가타 주차구역을 보았다. 벤츠가 깜빡이를 켜고 들어가고 있다. 그러나 그 뒤를 따르는 차는 없다. 벤츠를 앞질러 들어간 차도 없다. 미행하던 차도 갑작스러운 일이라 대응할 수 없었던 모양이다. 계산한 대로다.

(시동을 끄고, 도어를 잠그지 말고 차에서 내려. 휴게소가 있으니 그 안으로 들어가라.)

문을 열고 닫는 소리가 들렸다. 그 후에 가쓰라기가 말했다.

"이렇게까지 할 필요는 없다. 애당초 경찰은 없어."

(쓸데없는 소리 지껄이지 마. 시키는 대로 해.)

"이쪽은 주리가 돌아와주기만 하면 그걸로 그만이야. 돈은 지불할 생각이다."

(쓸데없는 소리 하지 말라고 했잖아. 그 대신 숫자를 세라. 천부터 거꾸로. 그것도 영어로 부탁한다.)

"그런 짓 하지 않아도 난 경찰에 연락하거나 하지는 않아."

(시키는 대로 해.)

한숨 소리가 난 다음에. "원사우전드" 하고 가쓰라기가 말했다.

"나인헌드레드나인티나인, 나인헌드레드나인티에이트."

(그대로 계속해라.)

나는 또 다른 휴대전화로 나카무라에게 전화를 걸었다.

"여보세요? 다도코로입니다. 지금 어디 계십니까?"

"아, 예, 무코지마 입체교차로 바로 옆에 있습니다. 언제든 출발할 수 있습니다."

"차종은 뭐죠?"

"흰색 라이트 밴입니다."

"바로 출발해주세요. 부사장님 차는 고마가타 주차구역에 세워두었습니다. 아마 부사장님은 계시지 않을 테지만 은회색 벤츠인데 문은 잠그지 않았을 겁니다. 차 안에 실려 있는 골판지 상자를 옮겨 실어주십시오."

"그걸 어디로 가져가면 됩니까?"

"기요스바시 옆에 뉴 터미널 호텔이 있습니다. 그 입구에서 마쓰모토라는 여자 분이 기다리고 있으니 그분에게 전해주십시오."

"기요스바시 옆에 있는 뉴 터미널 호텔이요."

"잘 부탁드립니다. 사례는 다음 기회에 하시겠다고 부사장님께서 말씀하셨습니다."

"사례라니, 무슨 말씀을."

"사례하는 게 당연하죠. 도와주셨으니."

전화를 끊은 뒤 나는 주리에게 눈짓을 했다. 그녀는 가쓰라기 가쓰토시가 계속해서 영어로 숫자를 세고 있는 휴대전화를 내게 넘겨주었다. 그리고 자리에서 일어나 비어홀을 나갔다.

나는 쌍안경으로 도로 위를 바라보았다. 이윽고 흰색 라이트 밴이 달려오는 것이 보였다.

라이트 밴이 고마가타 주차구역으로 들어갔다. 가쓰라기 가쓰토시의 카운트다운은 계속되고 있다. 몸값을 빼앗겼다는 사실을 눈치챘는지 어떤지는 알 수 없다.

만약 경찰이 지켜보고 있다면 지금 이 순간에 나타날 것이다. 그러나 내가 보기에 그런 기색은 전혀 없었다.

라이트 밴이 주차구역에서 나왔다. 그것을 확인하고 나는 자리에서 일어났다. 가쓰라기 가쓰토시와 연결되어 있는 전화를 끊었다.

택시를 타고 내 맨션으로 돌아왔다. MR-S를 몰고 다시 출발했다.

뉴 터미널 호텔 가까이 차를 세우고 천천히 걸어갔다.

내 모습을 봤는지 자동문이 열리면서 주리가 나왔다. 팔짱을 끼고 있었다.

"짐은?"

"도착했어."

그녀는 씩 웃었다.

14

●

소용돌이

●

도청기나 위치추적기 같은 것이 없다는 사실을 확인하고 나서, 차 안에서 돈다발을 다른 가방에 옮겨 담았다. 그리고 골판지 상자를 버린 후 집으로 향했다. 내 심장은 역시 빠른 템포로 뛰고 있었다. 심호흡을 반복하며 마음을 가라앉혔다. 주리도 차 안에서는 아무 말이 없었다.

집에 들어오자 그녀는 내게 안겨왔다.

"드디어 해냈어. 대성공이야."

그녀의 숨소리가 거칠어져 있었다. 중요한 임무를 완수한 것이다. 무리도 아니다.

나는 목에 걸린 주리의 팔을 떼어냈다. 그녀의 눈을 보았다. 충혈되어 있었다.

"잘했어. 하지만 본격적으로 기뻐하기는 일러. 아직 마무리가 남아 있어."

"뭘 해야 하는데?"

"일단 나는 회사로 돌아갈 거야. 넌 푹 쉬면 돼."

"돈, 세어보지 않아도 돼?"

"아니, 아직 건드리지 마. 꼭 만져야겠으면 장갑을 끼고."

"장갑?"

"이유는 돌아와서 이야기해줄게."

주리의 입술에 키스하고 나는 바로 집을 나섰다.

회사에 돌아와 아무 일 없었다는 얼굴로 내 책상에 앉았다. 누구도 신경 쓰지 않았다. 닛세이자동차에 가 있는 직원들은 아직 돌아오지 않은 모양이었다.

컴퓨터를 켜고 잠깐 생각한 뒤 문장을 입력했다.

가쓰라기 가쓰토시 귀하

짐은 잘 받았다. 내용물은 아직 확인하지 않았다.

그 작업이 끝나면 가쓰라기 주리를 돌려보내겠다.

다만 경찰의 움직임이 감지되지 않을 경우에 한해서다.

가쓰라기 주리를 돌려보내는 방법에 대해서는 다시 연락하겠다.

오타가 없는지 확인하고 가명으로 받은 이메일 주소를 이용해 메일을 보냈다. 무사히 발송된 것을 확인한 뒤 문장을 삭

제했다. 앞으로 이 주소를 사용할 일은 없을 것이다.

퇴근 시간이 조금 지났을 때 고쓰카 일행이 돌아왔다. 고쓰카는 내 얼굴을 보고 자리로 다가왔다.

"오늘은 미안했네."

"아닙니다. 그보다 협의는 어떻게 되었습니까?"

"뭐 대충 방향은 결정되었네. 내일부터 여러 가지로 바빠지겠어."

"하지만 가쓰라기 씨의 지시를 기다려야 하지 않을까요? 도중에 자리를 떴으니까."

"아니, 나중에 돌아왔어."

"예? 가쓰라기 씨가?"

"응. 볼일을 마치고 회의가 끝날 때쯤 돌아왔지. 그래서 뭐 그 자리에서 승인을 받았네. 아무튼 갔던 일이 헛걸음이 되지 않아 다행이야."

"그랬습니까?"

믿어지지 않았다. 그렇다면 가쓰라기 가쓰토시는 몸값을 건네준 뒤 바로 회사로 돌아갔다는 이야기다. 어떻게 된 일일까? 상식적으로 생각하면, 경찰에 연락하거나 앞으로 어떻게 대처할 것인가 하는 문제 때문에 그럴 상황이 아닐 것이다.

"무슨 문제라도?"

고쓰카가 이상하다는 듯이 내 얼굴을 보았다.

"아니, 아무것도 아닙니다. 일이 순조롭게 진행되어 다행이 네요."

나는 웃음을 지어 보였다.

회사를 나와 집으로 향했지만, 내 머릿속에서는 의문이 소용돌이쳤다. 아무래도 석연치 않았다.

낮에 들었던 가쓰라기 가쓰토시의 목소리가 귓가에 되살아났다.

"이렇게까지 할 필요는 없다. 애당초 경찰은 없어."

"이쪽은 주리가 돌아와주기만 하면 그걸로 그만이야. 돈은 지불할 생각이다."

"그런 짓 하지 않아도 난 경찰에 연락하거나 하지는 않아."

가쓰라기는 계속 경찰은 없다고 주장했다. 나는 그 말을 믿지 않았고, 지금도 마찬가지다. 그러나 그렇다면 앞뒤가 맞지 않는 것이 너무 많다. 전에 하코자키 교차로를 이용해 상대의 움직임을 파악하려 했을 때도 그랬다.

집에 돌아오니 주리는 소파에 앉아 텔레비전을 보고 있었다. 한가운데 놓인 테이블 위에는 돈다발이 가지런하게 쌓여 있다. 3억 엔이나 되니 역시 장관이다.

"설마 맨손으로 만지진 않았겠지?"

"이걸 끼었어."

주리는 고무장갑을 손끝으로 집어 올렸다.

"그런데 왜 맨손으로 건드리면 안 되는 거야?"

"어떤 장치가 되어 있을지 모르니까. 예를 들어 손으로 만지면 색이 변하는 액체를 뿌려놓았을지도 몰라. 그것도 특수한 용제를 쓰지 않으면 지워지지 않는."

"그런 게 있어?"

기분 나쁘다는 듯이 돈다발을 쳐다보았다.

"그런 얘길 들은 적이 있어. 그 외에 시간이 지나면 색이 변하는 약품 같은 것도 있지. 모르고 돈을 사용하거나 하면 얼마 뒤에 그 돈을 받은 사람이 수상하게 여겨 경찰에 신고한다는 거야."

"별게 다 있네."

"그러니까 이삼 일 동안은 건드리지 않는 게 좋아. 그 정도 기다려서 아무 이상 없으면 괜찮다고 봐도 좋겠지."

"당신도 대단하네."

주리가 말했다.

놀리는 것이 아니라 정말로 감탄한 것 같았다. 나는 의외라는 생각이 들어 주리의 얼굴을 바라보았다.

"갑자기 왜 그래?"

"모르는 게 없고, 앞일까지 내다보고 있어. 돈을 받아내는 것도 이렇게 성공했잖아. 우리는 거의 움직이지도 않고 휴대전화만으로 3억 엔을 손에 넣었어."

"치켜세우지 않아도 네 몫을 줄이거나 하진 않아."

나는 웃었다.

"2억 7,000만 엔이 네 몫이야. 벼락부자가 됐네."

"정말 그렇게 받아도 되는 거야?"

"원래 네가 상속받을 재산을 따지면 훨씬 적은 액수지. 나는 3,000만 엔이면 충분해. 즐거운 게임을 한 데다 돈까지 벌었으니."

"가쓰라기 가쓰토시의 콧대를 눌러주었고?"

"그렇지."

웃으면서도 마음속에 깃든 불안감은 가시지 않았다. 정말로 그럴까? 가쓰라기 가쓰토시에게 이긴 걸까?

"왜 그래?"

내 표정의 변화를 느꼈는지 주리가 물었다.

"아직 게임이 끝나지 않았다는 생각을 했어. 마지막 중요한 마무리가 남아 있지."

나는 검지를 세웠다.

"인질 반환. 너를 비정한 유괴범에 의해 감금당하고, 게다가 몸값을 강탈하는 걸 도울 수밖에 없었던 가련한 피해자로 만들어서 사랑하는 아버지 품으로 돌려보내야 해."

"한 번 더 배우 노릇을 하면 되는 거네."

주리가 가슴을 폈다.

"이번 연기는 힘들 거야. 난 곁에 있어줄 수 없어. 무슨 일이 있더라도 너 혼자 헤쳐 나가지 않으면 안 돼. 게다가 이번 연기는 잠깐으로 끝나는 게 아니야. 평생 넌 유괴범의 피해자로 살아가야 하는 거지."

나는 그녀의 옆에 앉아 어깨에 팔을 둘렀다. 내 쪽으로 와락 끌어당겼다.

"그럴 각오는 되어 있겠지?"

주리는 눈을 두 번 깜빡이고 물끄러미 나를 바라보았다.

"내가 누군지 잊었어? 가쓰라기 가쓰토시의 딸이야."

"그랬군."

나는 고개를 끄덕였다.

주리를 집에 돌려보내는 일은 어렵지 않다. 어딘가 한적한 곳에서 잠을 재운 뒤 가쓰라기 가쓰토시에게 연락하면 되는 것이다. 물론 주리가 정말로 잘 필요는 없다. 그런 연기만 하면 충분하다.

문제는 그때부터다. 그녀는 어려운 연기를 해야만 한다.

"경찰은 우선 유괴된 상황부터 물을 거야."

나는 그녀를 보았다.

"어떤 상황이었는지, 전에 말을 맞췄잖아. 기억하고 있지? 우선 네가 왜 그렇게 밤 늦은 시각에 집을 빠져나왔는가에 대해서 경찰이 물을 거야. 자, 어떻게 대답할 거야?"

"그날 밤 나는⋯⋯."

주리는 기억을 더듬는 표정으로 말을 이었다.

"화장품 때문에 치하루와 좀 말다툼을 했어요. 그 일로 기분이 가라앉아서 단골로 다니는 술집에나 가볼까 생각했죠. 몰래 빠져나온 건 부모님에게 잔소리를 듣고 싶지 않았기 때문이에요."

오케이, 역시 제대로 기억하고 있다.

"유괴되었을 때의 상황을 자세히 이야기해주세요."

그렇게 말하고 주리의 얼굴 앞으로 마이크를 들이대는 시늉을 했다.

"집을 나와 조금 지났을 때 차가 내 옆에서 멈춰 섰어요. 뭔가 싶어 그쪽을 보는데 뒤에서 누군가가 껴안았죠. 소리를 지르려고 했지만 그때는 이미 손수건 같은 것에 입이 막혀 있었어요. 그다음 일은 잘 기억나지 않습니다."

거기까지 이야기한 뒤, 주리는 어떠냐고 묻는 듯한 표정을 지었다.

"중요한 건 거기부터야. 정신을 차리니 범인들의 아지트였다는 이야기가 되는데, 어떤 곳이었느냐고 캐물을 것이 뻔해. 그때는 어떻게 대답하지?"

머리를 써야 하는 부분이다. 그 부분이 자연스럽지 않으면 경찰은 의문을 품을 것이다. 그들도 거짓 유괴의 가능성을 조

금은 고려할 것이다. 적당히 꾸며서 둘러대다가는 어디서 모
순이 드러날지 모른다.

"눈가리개야."

내가 말했다.

"뭐?"

"정신을 차렸을 땐 눈가리개가 씌워져 있어서 아무것도 볼
수 없었다고 대답하는 거야. 그리고 손은 뒤로 묶여 있었던
걸로 하자. 그런 상태로 침대 같은 것 위에 눕혀져 있었어."

"발은?"

"묶지 않았지."

"어째서?"

"그럴 필요가 없으니까. 아무것도 보지 못하고 손도 쓸 수
없는 상태라면 거의 움직일 수 없어. 쓸데없이 묶어두면 범인
들만 귀찮아지지. 화장실에 보낼 때마다 풀었다 묶었다 해야
하니까 말이야."

"알았어."

그녀가 고개를 끄덕였다.

"몸을 움직이려 했더니 여자 목소리가 들렸다. 이렇게 대답
하는 거야. 여자는 이렇게 말했어. 침대에서 일어나지 마라.
얌전히만 있으면 우린 너한테 아무 짓도 하지 않을 거다."

"멋지네."

"그래, 멋진 여자야. 멋진 여자 하면 누가 생각나?"

주리는 고개를 약간 갸웃거리더니 말했다.

"에스미 마키코인가?"

내가 생각한 이미지와는 조금 차이가 있지만, 뭐 괜찮을 것이다.

"좋아. 그걸로 가자. 경찰이 너한테 이렇게 물어. 여자 목소리에 특징은 없었는가, 몇 살쯤으로 보였는가, 사투리는 쓰지 않았는가. 그때 너는 에스미 마키코를 떠올리면 돼. 그녀의 목소리를 들은 걸로 생각하면서 경찰의 질문에 대답하는 거야."

"들어본 적이 있는 목소리냐고 물어보면 어떻게 하지? 에스미 마키코라고 대답해도 되려나?"

주리가 짓궂게 웃었다.

"괜찮겠지. 경찰도 설마 에스미 마키코를 찾아가거나 하지는 않을 테고. 뭐 가더라도 상관없긴 하지만."

"그 멋진 여자는 나를 감시하는 역할이야?"

"감시자 겸 식사 담당. 너는 식욕이 없었지만 그 여자가 억지로 먹여서 어쩔 수 없이 음식을 삼켜야 했어. 눈가리개를 한 상태에서 먹어야 하니 아주 뜨거운 음식은 안 되겠지? 먹기 불편한 것도 안 돼. 샌드위치 같은 것이 적당할지도 몰라. 음식을 먹을 때쯤은 손을 풀어준 걸로 할까? 다만 그때는 발을 묶어두는 거야. 좋아, 그렇게 하자."

"먹을 때는 손을 풀어주고, 발은 묶여 있다……."

주리는 머릿속으로 상황을 그려보는 듯했다.

"에스미 마키코의 역할은 한 가지 더 있어. 네 이야기 상대. 사건과는 관계없는 화제를 골라 너와 적당히 대화를 나눈 걸로 하자. 연예인 가십이나 패션, 스포츠 같은 이야기가 되겠지?"

"연애 이야기는?"

"그건……."

나는 고개를 저었다.

"그 이야기가 나오면 여자의 말수가 적어졌던 걸로 하자. 여자가 끼어 있으니 경찰은 그 여자의 애인이나 남편이 주범일 가능성이 높다고 생각할 거야. 그럼 여자가 연애에 대해 어떤 이야기를 했는지 알고 싶어 하겠지. 그러면 골치 아파. 네가 꾸며내야 할 이야기가 너무 많아져."

"그렇겠네."

주리는 이해가 된 모양이었다.

"뭐 좀 물어봐도 돼?"

"뭔데?"

"난 화장실 갈 때도 눈가리개를 하는 거야? 아무것도 보이지 않는 상태에서 어떻게 해야 하지? 에스미 마키코가 도와

주나? 그런 건 좀 싫은데."

나는 고개를 끄덕이며 쓴 웃음을 지었다. 그녀의 말이 맞다. 일단 짚어두지 않으면 안 될 부분이기도 하다.

"이렇게 하자. 네가 화장실에 가고 싶다고 하면 여자가 손을 잡고 데려다줘. 눈가리개를 푸는 건 화장실에 들어간 다음이야."

"둘이서 화장실에 들어가는 거야?"

"좁지만 할 수 없어. 범인들 입장에선 너한테 쓸데없는 정보를 주고 싶지 않을 거야. 눈가리개를 벗기고 그 여자는 나가. 그 다음은 잠깐 자유시간이야. 너는 느긋하게 쉬를 하건 뭘를 하건 할 수 있어."

"무슨 말투가 그래. 아저씨 티 내네."

"당연한 일이지만, 너는 거기서 화장실 안을 관찰해. 그 모습은 이래. 벽은 콘크리트, 작은 환기팬이 있을 뿐 창문은 없어. 조명은 백열등. 거기에는 예비용 화장지부터 생리용품까지 갖춰져 있어. 화장실 타입은 양식. 비데도 설치돼 있지."

다행이라며 주리는 살짝 손뼉을 쳤다. 비데가 없는 화장실에서 볼일을 본다는 것은 상상하기도 어려울 것이다. 앞으로는 그런 사람들이 점점 더 늘어날 것이다.

"문은 목재. 원래는 안쪽에서 잠글 수 있어. 옆으로 밀어서 잠그는 방식이야. 그렇지만 그 고리는 떼어버렸어. 네가 화장실에 틀어박히는 걸 막기 위해서지."

"다 외울 수 있으려나?"

주리는 얼굴을 찌푸리더니 두 손을 말아 쥐고 자기 머리를 감싸는 시늉을 했다.

"커닝페이퍼라도 만들어두고 싶어."

"화장실에 들어가 있을 때, 또는 화장실에 갔다 나올 때 무슨 소리를 듣지 않았느냐고 경찰이 물을 거야."

"아무 소리도 듣지 못했다고 하면 그냥 넘어가겠지."

나는 고개를 저었다.

"눈가리개를 한 사람의 청각은 보통 때보다 훨씬 예민해져. 아무 소리도 듣지 못했다는 건 오히려 의심받을 염려가 있어. 무슨 소리든 들은 걸로 하는 게 나아."

주리는 손가락을 퉁겨 '딱' 소리를 냈다.

"뱃고동 소리."

"괜찮군."

나는 고개를 끄덕였다. 이 여자는 정말 보통이 아니다.

"처음에 전화를 걸었을 때 요코스카까지 가서 뱃고동 소리를 그쪽에 들려줬잖아. 아지트가 항구 근처에 있다고 생각하도록 유도한 거지. 그렇다면 이번에도 뱃고동 소리가 들렸다고 대답하는 게 낫지 않아?"

"물론 그렇지. 다만 너무 자주 들었다고 하면 이상해. 범인들이 그 소리에 신경 쓰지 않았을 리 없으니까. 들은 건 한두 번이고, 그것도 아주 멀리서 들린 것 같다고 대답해."

"알았어. 소리는 그것만으로 되려나?"

"뱃고동 소리만 들었다면 이상하지. 차가 지나가는 소리 같은 것도 넣자. 그게 들리지 않는 장소는 드물 테니까."

"배와 자동차네."

주리는 게임을 즐기는 듯한 표정이었다.

"그런데 네가 접촉하는 건 멋진 여자만이 아니야. 최소한 한 명 더 범인이 등장해야 해. 그건 남자야."

"알아. 몸값을 받아내는 행동대원이지?"

"행동대원이라, 어려운 말을 쓰네. 그렇지만 맞아. 너는 최소한 세 번, 그 행동대원과 함께 움직인 걸로 되어 있어. 우선은 처음 전화를 걸었을 때야. 경찰은 그때의 일을 자세하게 이야기해달라고 할 거야."

"귀찮아지겠네."

주리가 힘없는 표정으로 머리를 긁적였다.

"녀석들은 필사적이야. 어쨌든 몸값을 고스란히 빼앗긴 셈이니까. 질문공세쯤은 견뎌줘야 해."

"알았어. 뭐라고 설명하면 되지?"

"집에 전화를 걸라고 했다고 대답하면 돼. 그때 주범 격인 사람의 목소리를 들은 거지. 멋진 여자 때와 마찬가지로 어떤 목소리였는지 경찰이 물을 거야."

"이번엔 누구로 할까? 후쿠야마 마사하루는 어때?"

눈이 반짝반짝 빛났다. 팬일지도 모른다.

"내가 머릿속에 그린 걸로는 마흔 살 전후인데. 누구 생각나는 사람 없어?"

"고등학교 3학년 때 담임이 그 정도 나이였을 거야. 탤런트가 아니어도 괜찮지?"

"물론. 그럼 처음 걸었던 전화 문제는 그걸로 됐고. 다음은 약간 어려워. 하코자키에서 전화를 걸었을 때. 그때는 아지트에서 이동하지 않았을 리 없으니까, 경찰 입장에서도 꼬치꼬치 캐물으려 들 거야."

"아무것도 모른다는 대답으로 넘어가주지는 않겠지?"

"그렇지만 눈가리개는 한 상태야. 게다가 헤드폰을 씌웠어. 헤드폰에서는 시끄러운 음악이 계속 흘러나왔고. 이건 설명할 필요도 없이, 네가 쓸데없는 소리를 듣지 못하게 하려는 범인들의 장치야. 그 상태로 차에 태워져 어디론가 끌려갔어. 그 장소에 대해서는 잘 몰라도 괜찮아. 보이지 않고 들을 수 없으니 안다는 것 자체가 무리지. 거기서 드디어 헤드폰을 벗겼지만 눈가리개는 그대로. 이윽고 남자가 자세한 지시를 내려. 그때 내가 한 것처럼 말이야. 너는 그 지시에 따라 휴대전화로 가쓰라기 가쓰토시와 통화를 하게 되었어."

"그때 당신은 내가 이야기할 내용을 메모해서 보여주었잖아. 그렇지만 눈가리개를 하고 있으면 그건 불가능하지 않나?"

"그러니까 말로 일러준 거야. 주범 격인 사람이 시키는 대로 넌 전화기에 대고 읊어댄 거지."

어쨌든 경찰은 우리가 이용한 호텔을 찾아낼 것이다. 거기 말고는 하코자키 교차로의 상황을 관찰할 수 있는 장소가 없으니까. 게다가 그 호텔은 지하 주차장에서 엘리베이터로 곧장 객실까지 갈 수 있다. 또 눈가리개에 헤드폰까지 쓴 이상한 모습의 여자를 데리고 가더라도 사람들이 문제 삼지는 않을 것이다.

형사들은 호텔에 탐문수사를 하러 갈 것이다. 그렇지만 그들이 우리 정체를 알아낼 수는 없을 것이다. 그럴 만한 단서는 남겨두지 않았다.

"그리고 마지막으로 몸값을 받아낼 때야."

"그때도 눈가리개에 헤드폰을 쓰고 차에 태워진 거지?"

"그래. 다만 이번에는 차 안에만 있었다고 대답하는 거야. 그 상태에서 전화를 걸게 했다고."

"아무 데도 가지 않고?"

"차는 계속 움직이고 있었던 것 같다고 말해. 이따금 멈추긴 했지만 긴 시간은 아니었다고. 그렇게 하면 경찰은 범인 일당이 고속도로를 이동하면서 몸값 전달과 관련한 지시를 내렸다고 해석할 거야. 어디에서 고마가타 주차구역을 보고 있었는지, 수도고속도로 전체를 지켜보고 있었는지 그들은 알 수 없게 되지."

거기까지 이야기한 후, 나는 휴 하고 한숨을 내쉬었다.

"실제로는 또 하나 있지만 말이야. 제일 중요한 몸값을 받는 역할."

"확실하게 시킨 대로 했어. 수수한 옷을 입었고, 화장을 바꾼 것도 알면서."

"그렇다면 됐어."

나는 만족스럽게 고개를 끄덕였다.

"그건 네가 아니었어. 닛세이자동차판매 무코지마 지점의 나카무라가 짐을 건넨 미쓰모토라는 여자는 너하고는 완전히 다른 여자야. 머리가 길고, 선글라스를 썼어."

"이런 여자지."

주리는 옆에 놓아두었던 가발을 쓰고 짙은 색 선글라스를 걸쳤다.

"에스미 마키코하고는 전혀 닮지 않았군."

나는 밉살스럽게 말하고 나서, 가발과 선글라스를 그녀의 얼굴에서 벗겨냈다.

"이것도 처분해야 해. 그리고 대포폰도. 그 밖에 또 처분해야 할 것이……."

"우리의 과거인가?"

그렇게 말하고 주리는 내 눈을 바라보았다.

15

●

도시의 밤

●

몸값을 받아내고 만 이틀이 지났다. 지폐에는 아무런 변화도 없었다. 조심스럽게 손으로 만져보았지만 별다른 일은 일어나지 않았다. 아무래도 지폐에는 어떠한 조치도 취하지 않은 것 같다.

나는 지폐 3,000만 엔을 슈퍼마켓 봉투에 넣었다.

"이게 내 몫이야. 나머지는 모두 네 것이라는 얘기지."

주리는 테이블 위를 쳐다보고 살짝 한숨을 쉬었다.

"부피가 상당히 나가네. 무겁겠어."

"그만큼 큰 승부를 했다는 거야."

나는 백화점 종이봉투를 그녀에게 건넸다. 그녀는 돈다발을 그 안에 넣기 시작했다. 2억 7000만 엔. 분명 상당히 무거울 것이다.

"이 돈, 어떻게 하면 좋지?"

"어떻게 하든 맘대로 해. 네 것이니까. 다만 너무 티 나게 쓰지는 않는 게 좋을 거야."

주리는 고개를 저었다.

"그게 아니라, 이 돈을 들고 집에 돌아갈 수는 없잖아. 유료 보관함 같은 데 맡겨둘까? 그리고 좀 조용해진 뒤에 찾으러 간다거나."

"유료 보관함은 위험해. 만에 하나 키가 발견되면 끝장이니까. 게다가 언제 조용해질지도 모르고. 보관 기간이 지난 보관함은 열어볼 거야. 그렇게 돼도 끝장이지."

"그럼 어떡하면 좋지?"

"어디 안전한 곳 없어? 너만 들어갈 수 있고 너밖에 모르는 적당한 장소 말이야. 그런 곳이 있으면 한동안 보관해둘 수 있을 텐데."

조금 생각한 뒤 그녀는 씩 웃었다.

"딱 한군데 있어. 좋은 곳이."

"어딘데?"

그렇게 묻고 나서 바로 느낌이 왔다. 나는 얼굴을 찌푸렸다.

"이 맨션이라고 하고 싶겠지만 그렇게는 안 돼. 너를 무사히 돌려보낸 뒤 우리는 절대로 접촉해선 안 된다고. 처음부터 그렇게 정했잖아."

"그렇지만 달리 마땅한 장소가 없는 걸."

역시 이 집을 생각했던 모양이다.

"할 수 없군. 외출 준비해."

"어디 가게?"

"따라와보면 알아."

나는 일어섰다.

"2억 7000만 엔 잊지 말고."

집을 나와 주차장으로 갔다. 시계를 보니 밤 9시였다.

"저어, 어디 가는 거야? 가르쳐줘도 되잖아."

"요코스카."

"요코스카……. 또?"

"그 미국에 가 있다는 친구 말이야. 유키라고 했던가? 자동응답기 메시지를 지우러 갔었잖아."

아아, 하고 주리는 그제야 알겠다는 표정을 지었다.

"유키 집에 숨겨두자는 거구나?"

"그게 가장 안전할 거야."

자동응답기 문제가 불거졌을 때는 골치 아프게 됐다고 생각했지만 지금은 그 자의 존재가 고마웠다. 현금을 숨길 장소는 나도 전부터 고민했던 문제이다.

MR-S를 타고, 그날 밤과 마찬가지로 덮개를 덮은 채 달렸다. 주리는 무릎 위에 있는 거금이 든 종이봉투를 조심스럽게 껴안고 있었다. 앞으로 그녀의 인생을 뒷받침해줄 돈이었다.

"저어, 경찰 수사가 시작되었을까?"

"당연하지. 우리가 가쓰라기 주리를 유괴했다는 팩스를 보냈을 때부터 시작됐을걸."

"뭔가 단서를 잡았을까?"

"잡힐 리가 없지."

나는 웃음을 지어 보였다.

"기껏 잡아봐야 가짜 단서야. 예를 들면 인질의 목소리 뒤에서 희미하게 들려온 뱃고동 소리 같은 것들."

이메일이나 휴대전화 때문에 꼬리가 잡힐 염려는 없다. 유일한 증인이라고 할 수 있는 것이 닛세이자동차판매 무코지마 지점의 나카무라인데, 주리의 말을 믿는다면 그 남자가 경찰에 뭔가 도움이 될 만한 정보를 제공할 수 있을 거라고는 생각할 수 없었다.

"그래도 딱 하나 확실한 단서가 있어."

주리가 말했다.

"뭐지?"

"범인은 영어를 할 줄 알아. 그것도 영국식 영어."

깜짝 놀라 핸들을 꺾는 바람에 차가 중앙선을 크게 벗어났다. 급히 원래 차선으로 돌아왔다.

"영어를 잘하나?"

나는 태연한 척하면서 물었다.

"조금. 그렇지만 솔직히 사투리까지는 잘 몰라. 왠지 영국식 영어라는 느낌이 들었을 뿐이야. 아닌가?"

"글쎄, 그런가?"

겨드랑이 아래로 땀이 흐르는 것을 느꼈다.

그녀의 지적은 정확했다. 나는 1년 동안 런던 근처에 산 적이 있다. 영어는 그때 익힌 것이나 마찬가지다. 영어를 아는 사람이 들으면 알 수 있을지도 모른다.

고속도로를 계속 달려 우리는 요코스카에 도착했다. 전에 들렀던 패밀리 레스토랑이 보였다. MR-S에 누군가가 스프레이를 뿌렸던 사건이 떠올랐다.

"이번에도 저기서 기다려줄래?"

주리가 말했다.

"아니, 저 레스토랑은 기분이 나빠서 싫어. 오늘 밤은 그냥 근처까지 갈래."

"근처라고?"

"유키의 맨션 근처. 그 무거운 짐을 들고서 걷는 것도 보통 일이 아니잖아."

"난 괜찮아. 게다가 맨션 옆에 이런 차를 세워두면 사람들 눈에 띈단 말이야."

"네가 눈에 띄는 게 겁나. 짐을 방에 두고 오기만 하면 되잖아. 잠깐 세워두면 수상하게 여기지는 않을 거야. 길이나 가르쳐줘."

"아…… 그러니까, 저쪽 모퉁이에서 오른쪽으로 꺾어서."

"오른쪽이라."

나는 깜빡이를 켜고 우회전 차선으로 들어갔다.

그러나 거기부터가 문제였다. 주리의 길 안내는 미덥지가 않았다. 꺾어져야 할 모퉁이를 착각하고 길을 헤매기도 해서, 결국 맨션에 도착하기까지 30분 이상이나 오락가락해야 했다. 차로는 와본 적이 없어서 그렇다는 것이 주리의 변명이었다.

"아무리 그래도 너무하네. 뭐 됐어. 저 맨션이야?"

나는 도로 오른쪽으로 눈길을 돌렸다. 흰색 4층 건물이다. 방은 별로 많은 것 같지 않았다. 곧 자정인데 창문의 반은 아직도 불이 밝혀져 있었다.

"그럼 갔다 올게."

"조심해."

종이봉투를 힘겹게 들고 가는 주리의 뒷모습을 나는 차 안에서 지켜보았다. 다행히 주변에는 인가가 많지는 않다. 늦은 시각이니 남들 눈에 띌 염려는 없을 것 같았다.

나는 멍하니 맨션을 바라보았다. 호수를 묻지 않았기 때문에 주리가 몇 층까지 올라가야 하는 지 알 수 없었다. 4층 건물이라 어쩌면 엘리베이터가 없을지도 모른다. 그 짐을 들고 계단을 오르기는 쉽지 않을 것이다.

5분쯤 지나서 이상하다는 생각이 들었다. 새로 불이 켜지는 창문이 없었다. 유키의 방은 캄캄할 테니 주리는 먼저 불부터 켤 것이다. 아니면 이쪽에서 보이지 않을 뿐인가?

5분쯤 더 지나자 주리가 나왔다. 종종걸음으로 길을 건너 차로 다가왔다.

"오래 기다렸지?"

조수석에 올라타면서 그녀가 말했다. 약간 숨이 찬 듯했다.

"잘 숨겨됐어?"

그렇게 말하면서 나는 차를 출발시켰다.

"응. 완벽하게."

"유키의 가족들이 드나들거나 하진 않을까?"

"그건 괜찮아. 그 애가 그런 일은 절대 없을 거라고 했는걸. 그리고 누가 들어간다고 해도 쉽게 찾아낼 수 없는 곳에 숨겨 두었으니까."

"그렇게 넓어? 유키 집이?"

"그런 건 아니지만 가구가 꽤 복잡하게 놓여 있거든."

"방 배치는?"

"뭐?"

"유키의 방 배치 말이야. 원룸 아닌가?"

"아, 그러니까. 원룸이야. 그게 왜?"

"아니, 이 동네 젊은 친구들은 어떤 집에 사나 궁금해서."

원룸이라면 불을 켜면 밖에서 보일 텐데……

조금 가다가 주리가 말했다.

"저어, 거기 가보지 않을래?"

"거기?"

나는 브레이크를 밟았다.

"거기 말이야. 기억하지? 전에 왔을 때도 갔었잖아."

"아아……"

물론 잊었을 리 없다.

"거긴 왜?"

"그게, 오늘 밤이 마지막이잖아. 난 이제 돌아가야 하고, 다시 만날 수도 없잖아."

나는 입을 다물었다. 그녀의 말이 맞다. 오늘 밤 이대로 그녀를 어딘가로 데려가, 가쓰라기 가쓰토시에게 연락할 생각이었다. 그걸로 게임 종료다.

"그래서 마지막으로 그 추억의 장소에 가보고 싶다고 생각한 거야."

그녀가 내뱉듯이 말했다. 아마 수줍어서일 것이다.

나는 브레이크 페달에서 발을 뗐다. 요코스카는 눈속임을 위해 이용한 장소이기 때문에 너무 오래 머무는 것은 좋지 않다. 그러나 조금은 더 있어도 괜찮을 거라고 생각했다. 그녀가 말한 것처럼 마지막 밤이지 않은가.

미우라 반도 끄트머리에 있는 언덕에 차를 세운 것은 그로부터 30분 뒤였다. 그날 밤과 마찬가지로 덮개를 활짝 열고 풀 냄새가 묻어나는 공기를 들이켰다. 옆에서 주리도 심호흡을 하고 있었다.

아쉽게도 하늘에는 구름이 잔뜩 끼어 있었다. 오늘 밤은 별이 보이지 않았다.

"짧은 시간이지만 정말 즐거웠어."

주리가 내 얼굴을 바라보며 말했다.

"스릴 넘치는 게임이었지."

"내일부터는 하루하루가 끔찍하게 지루할 것 같아."

"그렇지도 않을 거야. 몇 번이나 이야기했듯이 너한테는 아직 할 일이 남아 있어."

"그쯤이야 별것 아니지. 지금까지 해온 일들에 비하면."

"믿음직하군."

나는 웃었다.

"사쿠마 씨."

주리의 눈빛이 진지하게 빛났다.

"정말 고마웠어."

"고마울 것까지야. 나도 즐거웠는걸. 오랜만에 진검승부를 할 수 있어서 짜릿했어."

"승부에서는 이겼고?"

"그런 셈이지."

우리는 얼굴을 마주 보며 웃었다.

"하지만 정말 고마워. 당신 덕분에 나, 앞으로 잘 살아갈 수 있을 거야."

"그건 좀 오버다."

"사실인데……. 내 기분 이해할 수 없으려나?"

그녀는 고개를 갸웃거렸다.

우리는 서로를 바라보다 그대로 키스를 했다. 그녀의 입술은 부드럽고 촉촉했다. 아랫도리가 묵직해지는 것을 느꼈지만 그녀의 속옷 안으로 손을 밀어 넣거나 하지는 않았다. 무슨 일이든 물러날 때가 중요하다. 두 사람의 관계는 여기서 끊지 않으면 안 된다. 미련이 남을 행동은 삼가야 한다.

그래도 마지막으로 딱 한 번 주리의 몸을 꼭 껴안았다. 그녀는 요 며칠 사이 꽤 야윈 것 같았다. 포옹을 풀 때 그녀는 다시 한 번 속삭였다.

"고마워."

만안도로를 타고 오이미나미로 내려와, 시나가와 역으로 향했다. 그렇지만 역 앞에 서지 않고 왼쪽으로 보이는 큰 호텔 가까이 차를 세웠다.

"자, 마지막으로 한 번 더 정리할까?"

내가 말했다.

"또? 정말 집요하네."

주리는 쓴웃음을 지었다.

"그 집요함이 생명줄이라고. 잔소리 말고 얼른 해봐."

"내가 눈을 떴을 땐……."

주리는 먼 곳을 바라보는 표정을 지었다.

"차 안이었어요. 아마 벤츠였던 것 같아요. 손발은 묶여 있지 않았고, 저 말고는 아무도 없었죠. 그래서 차에서 내렸어요. 머리가 어질어질했지만 지금밖에 도망칠 기회가 없을 거라는 생각에 죽어라 뛰었습니다. 그래서 차 번호를 볼 여유 같은 건 없었어요. 아무튼 거긴 주차장 같았어요. 호텔 지하 주차장. 저는 엘리베이터를 타고 로비로 갔지만 늦은 밤이어서 아무도 없었어요. 그래서 현관을 나와 택시 승강장으로 갔죠. 수중에 돈이 있느냐 없느냐 따윈 생각할 겨를도 없었어요. 집에 돌아가기만 하면 어떻게든 될 거라고 생각했습니다."

그녀는 방긋 웃으며 나를 바라보았다.

"어디 틀린 부분 있어?"

"아니, 완벽해."

나는 오케이 사인을 그렸다.

"편지는 갖고 있겠지?"

"응. 걱정 마."

그녀는 편지를 갖고 있었다. 컴퓨터로 입력해 프린트한 그 편지의 내용은 다음과 같다.

가쓰라기 가쓰토시 귀하

몸값은 잘 받았다.

약속대로 가쓰라기 주리를 돌려보낸다.

우리가 그녀에게 어떤 폭력적인 행위도 하지 않았다는 것은 본인 입을 통해 분명히 알 수 있을 것이다. 이번 거래는 지극히 비즈니스적으로 이루어졌다고 평가한다.

즐거운 게임이었다. 이제 종료한다. 앞으로 이쪽에서 연락하는 일은 없을 거다. 귀하를 게임 상대로 선택하는 일은 일절 없을 것이라고 약속한다.

유괴했던 사람으로부터

"이제, 드디어 이별이군."

"응, 잘 지내."

우리는 악수를 했다. 주리는 그 손을 바라보면서 차에서 내렸다. 고마워, 안녕, 그런 말을 나눈 뒤, 그녀는 문을 닫았다. 나는 차를 출발시켰다.

앞에는 도시의 밤이 펼쳐져 있었다.

16

•

덫

•

 토요일에는 오래간만에 데이트를 했다. 상대는 스물네 살
짜리 이벤트 도우미였다. 이탈리안 요리를 대접하고 호텔 바
에서 칵테일을 몇 잔 마셨지만 그 호텔에 묵는 단계까지 나아
가지는 않았다. 만약 그렇게 하려고 생각했다 해도 빈방이 없
었을 것이다. 작업에 성공할 자신이 있으면 늘 방을 예약해두
는데, 그날 밤은 그런 준비를 해두지 않았다. 자신이 없었던
것은 아니다. 왠지 귀찮았다.
 솔직히 말하자면, 그 이벤트 도우미에게 특별히 마음이 있
었던 것도 아니다. 상대가 누구든 상관없었다. 그런 상태였기
에 식사를 하면서도 별로 즐겁지 않았고, 이야기도 흥이 나지
않았다. 그녀는 내가 왜 데이트를 신청했는지 아마 끝까지 이

해하지 못했을 것이 틀림없다.

주리 생각이 머리에서 떠나지 않았다. 그 뒤 어떻게 되었을까? 이상하게도 사건에 관해서는 전혀 보도되지 않았다. 보통은 매스컴이 난리를 쳐야 정상 아닐까? 천하의 닛세이자동차 부사장의 딸이 유괴되었고, 게다가 몸값까지 빼앗겼다. 보도를 제한하고 있단 생각을 하기에는 어렵다. 유괴를 당했던 당사자가 무사히 돌아왔으니 경찰로서는 드러내놓고 공개수사로 옮겨가야 옳다. 뿐만 아니라 매스컴을 적극적으로 이용하려고 해야 하는 거 아닐까?

이벤트 도우미와 헤어진 후 집에 돌아와서, 나는 컴퓨터를 켜고 인터넷에 접속해보았다. CPT 오너즈 클럽 사이트를 열었다. 몸값을 받아내는 데 성공한 이래 한 번도 들여다보지 않았었다.

게시판을 열어보았다. 관계없는 게시물이 줄줄이 달려 있었다. 물론 주리와 관계없는 글들이고, 그게 정상이다.

마우스를 움직이던 내 손이 멈칫했다. 이런 게시물이 눈에 띄었기 때문이다.

제발(주리)

내 사랑스러운 차는 어떻게 된 걸까요. 돈을 지불했는데 아무런 연락도 없다니, 대체 어떻게 된 건지.

차주 되시는 분, 혹시 이 글을 본다면 연락 주세요. 부탁입니다.

어떻게 된 일일까.

날짜를 확인하니 어젯밤으로 되어 있다. 이 글은 주리를 빨리 돌려달라는 의미일 것이다. 하지만 그녀는 무사히 가쓰라기 저택으로 돌아갔을 텐데. 혹시 덫일까?

그럴 가능성도 있다. 주리가 돌아오지 않은 것처럼 꾸며 범인들이 뭔가 접촉을 해오기를 기다리는 것이다.

그렇지만 이상하다는 생각이 든다. 만약에 주리가 돌아오지 않았다 해도 범인과는 관계없는 일이다. 접촉을 기대하는 것은 너무 어설프지 않은가. 사실 내 쪽에서 무슨 액션을 취할 생각은 현재 없다.

혹시 정말로 주리가 돌아가지 않은 걸까?

그럴 가능성이 높을 것 같다. 나는 주리를 시나가와 호텔 근처에 내려주었지만, 그 뒤에 택시를 탔다고 단정할 수는 없다. 아니, 탔다고 해도 집으로 돌아갔는지 어떤지 알 수 없다. 그녀는 가쓰라기 집안을 싫어했다. 큰돈을 손에 넣었으니 그대로 사라져버리기로 작정한 것은 아닐까?

그렇다면 정말 골치 아프다. 유괴 사건의 피해자 심리를 고려하면, 드디어 범인으로부터 해방되었으니 일단은 안심할 수 있는 곳으로 돌아가고 싶어 해야 정상이다. 가령 지내기가 편치 않은 집이라 해도 주리가 안정을 취할 수 있는 곳이라고 는 가쓰라기 저택을 빼면 달리 있을 리 없다.

주리가 이대로 행방불명인 채로 지낼 수 있다면 상관없다. 진상은 밝혀지지 않을 것이다. 그러나 그것은 어렵지 않을 까? 아직 스무 살쯤 밖에 안 된 여자가 신원을 숨긴 채 살아갈 수 있을까? 아무리 많은 돈이 있다 해도 주민등록이나 호적 도 없는 상태로 어떻게 앞으로 살아갈 작정일까?

이런 상태가 계속되면 언젠가는 경찰이 공개수사에 나설 것 이다. 주리의 얼굴 사진이 아마 전국에 나붙게 될 것이다. 텔 레비전에서도 반복해서 보도될 것이 뻔하다. 주리가 아무리 몸을 숨기려 해도 영영 밖에 나오지 않을 수는 없다. 사람들과 접촉하지 않을 수는 없다. 분명히 누군가에게 발견될 것이다.

경찰에 넘겨진 그녀는 어떤 연기를 펼칠 작정일까? 그때가 되어서야 비로소 내가 일러준 대사를 읊으려는 것일까? 그래 봐야 아마 소용없을 것이다. 경찰은 틀림없이 거짓 유괴를 의 심할 것이다. 그들의 집요한 질문공세를 주리가 견뎌낼 수 있 을 리 없다. 나에 대해 털어놓는 것도 시간문제일 것이다.

안절부절 못하다가 나는 겉옷을 손에 들고 집을 뛰쳐나왔 다. 취기는 완전히 가셔 있었다.

MR-S를 타고 다시 요코스카로 향했다. 주리가 어딘가에 숨 어 있다면 그 맨션 이외에는 생각할 수 없다. 몸값도 거기 숨겨놓았다.

고속도로를 달리면서 나는 앞으로의 일을 머릿속으로 정리해보았다. 우선은 주리를 찾아내는 것이 선결 과제다. 찾아내서 어떻게 해야 할까? 어쨌든 볼기를 때려서라도 집으로 돌려보내야만 한다. 억류 기간이 너무 길어진 것에 대해서는 범인이 그만큼 신중했다는 시나리오로 얼버무릴 수밖에 없을 것이다.

그렇지만 주리가 이미 누군가와 만났다면 끝장이다. 설마 그 지경으로 바보는 아닐 테지만, 그럴 경우에는 어떻게 해야 좋을까? 두뇌를 풀 가동시켰지만 묘안은 떠오르지 않았다. 그녀가 누구하고도 만나지 않았기를 바랄 뿐이었다.

유키의 맨션에 도착했다. 나는 약간 떨어진 곳에 차를 세우고, 거기서부터 걸었다. 이런 곳을 어슬렁거리는 것은 위험했지만 주리를 이대로 놔두는 건 더 위험하다. 어떻게 해서든 데리고 돌아가야 한다.

나는 주위에 사람들 눈이 없는지 확인하면서 건물로 다가갔다. 늦은 밤이라 관리인은 없을 것이다. 다만 문제는 집의 호수를 모른다는 것이었다. 아는 것은 유키라는 애칭뿐이었다.

현관 유리문은 활짝 열려 있었다. 자동 잠금 장치는 아닌 듯하다. 예상대로 관리인은 없었다. 오른쪽에 우편함이 줄지어 있다. 이름표가 붙어 있는 것도, 붙어 있지 않은 것도 있다.

붙어 있다 해도 이름만으로는 아무런 도움이 되지 않았다.

나는 주위를 두리번거리며 제일 가장자리에 있는 우편함 투입구에 손을 넣었다. 손가락 끝을 움직였지만 닿는 것은 아무것도 없었다. 토요일 밤이다. 우편물은 이미 회수되었을 것이다.

다음 우편함으로 옮겨갔다. 이번에는 잡히는 것이 있었다. 손가락 끝으로 집어 꺼내보니 엽서였다. 수신인을 보았다. 야마모토 가오루라고 적혀 있다. 유키는 아닌 것 같다.

다시 옆에 있는 우편함에 손을 넣었다. 이런 짓을 한다고 무슨 해결이 될까 하는 불안감을 느꼈다. 그러나 지금 할 수 있는 일이라고는 이쯤이다.

손끝에 뭔가가 닿았다. 조심스럽게 끄집어냈다. 이번에는 편지봉투였다.

마쓰모토 데쓰야.

이것도 아니다. 편지봉투를 우편함에 다시 집어넣었다. 그 순간 불현듯 떠오르는 것이 있었다.

"당신은 그 집에 들어가지 않는 편이 좋겠지. 거긴 여성 전용 맨션이니까."

주리는 확실히 그렇게 말했었다.

17

•

행방불명

•

　몸값을 받아내는 데 성공한 뒤로 열흘이 지났다. 내 일상은 그 게임 이전으로 돌아와 있었다. 아침에 일어나 가볍게 체조를 하고 아침식사를 한 뒤 출근한다. 회사에서는 따분한 일을 처리하고 돌아오는 길에 스포츠센터에 들른다. 이번 주말에는 누군가에게 데이트를 신청할 생각이다. 이번에는 섹스까지 즐길 작정이다. 적당한 호텔을 예약해둬야 한다.

　안정된 나날이었지만 마음까지 안정된 것은 아니었다. 주리 문제가 신경이 쓰였다. 왜 전혀 보도되지 않는 걸까? 경찰이 매스컴을 통제할 필요는 없으리라. 게다가 CPT 오너즈 클럽에 올라와 있던 게시물도 신경 쓰였다. 마지막 게시물은 아직 주리가 돌아오지 않았다는 뉘앙스를 담고 있었다. 그 뒤에 어떻게 되었을까? 그 글이 올라온 이래 새로운 게시물은 없었다.

주리가 돌아갔다면 괜찮다. 보도가 없는 것은 가쓰라기 가쓰토시가 매스컴에 압력을 넣었기 때문이라고 생각할 수도 있다. 다 큰 딸이 유괴되었다고 하면 신상에 무슨 일이 있었다고 세상 사람들이 좋지 않은 추측을 해댈 것이 뻔하기 때문이다. 그러나 낙관할 수 있는 상황은 아닌 것 같은 기분이 들었다.

나를 불안하게 하는 요인 가운데 하나는 요코스카의 맨션이다. 주리의 말에 따르면 유키라는 친구가 세 들어 있는 맨션은 여성 전용이어야 하는데, 알아보니 남자도 많이 살고 있었다. 게다가 일부는 어떤 철강회사의 사택으로 쓰이고 있었다. 또한 주리는 유키의 방이 원룸이라고 했지만, 나중에 관리인에게 지나가듯 물어보니 그런 방은 하나도 없다고 했다.

주리는 왜 그런 거짓말을 했을까?

기억을 더듬어보았다. 그녀가 여성 전용 맨션이라고 했을 때의 대사는 대략 이런 것이었다.

"당신은 그 집에 들어가지 않는 게 나을 거야. 거긴 여성 전용 맨션이니까. 요코스카 항에서 배 구경이나 하면서 기다리고 있어."

결국 그녀는 나와 함께 가고 싶지 않아서 순간적으로 그런 거짓말을 둘러댄 것이 아닐까? 그렇다면 왜 나를 데려가고 싶지 않았을까?

마지막 날 밤에 다시 요코스카에 갔을 때의 일을 떠올렸다. 그때는 나도 함께 맨션까지 가겠다고 했다. 그러자 갑자기 그녀의 길 안내가 부정확해졌다. 도착할 때까지 길을 꽤 헤맸다. 왜 그랬던 것일까?

적당한 맨션을 찾고 있었던 게 아닐까, 하는 것이 내 추리다. 그녀는 나를 어떻게 해서든 유키의 맨션으로 데려가고 싶어 하지 않았다. 그래서 그럴듯한 건물을 찾아내 나를 속인 것이다. 그렇다면 그 맨션이 여성 전용이 아닌 것도, 원룸인 방이 존재하지 않는 것도 앞뒤가 맞는다. 줄거리는 통하지만 새로운 의문이 생긴다. 왜 그렇게까지 해서 나를 유키의 맨션에 데려가지 않으려 한 것일까? 또 갖고 있던 2억 7,000만 엔은 어디다 숨긴 것일까?

유키의 맨션에는 뭔가 내게 보여주고 싶지 않은 비밀이 있는 것일까? 그러나 건물 앞까지 가는 정도를 거부할 필요가 있을까?

거기서 나는 근본적인 의문을 떠올려보았다. 과연 유키의 맨션이 실제로 존재하긴 하는 것일까? 아니, 애당초 유키라는 친구가 있기나 한 걸까?

그 이름을 주리가 처음 언급한 것은 유괴 게임이 막 시작될

무렵이었다. 친구의 집에 전화를 걸어 자동응답기에 메시지를 남겼다고 털어놓은 것이다. 계획을 중지하자는 나에게, 주리는 친구의 집에 가서 메시지를 지워버리면 된다고 말했다. 그래서 일부러 요코스카까지 가게 되었다.

유키가 가공인물이라면 자동응답기 이야기도 거짓말인 셈이 된다. 왜 그런 거짓말을 한 것일까.

생각할 수 있는 이유는 한 가지밖에 없다. 어떻게든 나를 요코스카에 데려가고 싶었다는 정도다. 그것에 무슨 의미가 있는 걸까? 분명히 나는 요코스카에 간 김에, 범인의 아지트가 마치 그곳에 있는 것처럼 조작했다. 그렇지만 그것은 내가 생각해낸 것이지 주리가 제안한 것은 아니다. 굳이 따지자면 그녀가 제안한 것은 별이 보이는 언덕에 갔던 일쯤이다. 그게 어떻다는 말인가. 무슨 의미가 있는 걸까?

아무리 생각해도 유키 건이 꾸며낸 이야기라고는 생각할 수 없었다. 그러면 맨션에 대해 내게 거짓말을 한 이유는 무엇일까? 내 생각은 이 부근에서 맴돌았다. 목적지와는 전혀 상관없는 곳에서 미로를 헤매는 느낌이었다.

불안하게 만드는 요인은 한 가지 더 있다. 가쓰라기 가쓰토시다.

닛세이자동차의 신차 캠페인에 관계하고 있는 직원들의 이야기로는, 지난 주말부터 가쓰라기가 회의에 전혀 모습을 드러내지 않는다고 했다. 아예 회사에 나오지 않는다는 소문도 돌았다. 내가 유괴 게임을 진행하는 동안에도 언제나 스타일을 무너뜨리지 않던 그 남자가 왜 게임이 종료되자마자 회사를 쉬기 시작한 것일까?

가쓰라기 가쓰토시와 주리 부녀, 그들의 얼굴이 번갈아 떠올랐다. 그 두 사람의 생각을 알 수가 없다. 지금 어디서 무얼 하는지도 알 수가 없다. 그런 사실들이 나를 안절부절 못하게 만들었다.

●

"미안하지만, 왼쪽 손을 살짝 들어 올려주시겠습니까? 아아, 그래요. 그쯤이면 됐습니다."

수염을 기른 카메라맨이 연신 셔터를 눌러댔다.

피사체는 요즘 해외에서도 활약 중인 인기 프로 골퍼다. 퍼터를 들고 컵인할 때와 같은 포즈를 취하고 있다. 카메라에 익숙한지, 표정이 어색하지 않다. 이 정도면 촬영 때문에 애를 먹을 일은 없을 것 같아 일단 마음이 놓였다.

독일의 모 메이커에서 만드는 손목시계의 홍보용 화보 촬영이었다. 충격이나 진동에 강한 점을 어필하고 싶다고 해서 골프를 모델로 선택했다. 강렬한 스윙에도 끄떡없다는 것을 보여주고 싶었던 것이다.

촬영 뒤에는 인터뷰가 있었다. 프로 골퍼에게 미리 손목시계를 찬 상태에서 공을 몇 개 쳐달라고 부탁했다. 그 느낌 같은 것들을 묻는 것이다. 스튜디오 안에 있는 다실茶室에서 인터뷰가 진행되는 동안, 나는 손목시계만 놓고 촬영하는 작업을 지켜보기로 했다. 인터뷰 쪽에는 야마모토라는 후배가 붙어 있었다.

이쪽 촬영이 끝날 무렵, 인터뷰도 끝난 모양이었다. 프로골퍼를 현관까지 배웅한 뒤 라이터와 내용에 관해 논의했다. 라이터는 머리가 긴 풋내기였다. 조금 이야기를 해보니 핀트가 어긋난 원고를 쓸 것 같은 느낌이 들어, 어느 부분을 강조해야 하는지 꼼꼼하게 지시했다. 라이터는 불만스러운 듯했지만, 자신의 글재주나 어필하려는 문장은 쓸모가 없다.

"사쿠마 선배는 여전히 신랄하네요. 그 라이터는 프로 골퍼의 있는 그대로의 모습을 쓰고 싶어서 그런 점을 중점적으로 취재하던데."

회사로 돌아오는 차 안에서 야마모토가 우습다는 듯이 말했다. 핸들은 그가 쥐고 있었다.

"우리의 중요한 광고를 그런 녀석 하고 싶은 대로 하게 놔둘 수 있나? 아마 언젠가는 논픽션 작가라도 되고 싶다는 생각을 할 테지만, 일을 어떻게 해야 하는지 모르니까 아무리 세

월이 흘러도 싹이 트지 않는 거야."

"하하, 그럴 수도 있겠네요."

야마모토는 재미있다는 듯 웃은 뒤, 약간 소리를 죽여 말을 이었다.

"아참, 사쿠마 선배, 가쓰라기 씨 이야기 들었습니까?"

"가쓰라기 씨? 가쓰라기 부사장 말인가?"

가슴이 덜컥해서 물었다.

"예, 물론. 그 집 딸이 큰일을 당한 모양이에요."

가슴이 더 빠르게 뛰었다. 나는 숨을 고르고 나서 물었다.

"무슨 일이 있었나?"

"잘은 모르지만, 행방불명이라는 것 같아요."

나는 야마모토 쪽을 바라보았다. 만약에 그가 나를 보았다면 내 안색이 변했다는 것을 눈치챘을지도 모른다. 그렇지만 다행히 그의 눈은 앞에 쏠려 있었다.

"행방불명이라고?"

목소리가 커졌다.

"자세한 내용은 모릅니다. 나도 다른 사람에게 들었을 뿐이고, 나한테 이야기해준 녀석도 닛세이자동차에 도는 소문이라고 그랬거든요. 그렇지만 이야기가 상당히 구체적이라서. 요즘 가쓰라기 씨가 회사에 나오지 않는 것도 그 때문이라고 하던걸요. 그래서 수사를 의뢰했다던가 어쨌다던가."

"왜 그런 소문이 났을까? 가쓰라기 씨가 누군가에게 이야기한 걸까?"

"그렇지 않을까요? 만약에 소문이 사실이라면 말이에요."

"그 얘기 언제 들었지?"

"오늘 아침에요. 아까 촬영하러 나오기 전에. 사쿠마 선배도 아는지 물어보려 했지만 그럴 틈이 없어서. 표정을 보니 몰랐나 보네요."

"전혀 몰랐어."

"그러세요? 하긴 뭐 소문이니까."

야마모토는 자기가 입에 담은 이야기의 중요성을 의식하지 못한 표정으로 운전을 계속했다.

화보 촬영 전에 듣지 않아 다행이었다. 만약에 들었다면 일은커녕 그 무능한 라이터에게 문제점을 지적하는 냉정함도 잃었을 것이다.

야마모토가 뭔가 다른 이야기를 하고 있다. 나는 적당히 맞장구를 치면서 주리에 대해 생각하고 있었다. 그녀가 행방불명? 역시 집에는 돌아가지 않은 건가? 그럼 어디 있는 걸까?

시나가와 역 근처에서 헤어졌을 때의 모습이 머릿속에 떠올랐다. 그러고 나서 그녀는 어디로 간 것일까? 누군가에게 납치된 건가? 설마. 거짓 유괴를 꾸민 직후에 진짜 유괴범에게 납치된다는 것은 텔레비전 드라마에서도 나오지 않을 이야기다.

역시 스스로 자취를 감췄다고 생각하는 편이 타당하다. 어디로 사라진 것일까? 거기서 또 유키의 맨션이라는 키워드가 마음에 걸렸다.

주리가 처음부터 이런 시나리오를 생각했던 거라면 어떨까?

그녀는 내가 제안한 유괴 게임을 받아들였다. 그러나 모든 것을 내가 시키는 대로 할 생각은 없었다. 성공적으로 돈을 손에 넣으면 집에 돌아가지 않고 어디론가 행방을 감출 생각이었다. 그러나 완전히 정착할 수 있는 곳을 발견할 때까지는 일시적으로 숨어 있을 장소가 필요하다. 그래서 친구의 맨션을 사용하기로 했다. 그렇기 때문에 그 장소를 내게 알려주어서는 안 되었다. 내게 알려주면 집에 돌아가지 않은 사실이 밝혀진 시점에 바로 찾으러 올 거라고 생각했기 때문이다. 실제로 나는 요코스카까지 갔었다.

이 추리로 일단 설명은 된다. 그렇지만 그래도 이상한 점은 있다. 만약 이 추리가 맞는다면 그녀는 유키의 맨션 이야기를 내게 할 필요가 없었다. 그렇지 않다면 자동응답기에 메시지를 남겼다는 이야기가 사실이었을까? 아니, 설령 그렇다고 하더라도 그때 서둘러 맨션까지 갈 일은 아니었다. 나중에 그곳에서 숨어 지낼 생각이었으니, 그때 가서 느긋하게 메시지를 지우면 된다.

내가 계속 겉도는 대답만 하기 때문일까, 야마모토는 그만 입을 다물었다.

회사에 돌아와 사무실에 들어선 순간 나는 깜짝 놀랐다. 아무도 자리에 없었기 때문이다.

"아니, 어떻게 된 거지?"

야마모토도 당황한 목소리로 말했다.

그렇지만 아무도 없다고 생각한 것은 착각이었다. 모두가 사무실 한 모퉁이에 모여 있었다. 거기에는 텔레비전이 놓여 있었지만, 그 화면이 전혀 보이지 않을 만큼 직원들이 겹겹이 둘러쌌다.

야마모토가 서 있는 한 직원에게 말을 걸었다.

"무슨 일입니까?"

"아, 큰일 났어. 그 소문이 역시 사실이었어."

"그 소문이라뇨?"

"가쓰라기 씨 딸 이야기 말이야. 행방불명됐대. 그것도 열흘이 넘게 지난 모양이야."

"에엣?"

야마모토는 사람들을 헤치고 안으로 들어갔다. 나도 그 뒤를 따랐다. 드디어 텔레비전 화면이 보였다. 그러나 거기에는 다른 사건을 전하는 아나운서의 얼굴만 있을 뿐이었다. 가쓰라기 주리에 대한 보도는 끝난 모양이다.

텔레비전을 둘러쌌던 사람들도 자리로 돌아가기 시작했다.

저마다 감상을 이야기하고 있었다.

"가쓰라기 씨도 일을 할 정신이 아니겠군."

"어쩐지 이상하다 싶었어. 그 사람이 회의에 나오지 않다니 말이야."

"닛세이 주식 이제 또 떨어지는 거 아닌가?"

"어떻게 된 걸까? 가출일까?"

"그렇다면 괜찮지만, 설마 살해당한 건 아니겠지?"

끔찍한 소리를 내뱉은 것은 스기모토였다. 나는 녀석의 어깨를 움켜 쥐었다.

"어이, 자세하게 좀 얘기해봐. 가쓰라기 씨의 딸이 어떻게 됐다는 거야?"

스기모토는 나를 보고 좀 의외라는 표정을 지었다.

"며칠 전부터 행방불명이었답니다. 그래서 경찰이 수사를 시작했다고……."

"수사? 어떤 수사?"

"모릅니다. 다른 채널에서도 보도하지 않을까요?"

귀찮다는 듯이 말하고, 스기모토는 자기 자리로 돌아갔다.

뒤에서 야마모토가 앗 하고 소리를 질렀다. 텔레비전 채널을 이리저리 돌리고 있었던 모양이다. 조금 전과는 다른 아나운서의 얼굴이 화면을 채웠다. 닛세이자동차 부사장의 딸이 행방불명이라는 자막이 나왔다.

"가쓰라기 가쓰토시 씨의 장녀 주리 씨가 행방불명된 것으로 밝혀졌습니다. 경시청과 오타 경찰서는 모종의 사건에 휘말렸을 가능성이 있는 것으로 보고 수사를 시작했습니다……."

모종의 사건?

어떻게 된 걸까. 왜 유괴 사건이라고 밝히지 않는 걸까? 아니, 그보다 중요한 것은 주리가 행방불명이라는 사실이다. 그녀는 대체 어떻게 된 걸까?

그러나 내가 진짜 깜짝 놀란 것은 다음 순간이었다. 텔레비전 화면에 여자의 얼굴이 나타난 것이다. 스냅 사진인 듯했다. 사진 아래에는 가쓰라기 주리 씨,라는 글자가 떠올라 있었다.

여자 아나운서의 설명이 이어졌다. 그러나 내 귀에는 그 소리가 들리지 않았다. 만약 주위에 아무도 없었다면, 나는 텔레비전 화면을 향해 고함을 질러댔을 것이다. 그 충동을 억누르느라 혼신의 힘을 다했다.

텔레비전에 비친 가쓰라기 주리의 얼굴, 그것은 내가 아는 주리가 아니었다. 전혀 모르는 다른 사람의 얼굴이었다.

18

•

진실과 거짓

•

술을 마시고 싶은 심정이었지만 아무 데도 들르지 않고 집으로 돌아왔다. 섣불리 취했다가는 쓸데없이 실언하게 될 것 같았기 때문이다. 오늘 밤은 내 마음을 제대로 컨트롤할 자신이 없었다.

돌아오자마자 버번 병을 꺼내 스트레이트로 마시기 시작했다. 심장고동은 여전히 크게 흐트러져 있었다. 불길한 예감 때문일까? 그렇다면 아무리 마셔대도 가라앉지 않을지도 모른다.

텔레비전 화면이 머릿속에 새겨져 떠나지 않았다. 화면에 나온 가쓰라기 주리의 얼굴. 그건 대체 누구일까. 왜 다른 사람의 얼굴이 주리로 공개되는 것일까?

그러나 그 후 몇몇 뉴스 프로그램에서 본 얼굴은 모두 같은 것이었다. 만약 다른 사진을 잘못 내보낸 것이라면 바로 정정 보도가 나왔을 것이다.

결국 그 사진이 가쓰라기 주리라는 이야기다.

그러면 내가 며칠씩이나 함께 지낸 여자는 주리가 아니란 말인가? 아니라면 누구일까? 왜 주리라는 이름을 댔을까?

나는 그녀가 진짜 주리인지 아닌지 확인할 단서가 없을까 생각해보았다. 이윽고 한 가지 생각이 떠올랐다. 그것은 목소리다.

경찰의 움직임을 파악하기 위해 하코자키 교차로를 이용했다. 그때 주리를 통해 가쓰라기 가쓰토시를 컨트롤했다. 몸값을 받아낼 때도 그랬다. 주리는 가쓰라기와 이야기를 나눴다. 가쓰라기는 아무 의심도 하지 않는 것 같았다. 목소리가 비슷하다 해도 아버지가 딸의 목소리를 잘못 들을 리는 없다. 가령 놀라서 제정신이 아니었다 해도 말이다. 게다가 가쓰라기 가쓰토시는 내가 느끼기에 멀쩡했다. 몸값을 빼앗기기 직전에도 침착하게 내 지시에 대답을 했다.

그렇다면 텔레비전에 공개된 사진이 잘못된 것일까? 가쓰라기 가쓰토시가 일부러 다른 사람의 사진을 전달한 것일까? 무엇 때문에 그런 짓을……

아니다. 그건 있을 수 없는 일이다. 텔레비전을 보고 있는 것은 나뿐만이 아니다. 주리를 아는 사람들도 볼 것이다. 사진의 인물이 다른 사람이라면 그들 가운데 몇 사람인가는 바로 텔레비전 방송국에 전화를 하지 않았을까?

"주리. 주모쿠의 주, 리카의 리."

그녀가 처음 이름을 밝혔을 때가 떠올랐다. 분명히 그렇게 말했었다. 그런데 그게 거짓말이었단 말인가? 거짓말은 그때부터 이미 시작되었던 것일까?

그녀는 대체 누구였을까?

버번을 아무리 마셔도 취기가 전혀 오르지 않았다. 그저 맥박만 빨라질 뿐이었다. 불안정한 마음이 더더욱 흔들릴 뿐이었다.

나는 그녀와 함께 지낸 시간을 돌이켜보았다. 짧은 기간이지만 여러 가지 일이 있었다. 거짓 유괴라는 엄청난 게임까지 해냈던 것이다. 이제 와서 그 파트너의 정체를 알 수 없게 되다니, 이게 대체 무슨 일인가.

이해할 수 없는 것은 그뿐만이 아니었다. 진짜 가쓰라기 주리가 행방불명된 것은 어쩌면 내가 가짜 주리와 만났던 그날 밤일지도 모른다. 진짜 주리는 어디로 사라진 것일까? 그날 밤에 가짜 주리가 가출한 것은 우연일까, 필연일까.

머릿속은 혼란스럽기만 했다. 앞뒤가 맞는 답이 하나도 떠오르지 않았다.

얼마나 술을 마셨는지 나 자신도 알 수가 없다. 정신이 들었을 때, 나는 소파에 누워 있었다. 방 불은 환하게 켜져 있고, 빈 버번 병이 바닥을 뒹굴었다. 커튼 너머에서 햇살이 비치고 있다. 벽에 걸린 시계를 보았다. 평소 눈을 뜨는 시각과 10분쯤밖에 차이가 나지 않았다. 이런 상황에도 몸에 밴 습관이라는 것은 어긋나지 않는 모양이다.

느릿느릿 몸을 일으켰다. 머리가 지독하게 아프다. 목도 바싹 말라 있다. 주방에 가서 냉장고에서 에비앙을 꺼내 페트병째로 꿀꺽꿀꺽 마셨다. 가벼운 현기증이 일어 냉장고에 몸을 기댔다.

전자레인지 위에 얹어놓은 큰 냄비가 눈에 들어왔다. 그것으로 주리가 스튜를 끓이던 일이 떠올랐다. 그녀에게 들었던 이런저런 이야기가 머릿속을 스쳐 지나간다. 그 이야기의 어디부터 어디까지가 사실이고 어느 부분이 거짓말이었을까? 혹시 전부 거짓이었을까? 지금의 나로서는 그것을 판단할 수가 없었다.

소파로 돌아와 텔레비전의 스위치를 켰다. 이른 아침에는 어느 방송국이나 같은 뉴스를 몇 번이고 반복해서 내보낸다. 멍하니 보고 있는데 이번 사건에 대해서도 나왔다. '닛세이자동차 부사장의 딸 실종'이란 글자 뒤에 물음표가 붙어 있다. '가출인가?'라는 글자도 보인다.

그리고 내가 만난 적도 없는 여자의 사진이 다시 클로즈업 되었다. 행방불명된 가쓰라기 주리 씨라는 설명과 함께. 뉴스 진행자의 이야기에 새로운 내용은 전혀 없었다. 가쓰라기가의 사람들에게서 어떤 이야기도 듣지 못한 모양이다. 상대가 텔레비전 방송국 입장에서는 초대형 스폰서인 만큼 어프로치에도 신경을 쓸지도 모른다. 상세한 정보를 입수할 수 없어 초조해하는 느낌이 전해져왔다.

유괴 사건이라는 사실은 매스컴에도 숨겼을지 모른다. 그 이유는 물론 이해가 간다. 경찰 입장에서는 몸값을 고스란히 빼앗긴 실수가 보도되기를 원치 않을 것이다. 그렇지만 공개 수사를 위해서는 매스컴의 힘이 필요하다. 그래서 단순히 행방불명이라는 사실만 발표한 것이다.

텔레비전을 비롯해 매스컴이 앞으로 어떤 식으로 사건에 접근해가느냐가 문제라고 나는 생각했다. 그들도 그저 이용만 당하지는 않을 것이다. 단순한 실종 사건이 아니라는 사실쯤은 어렴풋이 눈치챘을 것이다. 우선 가쓰라기 집안의 속사정을 탐색하려 할 게 틀림없다. 머지않아 가쓰라기의 여자관계도 명명백백 드러날 것이다. 주리가 지금 부인의 딸이 아니라는 사실을 캐낸다면 와이드 쇼의 기막힌 소재가 될 수도 있다. 무시할 수 없는 스폰서의 심기를 건드리지 않으면서 어디까지 보도할 수 있느냐는 방송국의 솜씨에 달린 문제다.

아니다.

그런 이야기 자체가 믿을 만한 것일까? 어쨌든 그 이야기를 한 사람 자체가 가짜다. 그렇지만 급히 둘러댄 거짓말치고는 그럴듯했다. 일그러진 혈연, 복잡한 인간관계…….

그때였다. 한 가지 가설이 내 머릿속에 떠올랐다.

19

●

불면의 밤

●

그날 오후, 나는 아카사카에 있었다. 소토보리 거리에 있는 카페다. 오후 2시를 10분쯤 지났을 때, 유구치 다이스케의 뚱뚱한 체구가 유리문 너머로 보였다. 유구치는 바로 나를 발견하고, 손을 살짝 흔들면서 들어왔다.

"기다리게 해서 미안해요."

"아냐. 갑자기 불러낸 내가 미안하지."

유구치는 이 근처에 있는 텔레비전 방송국에서 일한다. 대학 후배지만 일을 같이 해본 적도 딱 한 번 있었다.

그가 커피를 시켰고, 나도 추가로 한 잔 더 주문했다.

잠시 서로의 근황을 주고받은 뒤, 나는 본론으로 들어갔다.

"아까 전화로 부탁한 거 말인데, 좀 알아봤어?"

순간 그는 얼굴을 찌푸렸다.

"우리 쪽에서도 나름대로 조사를 하는 것 같아요. 그렇지만 가쓰라기 집안이나 경찰의 보안이 워낙 심해서 아무래도 확실한 내용은 알 수 없는 모양이에요."

"그렇지만 모든 정보를 텔레비전에 내보내지는 않을 거 아냐. 지금은 내보낼 수 없는 이야기가 몇 가지 있는 거 아닌가?"

가쓰라기 주리의 실종 사건에 관해서 뭔가 아는 것이 있다면 알려달라고 그에게 부탁해둔 상태다. 최대 고객인 닛세이자동차의 부사장 신변에 일어난 일인 만큼 남들보다 먼저 정보를 모아두고 싶다고 했더니 유구치도 전혀 의심하지 않았다.

"보도국 간부들은 뭔가 알지도 모르지만 우리 말단들에게까지 들어오진 않아요. 음, 기본적인 내용은 사쿠마 선배도 알죠?"

메모지를 꺼내면서 유구치가 말했다.

"사건의 개요는. 그렇지만 일단 지금까지 밝혀진 내용을 다시 한 번 훑어줬으면 좋겠는데."

"알았어요. 그러니까, 가쓰라기 주리가 행방불명된 것이……."

유구치는 메모를 읽어 내려갔다. 그 내용에 새로운 것은 없었지만 나는 줄곧 흥미를 보이는 척했다.

"유괴일 가능성은 어때? 있어?"

"확실하진 않지만 아마 없을 거라고 생각해요."

유구치는 약간 단정적으로 대답했다.

"무슨 소리지?"

"이건 선배니까 하는 얘긴데요."

그는 주위를 둘러본 뒤 내 쪽으로 몸을 기울였다.

"기자 클럽 친구들 얘기로는 경시청의 유괴 담당 부서에 이렇다 할 움직임은 없대요. 만약 유괴라면 가쓰라기 주리가 실종되었다는 열흘쯤 전부터 수사가 시작되었을 테니까 기자 클럽 애들이 모를 리 없죠. 지금은 분명 경시청도 움직이는 것 같지만, 예를 들어 가쓰라기 씨 집에 형사가 여럿 진을 치고 있거나 하지는 않대요."

"실종되었을 때 경시청의 유괴반이 움직이지 않았다고? 그게 정말이야?"

"그렇다고 하던데요."

내 머릿속에서 뭔가가 흔들렸다. 경시청이 움직이지 않았다? 그럴 리가 없다. 가쓰라기의 딸이 유괴된 것이니 수사망이 총동원되었다 해도 이상할 것이 없다. 경시청에 나가 있는 기자들이 눈치채지 못했을 리가 없다.

혹시 유구치의 말이 사실이라면, 생각할 수 있는 것은 하나밖에 없다. 가쓰라기 가쓰토시는 자신이 몇 번이나 주장한 대

312

로 경찰에 신고하지 않은 것이다. 신고한 것은 몸값을 지불하고 난 뒤다. 시간이 아무리 지나도 주리가 돌아오지 않자, 참을 수 없어서 신고했을 가능성이 크다.

왜 경찰에 신고하지 않았던 것일까? 신고한 사실이 범인에게 알려지면 주리가 위험하다고 생각했기 때문일까?

"정말 이상해요."

유구치는 이야기를 계속했다.

"기자들 말로는 가쓰라기 씨가 경찰에 신고한 것 자체가 며칠 되지 않은 것 같답니다. 왜 실종 직후에 신고하지 않았는지, 모두들 고개를 갸웃거려요."

"가쓰라기 씨의 설명은 없는 거로군."

유구치는 아랫입술을 내밀며 고개를 저었다.

"설명은커녕 취재를 완강히 거부하고 있어요. 보도된 내용 이상은 아무것도 밝힐 수 없다는 것이 공식 코멘트죠."

나는 신음을 흘리며 팔짱을 끼었다. 가쓰라기 가쓰토시가 유괴에 관해서는 경찰의 손을 전혀 빌리려 들지 않았던 것은 왜일까? 몸값을 건네고 딸을 되찾기만 하면 그걸로 그만이라고 생각했던 것일까? 경찰에 신고하는 것은 그다음이어도 상관없다고 생각했던 것일까?

나는 속으로 고개를 저었다. 그럴 리가 없다. 가쓰라기 가쓰토시 같은 남자가 협박에 굴복할 거라고는 생각할 수 없다.

그는 게임에 대한 자신감을 내비쳤다. 범인과의 지적 공방전을 시작도 하기 전에 포기하는 일은 있을 수 없다.

뭔가가 있다. 그리고 그 뭔가는 주리가 가짜였다는 사실과 크게 연관이 있을 것이다.

"가쓰라기 집안의 가족 구성에 관해서는 알아봤어?"

"아, 그건 별로 어렵지 않았어요. 이미 조사가 끝난 상태였으니까."

유구치는 새로운 메모지를 꺼내 내 앞에 내놓았다.

거기에는 가쓰라기 가쓰토시, 부인 후미코, 장녀 주리, 차녀 치하루 라는 이름이 적혀 있었다.

"딸이 한 명 더 있군."

메모지를 보며 별일 아닌 척하면서 물었다.

"그런 것 같아요. 지금은 사립 고등학교에 다니는 모양이에요. 고등학교 3학년이라던가?"

"고3이라……. 어느 학교지?"

"아마……."

유구치는 그 학교 이름을 댔다. 유명한 사립 여자 대학 부속 고등학교였다.

가쓰라기 치하루에 대해서만 물으면 이상할 것 같아, 주리나 가쓰라기 부인에 관해서도 질문을 했다. 그러나 유구치는 별로 자세한 내용을 알지 못했다. 오히려 내가 더 많은 것을 안다.

"큰딸이 행방불명됐으니 가쓰라기 부인이나 여동생도 속이 타겠군."

"여동생 경우는 꽤나 쇼크를 받았다는 것 같아요. 어쨌든 언니가 실종된 뒤 몸져누웠다고 하니까요."

"몸져누워? 치하루가?"

"예. 가족들 얘기를 좀 들어보려고 치하루가 다니는 고등학교까지 찾아갔던 매스컴이 있나 봐요. 그런데 이미 치하루는 건강을 이유로 결석계를 낸 상태였답니다. 열흘 전부터 쉬고 있다니 매스컴을 피하기 위한 것이라기보다 정말로 몸이 좋지 않다는 이야기겠죠."

나는 유구치의 앞에서 표정이 변하지 않으려 애를 썼다. 목이 너무 말라 유리잔에 담긴 물을 단숨에 들이켰다.

"이거 내가 가져도 될까?"

메모지에 손을·뻗었다.

"그러세요. 그나저나 사쿠마 선배 쪽도 힘들겠네요. 닛세이 자동차의 신차 캠페인을 앞두고 이런 사건이 터져서."

"찬물을 뒤집어쓴 느낌이긴 하지."

내가 프로젝트에서 제외되었다는 이야기는 하지 않았다. 이야기할 이유도 없었다.

바쁠 텐데 고맙다고 인사하고, 계산서를 집어 들고 일어섰다.

카페를 나와 택시를 잡아타고 회사 위치를 댔다. 차가 출발하자마자 조금 전에 유구치에게 받은 메모지를 꺼냈다. 그것을 들여다보는 동안 마음이 바뀌었다.

"기사 아저씨, 미안하지만 행선지를 바꾸겠습니다. 메구로 쪽으로 가주세요."

"메구로? 메구로 어디쯤입니까?"

나는 한 여자 고등학교의 이름을 댔다. 운전기사는 어딘지 아는 것 같았다.

물론 그 여자 고등학교는 가쓰라기 치하루가 다닌다는 학교였다.

●

학교가 몇 십 미터 앞에 보이는 지점에서 택시를 내렸다. 하교 시각이 지난 듯 집으로 돌아가는 학생들이 여기저기 눈에 띄었다.

작은 책방이 있어서 잡지를 들춰보는 척하며 적당한 여학생을 찾았다. 부잣집 딸들이 다니는 학교라고 알려져 있지만, 물들인 머리카락도 그렇고 인기 아티스트 흉내를 낸 화장도 그렇고 여느 여고생과 전혀 다를 바가 없었다. 아마 교칙도 느슨할 것이다.

학생들의 물결이 좀 줄어든 뒤에 여자아이 두 명이 다가왔다. 양쪽 다 갈색 머리로, 번화가를 어슬렁거리면 한 시간에 한 번쯤은 남자들이 치근덕거릴 만큼 예쁘게 생긴, 그리고 빈틈이 있어 보이는 얼굴이었다. 아마 틀림없이 스스로도 외모에는 자신감을 갖고 있을 것이다. 나는 마음을 굳히고 그 여학생들에게 다가갔다.

　"잠깐 실례."

　내가 웃는 얼굴로 말을 걸자 두 여학생은 동시에 발길을 멈추고 의아하다는 표정을 지었다.

　"이상한 사람은 아니야. 실은 이런 일을 하고 있어."

　내가 내민 명함은 유구치와는 다른 텔레비전 방송국 관계자의 것이었다. ××TV라는 타이틀은 여고생을 상대할 때 아주 좋은 무기가 된다.

　예상대로 두 학생의 표정에 호기심과 기대감이 떠올랐다.

　"실례지만 지금 몇 학년이지?"

　두 사람은 서로 얼굴을 마주 보았다. 왼쪽 여학생이 입을 열었다.

　"3학년인데요."

　짐작대로였다. 나는 속으로 웃었다.

　"지금 잠깐 시간 좀 내줄 수 있니? 두 사람에게 물어보고 싶은 게 있는데."

"네. 무슨 이야기인데요?"

역시 왼쪽 여학생이 물었다.

"3학년에 가쓰라기 치하루라는 학생이 있지? 그 학생 언니가 행방불명된 사건, 모르니?"

"아, 그거라면 알죠. 학교에서도 다들 이야기하니까."

"가쓰라기 치하루가 요즘 학교에 나오지 않는다는 이야기가 있던데, 사실이니?"

내가 묻자 오른쪽 여학생이 그 학생에게 뭔가 귓속말을 속삭였다. 두 사람의 표정은 처음과는 많이 달라져 있었다. 경계심이 한층 짙어져 있었다.

"우리들, 반이 달라서요."

왼쪽 여학생은 그러더니 명함을 돌려주었다.

"쓸데없는 소리 하고 다니지 말라는 주의도 들었고."

"아, 그럼 가쓰라기가 3학년 몇 반인지만이라도 알려줄 수 없겠니?"

그러나 그 두 사람은 손을 저으면서 내 앞을 빠른 걸음으로 지나갔다.

그 뒤에 같은 방법으로 세 명에게 말을 걸었지만 결과는 비슷했다. 가쓰라기 치하루가 3학년 2반이라는 것은 알아냈지만, 다른 것을 더 묻기 전에 도망쳐버렸다. 학교 측에서도 매스컴에서 접근해올 것을 예상하고 학생들에게 미리 못을 박

아둔 모양이었다.

이런 곳에서 수상한 행동을 하다가 학교에 알려지면 골치 아프다. 그렇지만 나로서는 어떻게 해서든 확실히 해두고 싶은 것이 있었다.

나는 메구로 역으로 장소를 옮기기로 했다. 사립학교이기 때문에 학생들 대부분 도보나 자전거로는 통학하지 않는다. 게다가 교복을 보면 어느 학교 학생인지 금방 알 수 있다.

편의점에서 바로 한 여학생이 눈에 띄었다. 키가 크고 머리가 긴 학생이었다. 잡지를 읽고 있었다. 나는 옆으로 다가가 잠깐 실례한다며 말을 걸었다. 머리가 긴 여학생은 눈썹을 찡그리며 나를 바라보았다. 노골적으로 경계심을 드러냈다. 이런 상태라면 힘들겠다고 생각했다. 그래서 잔머리를 굴리는 것은 포기하기로 했다.

"닛세이자동차 부사장 딸이 실종된 사건을 알아보고 있는데, 잠깐 뭘 좀 물어봐도 되겠니?"

작은 목소리로, 그렇지만 단도직입적으로 말했다.

머리가 긴 여학생의 표정에 변화가 보였다. 경계심이 흐려지고 오히려 관심을 보이는 눈치였다.

"그 건에 대해 뭔가 알아낸 게 있나요?"

거꾸로 물어왔다.

"아니, 아직 아무것도……. 경찰도 어지간해선 정보를 흘려주지 않고."

"그래요?"

그녀는 고개를 숙였다.

"저어, 치하루하고는……."

"같은 반이예요."

나는 고개를 크게 끄덕였다. 운이 좋다. 어쩌면 목적을 이룰
수 있을 것도 같다.

"어디 조용한 곳에서 잠깐 이야기 좀 하지 않을래? 5분이나
10분쯤이라도 괜찮은데. 아, 나는 이런 일을 하는 사람이야."

아까 그 명함을 보여주었다.

"텔레비전 방송국에서 나왔어요? 그렇지만 난 특별히 해줄
얘기가 없는데."

"그래도 괜찮아. 치하루에 관한 얘기만 해줘도 좋아."

그녀는 휴대전화를 보았다. 시간을 확인하는 모양이다. 휴
대전화 폴더를 탁 닫고는 고개를 끄덕였다.

"그럼, 30분쯤이라면."

나는 고맙다고 말했다.

편의점 옆에 패스트푸드 가게가 있어서 그리로 들어갔다.
우리는 2층 창가 자리에 앉았다. 머리가 긴 여학생은 요거트
아이스크림을, 나는 커피를 주문했다.

그 여학생의 말에 따르면, 치하루가 학교를 쉬기 시작한 것

은 역시 주리가 가출한 그날부터였던 것 같다. 몸이 안 좋다는 말뿐, 자세한 병명 같은 건 모른다고 했다.

"담임선생님은 몸이 좋지 않아 잠시 쉴 것 같다고만 했어요. 하지만 선생님도 병명은 모르는 게 아닐까요? 나중에 교무실에 물어보러 갔을 때도 잘 모른다면서 고개를 갸웃거렸고. 그건 연기가 아니었다고 생각해요."

"선생님이 가쓰라기 씨 집에 물어보진 않았을까?"

"물어봤을지도 모르지만 알려주지 않은 게 아닐까요? 뭐 실제로 언니가 사라져서 쇼크로 몸져누워 있었던 거잖아요. 그런 이야기, 부모 입장에서도 하기 어렵지 않겠어요? 그 시점에서는 언니가 실종된 걸 숨기고 싶었을 테니까."

요거트 아이스크림을 스푼으로 깎아내듯이 떠먹으며 그녀가 말했다. 핑크빛 혀가 입술 사이로 얼핏얼핏 보였다.

"넌 치하루하고 친하니?"

"꽤 친한 편이라고 생각해요. 몇 번 집에 놀러 간 적도 있고요."

"그럼 주리를 만난 적도 있어?"

"없어요. 사실 치하루에게 언니가 있다는 것도 이번에 처음 알았는걸요. 그 애는 그런 이야기 한마디도 하지 않았어요. 다른 친구들에게 물어봐도 역시 마찬가지고. 이상하다고 생각하지 않아요? 그래서 언니가 행방불명되었다는 이야기를 들어도 왠지 느낌이 오지 않아요. 하지만 그 때문에 몸져누울 지경으로 쇼크를 먹었다니 치하루에겐 소중한 언니였나 보죠."

그 말에 대해서는 코멘트하지 않았다. 나 나름의 해석이 있지만 그것을 이 여학생에게 이야기해줄 필요는 없다고 생각했다.

"치하루가 학교를 쉬기 시작한 뒤로 지금까지, 그 친구를 만난 적은 있니?"

"없어요. 전화해서 병문안을 가고 싶다고 한 적은 있지만 치하루 어머니가 거절했어요."

"거절했다고? 뭐라면서?"

"치하루는 집에 없다고, 멀리 요양소 같은 데 가 있다고 했어요. 그래서 집에 와도 만날 수 없다고."

"요양소라……. 그 요양소가 어디 있는지는 물어봤니?"

그녀는 스푼을 입에 문 채로 고개를 저었다.

"묻지 않았어요. 왠지 별로 병문안 오는 걸 내켜하지 않는 것 같아서 나도 김샜고요."

나는 고개를 끄덕였다. 그녀의 기분은 이해할 수 있었다.

"혹시 치하루 사진 갖고 있니?"

"치하루 사진요? 지금은 없지만 집에 가면 있을 거예요."

"집이 어딘데? 데려다줄 테니까 사진 좀 보여주지 않을래?"

그녀는 의심스럽다는 듯 눈썹을 찌푸렸다.

"그런 거 막 보여줘도 괜찮은가?"

"그냥 한번 보기만 하면 돼. 빌려달라는 소리 같은 거 안 하고, 그 자리에서 바로 돌려줄게."

"그럼 왜 보고 싶은 거죠? 치하루는 언니 실종 사건하고는 아무 관계도 없잖아요."

예리하게 찔러왔다. 그녀는 내게 마음을 열고 있지는 않은 것이다.

"난 조만간 치하루하고도 만날 생각이다. 그전에 얼굴을 확인해두는 편이 좋잖아. 얼굴을 모르면 찾아낼 수도 없고."

그다지 설득력 있는 대답이라고는 생각하지 않았지만, 그 여학생은 납득한 모양이었다. 고개를 끄덕이더니 잠깐 기다리라고 하고는 휴대전화를 꺼냈다.

"뭐 하는 거니?"

"좀 기다려요."

그녀는 휴대전화의 버튼을 누르기 시작했다. 나는 그동안 맛없는 커피를 마셨다.

문자 메시지를 보낸 뒤 그녀는 고개를 들어 나를 봤다.

"치하루의 언니가 유괴되었다는 게 정말인가요?"

나는 숨이 막혔다.

"누가 그런 소리를 하지?"

"다들 뒤에서 수군거리는걸요. 사실은 유괴된 거라고."

"소문의 출처가 어딜까?"

"몰라요. 이상하게 그런 이야기가 퍼져 있어요. 저, 그게 정말인가요?"

"경찰에선 그런 발표 없었어. 적어도 우리 귀에는 들어오지 않았지."

"혹시 그거 아닌가요? 무슨 협정."

"아, 보도협정 말이구나. 아닐 거라고 생각하지만, 더 높은 사람들은 뭔가 알지도 모르지."

"만약 유괴라고 해도 열흘 넘게 돌아오지 않았다면……."

거기까지 이야기하고 그녀는 고개를 숙였다.

"그만둘래요. 공연한 소리 해서 실제로 그렇게 되면 무서우니까."

그녀가 무슨 말을 하려고 했는지 나는 바로 알 수 있었다. 분명 실제로 일어나지 않기를 바라는 사태다.

그녀의 휴대전화가 울렸다.

"아, 금방 왔네."

"뭐야?"

"치하루 사진요. 보내달라고 좀 전에 친구에게 문자를 보냈거든요. 그 친구는 스캐너가 있으니까, 그걸로 치하루 사진을 스캔해서 보내준 거죠."

"그렇구나."

솔직히 놀랐다. 여고생들은 어설픈 비즈니스맨보다 기기를 훨씬 잘 다룬다.

"자, 이제 보이죠?"

그녀는 내 쪽으로 휴대전화를 내보였다. 몇 센티미터밖에 되지 않는 작은 액정 화면에 한 여학생의 웃는 얼굴이 떠 있었다.

예상하기는 했지만, 그래도 역시 내가 받은 충격은 적지 않았다. 마음속에 내 가설을 부정하고 싶은 생각이 있었다. 그렇지만 그 화면은 모든 것을 말해주었다.

거기 떠 있는 것은 주리의 얼굴이었다. 바로 며칠 전까지 나와 함께 있었고, 나와 함께 게임에 참가한 여자다.

●

회사에 돌아와서도 일이 손에 잡히지 않았다. 일이 될 리가 없다. 어지러운 머릿속을 정리하기도 벅찼다.

내 추리가 맞았다. 내 앞에 나타났던 것은 가쓰라기 주리가 아니라 동생인 치하루였다. 치하루가 가출했던 것이다.

이해가 되지 않는 것은 거기부터다. 왜 그녀는 자신이 주리라고 거짓말을 했을까? 단순한 변덕일까? 혹시 그렇다고 해도 유괴 게임을 시작하기 전에 사실을 이야기했어야 하지 않을까?

가쓰라기 가쓰토시를 비롯해 그 집안사람들이 보인 태도에도 이해할 수 없는 점이 너무 많다. 그들은 처음 협박장을 받은 그때, 유괴된 것이 주리가 아니라 치하루라는 사실을 알았을 것이다. 그런데도 왜 잘못을 지적하려 하지 않았을까? 범인이 언니인지 동생인지 모른다 해도 딸이 유괴된 것은 마찬가지니까, 굳이 지적할 필요는 없다고 생각한 것일까? 섣불리 범인을 자극하지 않는 편이 좋다고 판단한 것일까?

적어도 이것 한 가지만은 확실하다. 가짜 주리, 즉 가쓰라기 치하루는 집으로 돌아갔다. 행방불명이 아니다. 대외적으로는 어딘가 요양소에 있는 것으로 되어 있는 모양이니, 어쩌면 다른 장소에 가 있을지도 모르지만 적어도 가쓰라기 집안의 보호 아래 있다.

소식을 끊고 종적을 감춘 것은 진짜 주리다. 그리고 그 주리와 나는 만난 적도 없다.

가쓰라기 주리는 어디로 사라진 것일까?

머리가 긴 여학생이 했던 불길한 이야기가 머릿속에 되살아났다. 나는 고개를 저었다. 가령 무슨 일이 있다 해도 나하고는 관계없는 일이다. 나와 관계있는 것은 치하루 쪽이다.

그러고 나서 다시 열흘이 지났다. 마음이 편해지지는 않았다. 신문이나 뉴스만 놓고 보면, 가쓰라기 주리 실종 사건은 전혀 진전이 없었다. 이대로 아무 일 없이 지나가줬으면 하는 것이 솔직한 마음이었다. 할 수만 있다면 가쓰라기 저택에 쳐들어가 치하루를 만나게 해달라고 고함이라도 지르고 싶었다. 가쓰라기 가쓰토시의 멱살을 잡고 대체 무슨 꿍꿍이냐고 따져 묻고 싶었다.

잠 못 이루는 밤이 이어졌다. 그날 아침에도 나는 이불 속에서 고민했다. 일어나야 할 시각이지만 머리가 너무 무거웠다. 회사를 쉴 핑계를 생각하기도 했다.

그러나 사정없이 울려대는 전화벨이 그런 나를 일으켜 세웠다. 간신히 침대에서 나와 수화기를 들었다.

"예, 여보세요."

"사쿠만가? 날세, 고쓰카."

"아아, 무슨 일이십니까?"

"잠이 덜 깬 걸 보니 아직 텔레비전을 보지 못했군. 켜보게. 상황이 파악되면 전화 주고."

그 말만 하고 전화를 끊었다.

나는 머리를 긁적이면서 텔레비전을 켰다. 아침 뉴스 프로그램에서 남자 진행자가 뭐라고 지껄이고 있다. 주리라는 이름이 들린 순간 내 눈이 휘둥그레졌다. 볼륨을 크게 했다.

"오늘 새벽 요코스카 시에서 젊은 여자의 것으로 보이는 시체가 발견되었습니다. 여자의 신원은 지문 등으로 미루어 닛세이자동차 부사장 가쓰라기 가쓰토시 씨의 장녀, 주리 씨가 아닐까 추정합니다. 주리 씨는 20일쯤 전에 행방불명되어……"

20

●

악몽

●

가쓰라기 주리의 빈소는 가쓰라기 저택에서 차로 15분 정도 떨어진 곳에 있는 사원에 마련되었다. 우리 사이버플랜 직원들도 일손을 거들거나 분향하기 위해 동원되었다. 나도 그 가운데 한 명이었다. 물론 접수나 VIP 접대 같은 중요한 일은 닛세이자동차 직원들이 맡았다. 우리는 그저 길모퉁이에서 길 안내 같은 일만 했다.

닛세이자동차 부사장의 딸 장례식이라 사원 경내는 조문객으로 넘쳐났다. 분향하는 줄을 다섯 줄로 해도 사람들이 길까지 밀려나는 판국이었다. 문상객이 이 만큼인데 내일 있을 장례식은 어떨까. 일손을 거들러온 사람들은 그렇게 수군거렸다.

조문객이 한바탕 몰려왔다 빠져나간 뒤에야 우리는 빈방에서 쉴 수 있었다. 스시와 맥주가 준비되어 있지만, 이런 곳에서 우걱우걱 먹어댈 수도 없었다. 맥주는 한 잔씩 마셔두라고 고쓰카가 직원들에게 말했다.

"가쓰라기 씨, 역시 충격이 컸나 봐."

스기모토가 소리 죽여 말했다.

"분향할 때 잠깐 봤는데, 그렇게 낙담한 가쓰라기 씨 모습은 처음이야. 늘 자신감이 넘쳐 당당해 보였는데 말이야."

"그야 당연하지. 딸이 죽었으니까."

동료가 대답했다.

"게다가 평범하게 죽은 것도 아니고."

"각오는 했을 테지만, 역시 현실로 나타나니 쇼크겠지."

"그건 그래. 솔직히 나도 이미 죽은 게 아닐까 생각은 했지만, 실제로 뉴스를 봤을 땐 깜짝 놀랐는걸."

"범인은 어떤 놈일까? 닛세이자동차 부사장의 딸이라는 걸 알고 죽인 걸까?"

"글쎄, 자세한 이야기는 전혀 들리지 않는걸."

스기모토는 주위를 둘러보더니, 손으로 입가를 가리고 말했다.

"살해당한 주리 씨 말이야. 가쓰라기 씨의 지금 부인이 낳은 자식은 아닌 모양이야."

"앗, 그 얘기 나도 들었어."

"게다가 전 부인의 자식도 아닌 듯하고."

"응? 그럼 누구 자식이야?"

"애인이 낳은 딸이래. 그 애를 데려다 키운 모양이야."

"아니, 그 가쓰라기 씨가 말이야?"

"그런 눈으로 봐서 그런지, 부인 쪽은 가쓰라기 씨에 비해 괜찮은 것 같더라고. 골치 아픈 애가 죽어줘서 되려 안도하고 있으려나?"

스기모토의 말을 듣던 동료가 킥 웃었다. 그 모습을 고쓰카가 힐끔 쳐다보았다.

"쓸데없는 소리 하지 마. 우리 식구들만 있는 게 아니니까."

질책을 받고 스기모토와 직원들은 목을 움츠렸다.

그들이 주리의 출생 비밀을 다소나마 알고 있다는 사실에 나는 조금 놀랐다. 그것은 가쓰라기 집안의 일급비밀이라고 생각했기 때문이다. 텔레비전 와이드 쇼 같은 데서도 그 문제에 관해서는 전혀 언급이 없었을 것이다. 그러나 스기모토와 다른 직원들이 안다는 것은 어디선가 정보가 샌다는 이야기다. 사태가 살인 사건으로까지 번지고 보니, 천하의 가쓰라기 가쓰토시도 완벽하게 막아낼 수는 없는 모양이다.

그보다도 나는 스기모토의 마지막 말이 마음에 걸렸다. 분명히 주리의 죽음은 가쓰라기 집안의 복잡한 인간관계를 정리하는 결과를 낳았을 것이다. 물론 가쓰라기 집안 사람들이 그것을 어떻게 받아들이는지는 알 수 없지만.

가짜 주리, 가쓰라기 치하루의 모습은 빈소에도 보이지 않았다. 우리에게야 그럴 필요 없지만, 친척이나 지인들에게는 쇼크 때문에 몸이 좋지 않다는 식으로 이야기할 것이다. 학교까지 쉴 지경이니 설득력이 없지는 않을 것이다.

그러나 나는 치하루가 모습을 보이지 않는 이유는 다른 데 있다고 생각했다. 내 앞에 나타나고 싶지 않은 것이다. 내가 무언가 말을 걸까봐 두려워하고 있다.

가쓰라기 가쓰토시는, 아니 가쓰라기 집안은 뭔가를 숨기고 있다. 그리고 뭔가를 꾸미고 있다. 그것은 의심의 여지가 없었다.

가쓰라기 주리의 시체는 미우라 반도의 한 언덕에서 발견되었다. 땅속에 묻혀 있는 것을 인근 주민이 발견한 것이다. 부패가 이미 진행되었지만 지문의 일부, 치열 등으로 미루어 실종된 주리가 틀림없다고 판명되었다.

심장 부분에 예리한 칼 같은 것으로 찔린 상처가 있고, 거기서 많은 출혈이 있었던 것으로 보인다는 점에 근거해 타살로 추정되었다. 옷의 일부가 벗겨져 있었고, 소지품도 발견되지 않았다고 했다.

시체가 발견되었다는 장소가 마음에 걸려 견딜 수가 없었다. 바로 그곳이 아닌가. 주리, 아니 치하루가 데려다달라고 해서 갔던, 별이 잘 보이는 언덕이다. 뉴스에서는 상세한 위치를 밝히지 않았지만, 그곳이 틀림없다는 생각이 들었다.

만약 그렇다면, 왜 그런 곳에서 주리의 시체가 발견된 것일까? 왜 치하루는 그곳으로 나를 데려가고 싶어 했던 것일까?

남은 맥주를 마저 마시려는 순간, 인기척이 느껴져 나는 옆을 돌아보았다. 입구에 가쓰라기 가쓰토시가 서 있었다. 그는 나를 뚫어지게 보고 있었다.

내가 쳐다보자 그는 눈길을 피했다. 그리고 방 안으로 들어왔다. 그제야 방 안에 있던 사람들은 그가 들어왔다는 것을 알아채고 자세를 고쳐 앉았다.

"아아, 그대로 쉬세요. 편하게 계세요. 편하게."

손으로 말리는 시늉을 하면서 가쓰라기 가쓰토시는 실내를 둘러보았다. 그리고 고개를 숙였다.

"이번에는 딸자식 일로, 여러모로 감사합니다. 일이 바쁘실 텐데 큰 폐를 끼쳐 면목이 없습니다. 경찰에서는 범인 체포에 최선을 다하겠다고 약속했습니다. 저도 그날이 멀지 않다고 믿습니다. 다만 딸자식 일은 딸자식 일로, 어디까지나 가쓰라기 집안의 사적인 문제입니다. 이번 일로 닛세이자동차나 거기 관계된 업무에 지장을 초래하는 일은 절대로 없을 것입니다. 여러분도 부디 신경쓰지 마시고 예정대로 이런저런 계획을 추진해주셨으면 합니다. 저도 한시바삐 업무에 복귀할 생각입니다. 오늘은 정말 감사했습니다."

가쓰라기 가쓰토시는 다시 한 번 고개를 깊이 숙였다.

나는 다른 사람들과 마찬가지로 몇 차례 고개를 숙이면서, 조금 전 가쓰라기의 시선을 떠올렸다. 그는 내 쪽을 보고 있었다. 아니, 틀림없이 나를 바라보았다.

●

그날 밤, 인터넷에 접속하여 속보 기사의 제목을 훑다가 나도 모르게 숨을 삼켰다.

'가쓰라기 주리 씨, 역시 유괴되었다'라는 기사가 눈에 띄었다. 나는 손끝을 떨며 더블클릭했다.

어제 시체로 발견된 닛세이자동차 부사장 가쓰라기 가쓰토시 씨의 장녀 주리 씨가 실은 유괴되었던 것으로 경찰 관계자에 의해 확인되었다. 유괴범과의 접촉은 주리 씨가 실종된 직후에 있었지만, 가쓰라기 씨는 딸의 신변 안전을 위해 경찰에 신고하지 않았다고 한다. 몸값은 이미 지불되었고, 경찰의 수사도 시작되었지만, 주리 씨에게 위해가 미칠까 우려해 지금까지 발표를 미루고 있었다고……

컴퓨터 모니터 앞에서 나는 한동안 넋이 나가 있었다. 역시 가쓰라기 가쓰토시는 경찰에 신고하지 않았었다. 몸값을 받아내는 그 치밀했던 작전에서, 내가 경찰을 염두에 두고 장치해둔 트릭들은 모두 헛일이었다는 이야기가 된다.

왜 가쓰라기는 경찰에 알리지 않았을까? 딸의 안전을 위해 그랬다는 식의 이야기는 신빙성이 없다. 주리와 치하루가 뒤바뀐 것, 주리가 살해된 것, 이 모두가 어딘가에서 얽혀 있을 것이다.

빈소가 마련된 사원에서 가쓰라기가 나를 바라보던 눈길, 지금도 그 눈길이 선했다. 그 남자는 내가 유괴범이라는 것을 안다. 당연하다. 틀림없이 치하루에게 모든 이야기를 전해 들었을 테니까. 대체 그의 속셈은 무엇일까?

다음 날, 유괴 관련 소식이 더욱 자세하게 보도되었다. CPT 오너즈 클럽 사이트의 게시판을 통한 접촉, 수도고속도로를 이용해 몸값을 받아낸 일 등, 내가 한 일 대부분이 공개되기 시작했다. 나에게 이용당했던 닛세이자동차판매 무코지마 지점 지점장은 여기저기 텔레비전 프로그램에서 인터뷰를 했다. 가쓰라기 주리 유괴 살인 사건은 이제 세간의 가장 큰 화제로 떠올라 있었다.

"기가 막히게 해치웠군."

스포츠 신문을 읽던 동료가 지면을 손등으로 툭 쳤다.

"3억 엔이라니. 요즘 세상에도 3억 엔이면 역시 큰돈이지. 그걸 찍찍 휴대전화 몇 번 건 것만으로 받아 챙기다니. 이 범인, 머리 하나는 어지간히 좋군."

"아니, 운이 좋았던 거지."

내 옆자리에 앉은 남자 직원이 대꾸했다.

"만약 정말로 경찰이 움직였다면 그리 쉽지는 않았을지도 몰라. 경찰도 사전에 신고가 있었다면 상황은 달라졌을 거라고 그러잖아."

"경찰이야 당연히 그렇게 얘기하지. 이런 식이라면 자기들이 감시하고 있었다 해도 돈은 빼앗겼을 거라고 이야기할 리는 없잖아. 하지만 경찰은 은근히 사전에 신고가 없어서 다행이라고 생각하는 거 아닐까? 만약에 신고가 있었고, 두 눈 크게 뜨고 지켜보는 가운데 고스란히 몸값을 빼앗겼어봐. 체면이 말이 아니잖아. 그런 면에서 모두 끝나고 나서 신고가 들어왔으니, 범인이 아무리 기막힌 수법을 사용했다 해도 경찰 입장에서야 창피할 일이 하나도 없는 거지. 게다가 인질까지 살해됐으니 이제 아무것도 신경 쓰지 않고 수사를 할 수 있게 됐잖아."

"어이, 어이, 누가 들으면 어쩌려고."

두 사람은 얼굴을 마주보고 히죽거렸다.

나는 가까이 있는 수화기를 들었다. 휴대전화에 등록되어 있는 번호 하나를 보면서 버튼을 눌렀다. 상대의 직장 직통 전화로 연결되었다. 사회부입니다, 하는 귀에 익은 목소리가 들려왔다.

"여보세요? 사쿠마라고 합니다만."

"아아, 사쿠마 선배. 저예요, 유구치. 지난번엔 고마웠어요."

"전에 얘기했던 건 말인데, 그 뒤로 뭐 더 알아낸 거 없어?"

"가쓰라기 주리 건 말이군요."

유구치는 목소리 톤을 떨어뜨렸다.

"일이 커져버렸네요. 시체가 발견된 건, 사쿠마 선배랑 내가 만난 직후가 아니었던가? 뭐 살해됐을 거라고 어느 정도는 예상하긴 했지만 말이에요. 우리 쪽 그 사건 담당자는 요즘 밤샘까지 하면서 움직이고 있어요."

"성과가 있어?"

"글쎄요. 어쨌든 가쓰라기 집안의 보안이 하도 철저해서 보도되는 내용 이상은 파악하기가 쉽지 않은 모양이에요. 나중에 좀 물어볼게요."

"부탁해. 그리고 갑자기 미안한데 오늘 밤에 만날 수 있을까?"

"예? 일이 꽤 급한 모양이군요."

"조만간 가쓰라기 씨와 만나기로 되어 있어서. 그때까지 가능한 한 많은 정보가 필요해."

"알았어요. 어떻게 해보죠. 지난번 그 카페 괜찮아요? 7시쯤이면 빠져나갈 수 있을 것 같은데."

"알았어. 7시."

수화기를 내려놓은 뒤, 지금 한 통화가 나를 위험에 빠뜨리지는 않을지 되짚어보았다. 쓸데없는 소리를 하지는 않았나? 부자연스러운 느낌을 주지는 않았을까? 그러나 나는 살며시 고개를 저었다. 이제 와서 그런 것에 신경 써봐야 소용없다.

7시까지 무얼 하며 시간을 때울까 생각했다. 일이 손에 잡힐 리는 없었다.

카페에 도착하니, 이미 유구치는 창가 자리에 앉아 기다리고 있었다. 나를 보고 손을 슬쩍 들었다.

"바쁠 텐데 미안해."

"아뇨, 사쿠마 선배야말로 힘들겠네요."

아이스커피를 주문하고 나는 몸을 앞으로 디밀었다.

"저, 그 건 말인데."

"알았어요. 현시점에서 우리가 파악하고 있는 걸 가능한 한 물어보고 왔어요. 다만 지금부터 하는 얘기는 오프더레코드로 해주세요. 우리도 닛세이자동차나 경찰에 미운털 박히고 싶진 않으니까."

"알았어. 내가 내 입장이 난처해질 일을 할 리 없잖아."

"뭐, 물론 사쿠마 선배는 믿지만."

유구치는 작은 노트를 꺼냈다.

"단도직입적으로 말하면, 경찰은 아직 이렇다 할 용의자를 찾지 못했어요. 주리 씨의 인간관계부터 짚어가는 모양인데, 그럴듯한 인물은 떠오르지 않는다는 것 같아요."

"경찰에서는 면식범 소행으로 생각하는 건가?"

"유괴당한 것이 어린애가 아니라 성인 여자니까요. 모르는 사람을 어슬렁어슬렁 따라나섰다고는 생각하기 힘들겠죠. 강제로 납치되었을 가능성도 있지만, 그래도 범인이 사전에 타깃을 정했다는 얘기니까. 어쨌든 주리 씨나 가쓰라기 집안과 뭔가 연관이 있는 사람의 짓으로 보는 것 같아요."

"그렇지만 천하의 가쓰라기 집안이야. 몸값을 노리고, 부잣집 딸이라면 누구든 상관없다는 놈들이 했을지도 모르는 거 아닌가?"

"물론 그럴 수도 있지만, 가능성이 낮다고 생각하는 모양이에요."

"어째서?"

"그거야 당연히······."

유구치는 주위를 둘러보고 목소리를 더욱 낮췄다.

"인질을 죽였으니까 그렇죠. 가쓰라기 집안과 전혀 무관한 사람이라면, 주리 씨에게 얼굴을 보이지만 않았다면 몸값을 빼앗은 뒤 그대로 돌려보냈을 겁니다. 그런데 그렇게 하지 않았어요. 범인은 처음부터 주리 씨를 무사히 돌려보낼 생각이 없었던 거죠."

그가 하는 말의 의미는 나도 안다. 주리의 시체는 죽은 지 최소한 이주일은 지난 상태였다고 한다. 그것은 결국 실종된 후 얼마 지나지 않아 죽었다는 의미다.

"범행 수법이 잔인한 걸로 보아, 단순히 금품만 노린 것은 아니고, 뭔가 원한을 품었을 가능성이 크다고 수사진은 보는 모양이에요."

"원한이라……."

복잡한 심정이었다. 분명히 나는 가쓰라기 가쓰토시에게 원한을 품었다. 그것을 풀려고 이번 게임을 생각해낸 것도 사실이다. 그러나 그것은 우연히 치하루라는 카드가 내 손에 들어왔기 때문에 생각해낼 수 있었던 계획이다. 그리고 나는 주리를 죽이지 않았다. 아니, 아예 만나본 적도 없다.

"경찰은 뭔가 실마리를 잡았나?"

"단서는 몇 가지 있는 모양이에요. 몸값을 넘길 때 가쓰라기 씨가 범인과 몇 번인가 전화 통화를 했다는데 그 녹음테이프도 있다고 하고."

"테이프? 녹음했대?"

"그런 모양이에요. 경찰에 신고하지 않았을 때지만 주리 씨가 무사히 돌아오면 바로 신고할 작정으로 수사에 도움이 될 만한 증거들을 가능한 한 직접 모아두었다는 이야기죠."

그 남자라면 그쯤은 할 것이다. 아니, 경찰에 신고하지 않았다는 자체가 이해할 수 없는 일이다.

"그 밖에 어떤 증거가 있을까?"

"그 문제에 관해서는 경찰도 다 공개할 수는 없을 테지만……. 아, 그래, 맞다."

유구치는 노트를 보고 입가를 한쪽 손으로 가렸다.

"주리 씨 말인데요. 그쪽도 무사하지 못했던 것 같아요."

"그쪽이라니?"

"살해당했으니 이런 거 신경 써봐야 소용이 없겠지만, 순결 문제 말이에요."

"아아……."

깜짝 놀라 말이 나오지 않았다.

"역시 이 사실은 보도를 미루는 상황이에요. 그렇지만 경찰에게는 유력한 증거가 남아 있는 거죠. 우선 남자의 음모 그리고……."

유구치는 목소리를 더욱 낮췄다.

"남자의 정액이에요. 남아 있었대요. 뭐 물론 발견했을 때는 이미 말라 있었겠지만."

맥박이 빨라지는 것이 느껴졌다. 간신히 낭패한 표정을 드러내지 않을 수 있었다.

"다른 증거는?"

목소리가 떨렸다.

"뭔가 또 있는 것 같은데, 발표하지는 않고 있어요. 알게 되면 연락할게요."

"미안하군. 그렇게 좀 해줘."

아이스커피를 단숨에 마시고 나는 호흡을 가다듬었다.

"왜 요코스카일까?"

"네?"

"시체가 요코스카에서 발견된 이유 말이야. 범인은 왜 그런 곳에 묻었을까? 경찰은 그 문제에 대해서는 뭔가 얘기 없었어? 예를 들면 범인의 아지트가 요코스카에 있다고 추측하고 있다거나."

"거기에 대해서는 아무 얘기도 듣지 못했는데요. 아, 경찰이 요코스카에서 대대적인 탐문수사를 벌이고 있다는 소문은 들었어요."

"탐문?"

"뭐 아주 단순해요. 말하자면 가쓰라기 주리 씨의 사진을 들고 다니며 본 사람이 있는지 어떤지 조사하는 거죠. 경찰로서는 범인이 시체를 묻기 위해 요코스카에 간 것이 아니라, 살해 현장 자체가 요코스카라고 보는 거예요. 그러니 살아 있는 주리 씨를 본 사람이 어딘가 있을 거라고 예상하는 거겠죠."

"어째서 그렇게 생각하는 거지?"

"글쎄, 그건 모르겠어요."

그와 헤어진 뒤 바로 집으로 돌아와 간신히 저녁식사를 해결하고 컴퓨터 앞에 앉았다. 그러나 컴퓨터를 켠 뒤에도 나는 한동안 움직이지 않았다.

지금까지 뿔뿔이 흩어져 있던 지그소 퍼즐 조각이 내 머릿속에서 서서히 자리를 잡아가고 있다. 아직 불완전한 부분도 많지만 대략적인 윤곽은 볼 수 있었다. 관자놀이에서 땀이 흘렀다. 식은땀이었다. 푹푹 찌는 날이다. 그런데도 온몸에 소름이 돋아 있었다.

퍼즐이 완성된 모습을 상상하며 말할 수 없는 초조함에 휩싸였다. 설마 그럴 리는 없다며 일단 퍼즐을 허물고, 어떻게든 다른 모양으로 짜맞춰보려고 했지만 몇 번을 다시 해도 완성된 그림은 같았다. 내 추리에 잘못이 없다는 전제가 따라붙겠지만.

한숨을 내쉬며 천천히 키보드를 두드리기 시작했다. 추리가 틀렸기를 간절히 빌었다. 그러나 기도만 해봐야 소용없다. 지금, 내가 할 수 있는 일을 해야 한다.

문득 생각난 것이 있어 자리에서 일어났다. 침실로 가 옷걸이에 걸려 있는 윗옷 쪽으로 다가갔다. 그 안주머니에 손을 집어넣어 안에 들어 있는 것을 꺼냈다. 어쩌면 내 생명선이 되어줄지도 모른다.

다시 컴퓨터 앞으로 돌아와 작업을 계속했다.

이 작업의 마무리는 메일을 보내는 것이다. 나는 잠시 생각하고 나서 다음과 같은 문장을 입력했다.

가쓰라기 가쓰토시 귀하

중요한 용건이 있다. 급히 연락 바란다. 그 내용에 관해서는 그쪽도 알 것이다. 연락 방법은 아무래도 상관없다. 이쪽의 정체는 이미알 테니 굳이 이름을 밝힐 필요도 없겠지. 직접 전화를 해도 전혀상관없다. 다만 수사 당국에서 눈치채는 일은 없도록. 그럴 경우 양쪽 모두 치명적인 타격을 입게 된다는 건 당신도 알 것이다.

이쪽은 현재의 복잡한 상황을 거래를 통해 원만하게 해결하길바란다. 만약 이틀 안으로 연락이 없을 경우엔 내가 직접 찾아가겠다.

가쓰라기 치하루를 데리고 있었던 사람으로부터

별로 좋은 문장이라고 할 수는 없지만 단어나 표현에 신경쓸 여유는 없었다. 나는 몇 번 반복해 읽어본 뒤, 지금까지 몇차례 보낸 적이 있는 주소로 발송했다. 심장 고동은 여전히빨랐다.

다음 날은 아침부터 마음이 진정되지 않았다. 언제 어느 때

전화가 걸려올지 몰라 화장실에 갈 때도 무선전화기를 손에서 놓지 않았다. 회사에 출근해서도 휴대전화 소리에 신경을 쓰고, 사내 전화로 걸려올 것도 고려해 가능한 한 자리를 비우지 않으려 했다. 메일도 자주 체크했다. 그 CPT 오너즈 클럽 사이트도 들여다보았다.

그러나 가쓰라기 가쓰토시에게서 연락은 없었다. 어쩌면 가쓰라기가 이쪽의 정체를 모르는 게 아닐까 하는 생각까지 들었다. 하지만 아무리 생각해도 그럴 리는 없었다.

개운치 않은 기분으로 맨션에 돌아왔다. 문득 그런 메일을 보낸 것은 잘못이 아니었을까 하는 생각이 들었다.

문을 열고 안으로 들어갔다. 소파에 몸을 던지고 싶은 기분이었지만, 그 전에 우선 전화기의 부재중 메시지부터 체크했다. 그러나 메시지는 없었다. 크게 한숨을 내쉬고 소파에 앉았다. 그리고 텔레비전 스위치를 켜려는 순간이었다.

침실 문이 열리고, 주리가 나왔다.

21

●

히든카드

●

주리, 하고 중얼거리고 나서 나는 고개를 저었다.

"치하루라고 불러야겠지? 오랜만에 만나니 반갑군."

"텔레비전 꺼."

그녀는 일인용 소파에 앉았다.

나는 리모컨을 들어 텔레비전을 껐다. 조용한 방 안에 잠시 침묵이 이어졌다. 숨쉬기가 힘들어졌다. 주리, 아니 치하루의 표정도 굳어 있었다. 그녀는 나를 정면으로 보려고 하지 않았다.

"아빠한테 메일 보냈지?"

"그 답장을 여태 기다리고 있었어. 그렇지만 설마 네가 올 줄은 몰랐는걸."

그렇게 말하고 나서 나는 우선 궁금한 것부터 물었다.

"여기는 어떻게 들어왔지?"

그녀는 작은 백에서 열쇠를 꺼냈다. 집 열쇠 같았다.

"복사 키는 만들 수 없다고 선전했었는데."

"복사 키가 아니야. 당신이 빌려준 스페어 키."

나는 팔을 뻗어 책상 서랍을 열었다. 그리고 스페어 키를 넣어둔 쪽을 보았다.

"스페어 키는 여기 있어."

치하루는 방긋 웃었다.

"그건 가짜."

"가짜?"

나는 서랍에 들어 있는 열쇠를 꺼내 내 열쇠와 비교해보았다. 메이커도 모양도 같았지만 자세히 보니 돌기의 패턴에 미세한 차이가 있었다.

"바꿔치기한 건가?"

"같은 메이커의 열쇠는 어디에나 있는걸."

"언제 손에 넣었지?"

"나는 받았을 뿐이야. 아빠가 이 근처까지 갖다 줬어."

"아빠가, 라……."

나는 한숨을 쉬었다. 온몸의 힘이 빠져나가는 것 같았다.

"모든 걸 그쪽에서 꾸민 건가?"

"모든 것이라는 말은 맞지 않겠지. 원래 유괴 게임을 생각해 낸 건 당신이었잖아."

"그걸 이용했다는 건가?"

"찬스를 살린 거지. 절체절명의 위기에서 벗어날 수 있는 마지막 기회라고 생각했어."

"위기라."

나는 억지로 웃음을 지어 보였다. 실제로는 그럴 여유가 없었다.

"그 위기라는 게 무엇인지 맞혀볼까?"

치하루는 쏘아보듯 나를 보았다. 아마 그때도 이런 눈빛이었을 것이라고 상상하게 만드는 표정이었다.

그녀의 눈을 바라보며 나는 말했다.

"네가 주리를 죽인 거지?"

치하루는 당황하지 않았다. 내 답을 예상했을 것이다. 가쓰라기 가쓰토시에게 보낸 메일을 보고, 내가 거의 진상을 꿰뚫고 있다는 사실을 그들 부녀도 눈치챘으리라.

"일부러 그런 건 아니야."

그녀가 대답했다. 누군가에게 작은 실례를 범했을 때 하는 변명처럼 실로 가벼운 말투였다.

"그건 알아. 계획적인 건 아니겠지. 충동적으로 죽였거나, 죽일 생각은 전혀 없었는데 주리가 죽어버렸거나 어느 한쪽

일 거야. 그렇지 않다면……."

나는 입술을 핥았다.

"그날 밤 그런 식으로 담을 넘어 도망쳐 나왔을 리가 없지."

"역시."

치하루는 두 팔을 크게 기지개를 켰다.

"아아, 후련해. 당신한테 그 얘기를 하고 싶었어. 주리인 척하며 여기서 지내는 동안 내내 말하고 싶어서 입이 근질근질했어. 당신의 놀란 얼굴을 보고 싶었거든."

"그 얘기는 아마 정말이겠지?"

"그 얘기라니?"

"집을 뛰쳐나온 이유에 대해서, 화장품인가 뭔가 때문에 치하루와 다퉜다고 했잖아. 아마 다툰 건 사실일 거야. 그다음부터는 다르겠지만. 화가 난 치하루는 평소 눈엣가시였던 주리를 찔렀다. 그렇지?"

치하루는 불만스러운 듯한 표정을 지으며 고개를 돌렸다. 그 코의 생김새가 가쓰라기 가쓰토시와 닮았다는 것을 깨달았다. 사진으로 본 주리의 코는 훨씬 높고 모양도 예뻤다.

"뭘로 찔렀지?"

"가위."

"가위?"

그녀는 자신의 뒷머리를 쓸어 올렸다.

"나, 머리 자르는 게 특기야. 친구들 머리도 이따금 잘라주는걸. 그래서 아는 미용사에게 부탁해서 하나 얻어놨지."

"그렇군. 그 가위가 마침 세면대에 놓여 있었던 거네. 화장품을 멋대로 쓴 것 때문에 말다툼이 벌어졌고, 결국에는 그걸로 주리를 찔러 죽였다는 건가?"

"그 크림은."

먼 곳을 바라보는 듯 아득한 눈빛이었다.

"엄마하고 프랑스에 갔을 때 산 거야. 일본에선 팔지도 않는 거라고. 내가 그걸 얼마나 아껴서 썼는데. 그런데 그 인간이 나한테 말도 하지 않고……."

그녀는 나를 바라보았다.

"그렇지만 먼저 손을 댄 건 그 애였어. 내 뺨을 때렸어."

"그래도 과잉방어인 것은 분명해. 그래, 찔러 죽이고 나니 무서워져서 도망쳐 나온 건가?"

치하루는 나를 한 번 쏘아보더니 일어섰다.

"목이 마르네. 뭐 좀 마셔도 돼?"

그러라고 대답하기도 전에 그녀는 주방으로 들어갔다. 나온 그녀가 손에 들고 있는 것은 화이트 와인 병이었다. 뮈스카데 쉬르 리. 담백한 오르되브르와 잘 어울린다.

"마셔도 돼?"

"맘대로."

"당신도 마실 거지?"

내가 뭐라 대답하기도 전에 그녀는 와인잔 두 개를 테이블에 올려놓았다. 스크루식 와인 오프너와 와인을 내 쪽으로 밀어냈다.

"도망쳐서 어쩔 생각이었지? 그때 너는 잠잘 곳을 찾고 있었어. 밖에서 자고, 어떻게 할 생각이었지?"

"쓸데없는 소리 하지 말고 와인 따는 데나 집중해."

와인의 코르크 마개를 뽑아 두 개의 잔에 따랐다. 건배하는 시늉만 하고 우리는 와인을 입에 머금었다. 상큼한 신맛, 쉬르 리 특유의 어린포도 향.

"결정 못하고 있었어."

그녀가 말했다.

"뭐라고?"

"앞으로 어떻게 할지 결정 못했었다고. 그냥 그 집에는 있고 싶지 않았어. 난리가 날 것이 뻔하고, 죽인 게 나라는 것도 분명 금방 알게 될 테고, 많은 사람들한테 이런저런 질문을 받게 될 것을 생각하니 내키지 않았어. 또 범인이 나라는 것을 알면 아빠와 엄마가 어떻게든 해주지 않을까 하는 기대도 있었고. 여러 가지 귀찮은 일이 정리되면 집에 돌아갈 생각이었어."

"시체는 몰래 처분하고, 네가 살인범으로 체포되는 일이 없도록 어떻게든 손을 써줄 거라고 생각한 건가?"

나는 유리잔에 남은 와인을 비우고 더 따랐다.

"정말 이기적이군."

"나만 생각한다는 건 나도 알아. 아무리 아빠라도 살인 사건을 덮어 둘 수는 없을 거다. 그렇게 생각했지. 그래서 아까 얘기했잖아. 절체절명의 위기였다고."

"그때 내가 나타났다는 건가?"

"나타나달라고 부탁한 건 아니잖아. 당신이 접근해왔어."

그렇게 말하면 나도 할 말이 없다. 가쓰라기 가쓰토시의 약점을 잡고 싶어서 내가 먼저 접근한 것은 사실이다.

"나를 따라와서 어쩔 생각이었지? 이 녀석을 이용할 수 있겠다. 그렇게 생각한 거야?"

그녀는 와인잔을 손에 든 채로 고개를 저었다.

"솔직히 말하면 그때는 어찌되든 상관없었어. 당신도 포함해서 말이야. 머릿속은 내가 저지른 일로 가득했고, 일단 묵을 곳이 필요했어. 그렇다고 집에는 돌아가고 싶지 않았고. 그때 나한테는 선택의 여지가 없었던 거지."

"그렇군. 알겠어."

나는 와인을 마셨다.

"왜 이름을 주리라고 했지?"

"이유는 간단해. 가쓰라기 치하루란 이름은 대고 싶지 않았어. 가쓰라기 치하루가 그런 모습으로 허둥대고 있는 걸 이상한 남자에게 알리고 싶지 않았어. 그래서 순간적으로 거짓말을 한 것뿐."

나는 고개를 설레설레 저었다.

"순간적으로 거짓말을 했다지만 그다음에 자기 이야기를 할 때는 정확하게 주리의 것으로 바꿔서 말했지. 대단한 연기자야, 너는."

"아마 빈정거리는 거겠지만, 고마워."

"그래서."

나는 유리잔을 테이블에 올려놓았다.

"이번 일을 계획한 건 언제야? 당연히 내가 게임을 제안한 다음이겠지만, 설마 이야기를 듣고 바로 생각해낸 건 아니겠지?"

"바로 생각해낸 건 아니지만."

그녀는 와인 병을 손에 들고 내 잔에 따라주려고 했다. 나는 그녀를 제지하며 스스로 잔을 채웠다.

"와인을 따르는 것은 남자 일이야."

"게임 이야기를 듣고 뭔가 퍼뜩 떠오르는 것이 있었어. 이 사람은 나를 주리로 알고 있다. 그 주리를 유괴한 걸로 하려고 한다. 이 상황을 어떻게 잘 이용해 먹을 수 없을까, 생각했어. 그럴 수 있을 것 같은 생각이 들었지. 그래서 일단 이야기를 들어보기로 한 거야."

"내 계획을 듣다 보니 점점 확신이 생겼다는 건가?"

"내가 확신한 건 아빠가 칭찬해주었을 때야."

치하루는 씩 웃었다.

"칭찬받았다고?"

"당신에게 게임 이야기를 들은 뒤 바로, 나는 마음을 굳게 먹고 아빠에게 전화를 했어. 주리 일도 신경 쓰였고."

"처음부터 연락하고 있었던 건가? 뭐 그렇겠지. 가쓰라기 씨가 당황했겠네. 어쨌든 딸이 살해당하고, 그 범인 역시 딸 이라는 이야기니까. 경찰에도 신고할 수 없었겠지."

"아빠는 아빠대로 뭔가 사건을 수습할 방법이 없을까 궁리 하던 중이었어. 그러고 있을 때 내가 전화를 한 거지. 아빠는 내가 자살이라도 하지 않았나 싶어 걱정했던 것 같아. 내 목 소리를 듣고 안심하는 것 같았어. 주리를 죽인 일에 대해서는 야단맞지 않았어. 반드시 어떻게든 처리할 테니까 일단 돌아 오라고 했지. 그래서 나는, 당신과 당신이 제안한 게임에 대 해 이야기를 한 거야."

"그랬더니 칭찬을 받았다?"

"직감적으로 당신의 플랜을 이용할 수 있을지도 모른다고 생각한 것에 대해서. 아빠가 그랬어. 그런 승부 때 직감력과 결단력이 있느냐 없느냐로 성공하는 사람과 그렇지 못한 사 람으로 나뉘는 거라고."

가쓰라기 가쓰토시가 할 법한 이야기라고 생각하며, 나는 고개를 끄덕였다.

"그래서, 가쓰라기 씨는 너한테 어떤 지시를 내렸지?"

"일단 당신이 시키는 대로 하라고 했어. 그리고 그 내용을 자세히 알려달라고 했지. 방침이 정해지면 아빠가 연락하기로 되어 있었어."

"연락을? 어떻게?"

"휴대전화로 연락하는 거지."

별거 아니라는 듯이 그녀가 말했다.

"휴대전화? 없었잖아."

"갖고 있었어. 그렇게 중요한 걸 두고 나왔을 리 없잖아."

치하루는 나를 비웃듯이 웃었다.

"당신과 함께 있는 동안에는 전원을 꺼두었을 뿐이야."

"당했군."

나는 고개를 저었다.

"그 휴대전화로 이런저런 지시를 내렸다는 건가? 요코스카에 갔던 일도 그럴 테고. 유키라는 친구는 없어. 그렇지?"

"있어. 중학교 때 친구. 요즘은 전혀 만나지 않지만."

"나를 어떻게 해서든 요코스카로 데려가려 했던 것은 주리의 시체를 그 언덕에 묻을 생각이었기 때문이겠지? 그러나 나를 그냥 데려가는 것만으로는 충분치 않았어. 나중 일을 생각해서 너희는 내 흔적을 요코스카에 남기려고 여러 가지 장치를 해두었지."

"맞아. 이런저런 장치를 해뒀지."

치하루는 다리를 꼬고 눈을 치켜떠서 나를 보았다.

"예를 들어 어떤 장치가 있었는지 알아?"

"너를 기다리는 동안 나는 패밀리 레스토랑에 있었어. 그때 주차장에 세워둔 차에 누군가가 장난을 쳤지. 레스토랑 직원은 내 얼굴을 기억할지도 몰라. MR-S라는 흔치 않은 차도 기억에 남아 있을 테고. 가령 경찰이 내 사진을 들고 탐문하러 가면 점원이 증언할지도 모르지. 그 장난은 가쓰라기 씨 짓인가?"

"그건 엄마."

"엄마? 그렇군. 공범자가 또 한 명 있었군."

"당신이 남긴 흔적은 그것 말고도 또 있어."

"알아. 그렇지만 좀 이해가 안 돼."

나는 그녀의 눈을 바라보고, 그녀의 꼬인 다리로 눈길을 돌렸다.

"내 흔적을 손에 넣기 위해 그때 나한테 안긴 거야? 내 정액과 음모가…… 필요해서? 너희 부모가 너한테 그렇게까지 하라고 시키지는 않았을 것 같은데."

"아빠가 말한 건 당신의 머리카락을 손에 넣으라는 거였어.

그 요코스카 언덕에 작은 지장보살이 있었던 거, 기억하지? 그 뒤에 숨겨두라는 지시를 받았어. 그렇지만 나는 그것만으로는 불완전하다고 생각했지. 사실은 아빠도 당신의 정액이 있으면 좋겠다고 생각했을 거야. 그렇지만 아무리 그래도 그런 짓을 시킬 수는 없으니 머리카락이면 된다고 했겠지. 그걸 알기 때문에 나 스스로 판단해서 그 절대적인 증거물을 손에 넣기로 한 거야."

"좋아하지도 않는 남자와 섹스를 해서라도…… 말이야?"

"삐쳤어?"

"별로."

"나 당신 좋아해. 배짱도 있고, 머리도 좋아. 섹스해도 좋다고 생각했어. 당신이 머리가 나쁘고 맘에 들지 않는 남자였다면 그렇게까지는 할 수 없었을 거야."

"칭찬인가?"

"아빠도 당신을 좋게 보고 있어. 이번 계획에서 가장 중요한 건 당신이 바보가 아니어야 한다는 거였지. 조잡한 유괴 계획을 세우는 남자라면 모든 게 엉망으로 틀어져버릴 테니까. 당신 회사에 아빠가 갑자기 찾아간 적이 있었지?"

"그러고 보니……."

우리 회사에서 만든 게임을 보겠다며 찾아왔었다.

"그때 아빠의 목적은 당신이 만든 게임을 보는 거였어. '청춘의 가면'이라고 했었지? 그걸 보고 아빠는 이 남자라면 믿고 맡길 수 있겠다고 확신했대."

나는 한숨을 내쉬며 고개를 저었다. 나도 모르게 힘없는 웃음이 흘러나왔다.

"엉뚱한 일로 그 사람에게 인정을 받았다는 얘기네."

"러브호텔에서 나한테 전화를 걸게 했을 때 멋지게 뱃고동 소리를 넣을 수 있었잖아. 그것도 훌륭한 아이디어라고 했어."

"그것 역시 흔적이라는 건가?"

나는 나도 모르는 사이에 가쓰라기 가쓰토시가 깔아놓은 레일 위를 달리고 있었던 것이다.

"하지만 진짜 승부는 그때부터였어. 아빠는 당신이 어떻게 해서 몸값을 받아낼 생각인지, 그걸 굉장히 알고 싶어 했어. 그렇지만 당신은 나한테도 쉽게 얘기해주지 않았지. 경찰에 알리지 않았다는 말이 목구멍까지 올라왔었어."

"하코자키에서의 속임수는 가쓰라기 씨 입장에서도 역시 초조한 일이었겠군."

"빨리 몸값을 빼앗아주었으면 좋겠다고 생각했던 것 같아. 그렇지만 마지막에는 감탄하던걸. 경찰의 미행을 확인하는 것은 분명히 필요한 절차였다면서."

"몸값을 진짜 받아낸 것에 대해서는 뭐라 그래?"

"물론 멋지다고 했어. 그렇게 하면 범인을 가려낼 만한 단서는 거의 남지 않을 테고, 만약에 경찰의 미행이나 감시가 있었다 해도 별 문제없었을 거라고."

나는 고개를 끄덕였다. 이제 와서 기뻐할 이야기도 아니지만, 어쨌든 가쓰라기 가쓰토시에게 바보 취급을 당할 계획은 아니었던 모양이다.

"너는 2억 7,000만 엔을 갖고 또 요코스카에 갔었어. 있지도 않은 유키의 집에 돈을 숨기러. 실제로는 그 돈을 어떻게 했지?"

"그 건물에 있는 창고 같은 곳에 숨겼어. 그리고 바로 아빠한테 전화를 했지. 우리가 떠난 뒤에 바로 아빠가 회수해갔어."

"그렇군. 이걸로 가쓰라기 주리가 유괴되고 그 몸값이 지불되었다는 상황은 별 탈 없이 완성된 거네. 하지만 한 가지 큰 의문이 있어. 뭐 그 답이 무엇일지 짐작은 가지만."

"뭐?"

"날 어떻게 할 생각이었지?"

치하루는 어깨를 움츠렸다.

"대답하기 어려운 질문이네."

"그렇겠지."

"짐작이 간다고 했지? 그렇다면 그걸 얘기해봐."

"여기까지 와서 뻣뻣하게 나오는군. 뭐 상관없지. 주리 살해를 은폐하고, 거짓 유괴도 무사히 성공시켰어. 그렇지만 너희에게는 고민이 있지. 근심거리라고 하는 편이 나으려나. 내가 언제까지고 속고만 있지는 않을 거라는 사실. 사건이 보도되면 나는 진상을 눈치채게 돼. 가장 곤란한 것은 내가 경찰에 달려가는 거지만, 아마 그 점은 걱정하지 않았을 거야. 거짓 유괴의 주범인 내가 그런 짓을 할 리는 없으니까. 그러나 그렇다고 해서 내가 입 다물 거라고도 생각할 수는 없지. 또 만에 하나 자칫 잘못되어 경찰이 나를 주목할 경우, 내 쪽에서 먼저 자수해버릴 우려도 있어. 경찰이 바로 내 이야기를 믿어줄 리야 없지만 확인 수사는 이루어지겠지. 그러면 매스컴도 움직이기 시작할 거야. 그런 사태는 가쓰라기 씨 입장에선 환영할 만한 일이 아니지. 그걸 해결할 수 있는 길은 거의 하나밖에 없어."

거기까지 이야기했을 때 마음속에서 경종이 울렸다.

갑자기 두통이 밀려오기 시작했다. 통증이 머리 전체로 퍼져 나갔다. 점차 통증은 흐릿해졌지만 동시에 신경도 무뎌지는 것이 느껴진다. 의식이 뭔가에 빨려 들어가는 것 같다.

나는 치하루를 쏘아보았다. 그리고 와인 병을 보았다.

"결국 이거였군."

"효과가 나타난 건가?"

그녀는 내 얼굴을 들여다보았다.

"와인에 뭘 넣은 거지?"

"몰라. 아빠가 준 약. 주사기로 미리 병에 주입해두었어."

정신이 몽롱한 와중에 일종의 마취약일 거라고 생각했다.

"처음부터 나를 죽일 작정이었나?"

"몰라. 난 아빠 지시에 따랐을 뿐인걸."

"죽일 생각이었군. 그렇지 않으면 이 계획은 완성되지 않겠지. 불완전한 계획을 그 남자가 세울 리 없어."

나는 일어서려고 했다. 그렇지만 몸이 말을 듣지 않았다. 다리가 엉키고, 소파에서 미끄러져 떨어졌다. 테이블 모서리가 옆구리에 닿았지만 아프지 않았다.

"나는 시킨 대로 했을 뿐이야. 뒷일은 몰라. 나중에 아빠가 전부 처리할 테니까."

치하루가 일어섰다. 지금까지 와인을 마시는 시늉만 했을 것이다.

의식이 가물가물하다. 눈앞이 흐려졌다.

이대로 정신을 잃어서는 안 된다. 여기서 기절하면 그들은 계획대로 일을 진행할 것이다. 결국 나를 죽이고, 자살로 위장할 것이다. 그 동기는 지은 죄의 무게를 견디지 못해서, 라는 것이 될까? 어쩌면 체포되는 건 시간문제라는 것을 깨달았기 때문, 일지도 모른다.

"잠깐……."

나는 필사적으로 목소리를 짜냈다.

"내 말을 들어. 듣는 게…… 좋을 거야."

치하루가 어디에 있는지, 나는 알 수 없었다. 그녀에게 내 목소리가 들리는지 어떤지도 알 수가 없었다. 그래도 나는 온 신경을 목에 집중시켰다.

"컴퓨터. 내…… 오토모빌 파크의…… 파일을……."

입을 움직이려고 했다. 그렇지만 이미 뇌에서 내리는 지령은 가 닿지 않았다. 목소리가 나오지 않는다는 것을 자각했다. 어쩌면 청각 쪽이 이상해진 것인지도 모른다. 그러나 마찬가지였다. 머릿속이 어둠에 휩싸여가는 듯했다. 끝없이 깊은 굴속으로 빠져 들어가는 느낌이었다. 문득 이게 내가 느끼는 마지막 감각일지도 모른다는 생각이 들었다.

뭔가가 가슴을 누르는 것처럼 숨을 쉬기 힘들었다. 지독한 악몽을 꾼 것 같은 느낌이었다. 얼굴이 뜨겁다. 그런데도 몸은 춥다. 아니, 차갑다고까지 할 수 있다. 식은땀을 많이 흘렸다는 것을 깨달았다.

나는 눈을 감고 있었다. 그 감각이 있다는 것에 안도했다. 어쩌면 아직 죽지는 않은 모양이다. 눈을 떴다. 흐릿하지만 뭔가가 보인다. 아주 어두컴컴하다.

서서히 시력이 돌아왔다. 눈에 익은 내 집이다. 소파 위에 눕혀져 있는 모양이다. 나는 얼굴을 찡그리며 몸을 일으키려고 했다. 심한 구역질과 두통이 밀려왔다. 천천히 상반신을 일으켰다. 귀에서 툭툭 맥박 소리가 들리는 듯했다.

"정신이 든 모양이군."

목소리가 들렸다. 남자 목소리다.

나는 눈동자만 움직여 주위를 둘러보려 했다. 목을 돌리는 것조차 힘들었기 때문이다.

이윽고 시야 구석에 사람의 그림자가 나타났다. 그 인물은 내 맞은편 소파에 걸터앉았다. 가쓰라기 가쓰토시였다.

나는 자세를 고쳐 앉았다. 아직 몸이 약간 비틀거렸다. 상대가 뭔가 공격적인 행동을 해오더라도 제대로 방어할 수 없을 것 같았다. 그렇지만 가쓰라기 가쓰토시는 그럴 생각은 없는 듯, 여유로운 동작으로 다리를 꼬고 담배에 불을 붙였다.

그는 더블 슈트를 입고 있었다. 그것 또한 나를 안심시켰다. 나를 죽일 생각이라면 틀림없이 사람들 눈을 피해 여기 왔을 것이고, 그렇다면 조금 더 평범한 복장을 했을 것이다.

"드디어 주인공이 행차하셨군요."

나는 말했다. 그 목소리가 내게는 흐릿하게 들렸다.

"배후조종자라고 하는 편이 나으려나?"

"딸이 신세를 졌네."

가쓰라기 가쓰토시가 말했다. 차분한 말투였다.

나는 주위를 둘러보았다.

"따님은 돌아갔습니까?"

"먼저 돌아갔네. 늦으면 아내가 걱정할 테니까."

"사모님도 공범이라더군요."

그 말에 대답하지 않고 가쓰라기 가쓰토시는 나를 뚫어져라 쳐다보았다.

"대략적인 이야기는 딸에게 들었을 거라고 생각하네. 내가 설명할 생각이었지만, 어떻게든 마지막으로 자네를 한 번 더 만나보고 싶다고 그 녀석이 졸라대서 말이야."

"저도 만나서 다행이었습니다. 마지막이 될지 어떨지는 아직 알 수 없지만."

"자네에겐 우선 수고했다는 말을 해야겠군. 이건 빈정거리는 게 아닐세. 딸에게 들었을 테지만, 자네는 정말 잘해주었어. 일단 완벽하다고 해도 좋지 않을까? 그 몸값을 받아낸 방법은 오리지널인가? 아니면, 추리소설 같은 데서 힌트를 얻은 건가?"

"제가 생각해냈습니다."

"그런가? 멋졌네."

그는 담배 연기를 천천히 내뿜었다. 피어오르는 연기 너머로 나를 바라보았다.

"하지만 문제를 지적하고 싶은 부분도 없진 않더군. 자네는 도중에 나한테 영어로 지시를 내렸지만, 경찰관 가운데도 영어 회화에 능통한 사람은 있을 수 있어. 그건 백점 만점이라고는 할 수 없었네."

"가쓰라기 씨가 프랑스어도 능숙하다는 건 알고 있었고, 나도 약간은 할 줄 압니다. 그럼에도 프랑스어를 쓰지 않은 것은 범인에 관한 단서를 남기지 않기 위해서입니다. 요즘 일본에서 영어를 할 줄 아는 사람은 5만 명쯤 될 테지만 프랑스어라면 얘기가 달라지니까요. 어느 쪽이 리스크가 클지 저울질을 해본 뒤 내린 결론입니다."

"과연, 견해 차이라는 건가?"

가쓰라기 가쓰토시는 내 반론에도 기분이 상하지는 않은 것 같았다.

"당신 계략도 멋졌습니다. 따님의 명연기가 받쳐줬기 때문이지만, 제약이 많은 가운데서 용케 그만한 복선을 깔고 미리 손을 써두다니, 감탄했습니다."

"뭐, 회사 경영에 비하면 대단한 일도 아니지. 이번에는 자네 한 명만 속이면 됐지만, 기업의 수뇌부에 있다 보면 무수히 많은 사람을 속여야만 하거든. 고용인이라든가 소비자라든가."

그는 진지한 표정으로 그렇게 말하고, 다시 담배를 피웠다.

"그건 그렇고, 딸에게 질문을 한 모양이더군."

"나를 어떻게 할 생각이었는지 물었습니다."

그러자 가쓰라기 가쓰토시는 씩 웃으며, 담뱃재를 재떨이에

털었다. 다리를 바꿔 꼬고, 재미있다는 듯이 고개를 끄덕였다.

"계획대로 모든 일이 잘 풀렸다 해도 우리로선 안심할 수 없다. 모든 비밀을 아는 사람이 있으니까. 사쿠마 순스케, 이 남자를 처리해야 한다. 이 남자를 죽여 자살로 위장하고, 경찰로 하여금 가쓰라기 주리 유괴범으로 믿게 만든다. 그것이 계획의 마무리. 내 청사진이 그런 거였다고 자네는 추리했겠지?"

"아닙니까?"

"아니라고만은 할 수 없네. 전혀 생각하지 않았다면 거짓말이 되겠지. 하지만 사쿠마군. 난 그렇게 단순한 사람은 아닐세. 그렇게 봤다면 약간 실망이군. 하긴 자네 기분도 이해는 가네. 자신이 세운 완벽한 계획이 도리어 자신을 궁지에 몰아넣는 꼴로 역이용된다면 누구나 불안해질 테지. 바로 그 때문에 자네는 만약의 경우에 대비해 프로텍트를 걸어두었어. 아, 자네는 정말이지 내 기대에 어긋나지 않는 남자더군."

가쓰라기 가쓰토시는 내 뒤쪽으로 눈길을 보냈다. 컴퓨터가 있는 쪽이다. 팬이 돌아가는 소리가 들리는 것을 보니, 컴퓨터는 켜져 있는 모양이었다.

"파일을 보셨습니까?"

"봤지, 물론."

의식을 잃기 직전, 치하루에게 했던 말이 역시 쓸모없지는 않았던 것이다.

"뭔가 파일이 있는 것 같다는 얘기를 딸에게 들었을 때는 사실 별것 아닐 거라고 하찮게 여겼네. 기껏해야 사건의 진상을 기록한 텍스트 데이터가 들어 있고, 자기가 죽으면 이 데이터는 경찰에 보내질 거라는 내용의 경고문이 첨부되어 있는 정도일 거라고 생각했지."

"그것만으로도 충분히 협박이 될 것 같은데요."

"왜지? 부정해버리면 끝나는 문제야. 가령 우리가 자네를 죽일 작정이었다면 그런 것 때문에 중지하지는 않아. 유괴범이 자살 전에 꾸며낸 이야기라고 주장하면 되니까. 경찰이 누구 말을 믿을 거라고 생각하나?"

나는 대답하지 않는 것으로 반론을 제기할 의사가 없음을 표시했다. 가쓰라기 가쓰토시는 만족스러운 미소를 지으며 담배꽁초를 재떨이에 비벼 껐다.

"뭐 그렇지만 자네는 그렇게까지 무능하지는 않았어. 사건의 진상을 기록한 텍스트가 들어 있었던 건 예상대로지만, 다른 데이터가 하나 더 있었지. 그걸 보고는 나도 깜짝 놀랐네. 혀를 내둘렀다는 표현이 더 적당하려나?"

"고백하자면, 운이 좋았던 겁니다."

나는 솔직하게 말했다.

"그때는 그게 이런 식으로 도움이 될 거라고는 생각도 못했습니다."

"그게 바로 뛰어난 사람이라는 얘기지. 자기도 모르는 사이에 자신을 보완할 재료를 손에 넣는 것. 그런 감각은 누가 가르쳐준다고 해서 익힐 수 있는 게 아니거든."

나는 쓴웃음을 지었다. 이 남자에게 이런 식으로 칭찬받을 날이 오리라고는 전혀 예상도 하지 못했다.

"자넬 죽일 생각은 없었네."

가쓰라기 가쓰토시가 말했다.

"왜냐하면, 죽일 필요가 없으니까. 경찰에 잡히지 않는 한 자네는 누구에게도 진실을 이야기하지 않을 거야. 그리고 자네가 잡힐 염려는 없네. 왜냐하면 우리가 보호할 테니까. 자네가 범인이 아니라는 증거쯤은 피해자라는 입장을 이용하면 얼마든지 만들어낼 수 있으니까 말일세. 물론 거기에는 자네가 완벽한 게임을 해내야 한다는 조건이 필수였어. 다시 말할 필요도 없겠지만, 자네는 그것을 해냈지."

"나를 범인으로 몰 생각이 없었다면 어째서 내 흔적이 요코스카에 남도록 조작을 한 겁니까?"

"우선은 자네의 약점을 잡아둘 필요가 있었지. 언제라도 자네가 범인이라는 사실을 증명할 수 있는 증거 말일세. 그렇지만 무엇보다 내가 필요했던 건 범인이 분명히 존재한다는 흔적이었어. 그것을 알리려면 실제로 범인이 움직여줄 수밖에 없지."

"그럼 아까는 왜 나를 잠재운 거죠?"

가쓰라기 가쓰토시는 씩 웃었다. 마치 그 질문을 기다렸다는 듯한 표정이다.

"잠들면 죽일 거라고 생각했나?"

"솔직히 말하면."

"그렇겠지. 그래서 자네는 마지막 힘을 짜내 히든카드를 내보인 거고. 내가 원한 건 바로 그거였네. 자네가 마지막에 내보일 카드."

나는 휴 하고 한숨을 내쉬었다.

"내가 쥐고 있는 카드를 봐두고 싶었던 겁니까?"

"게임은 끝이야. 그러나 승부는 아직 나지 않았지. 내가 가진 카드는 모두 보여줬네. 남은 건 자네가 어떤 카드를 쥐고 있느냐 하는 거였지."

가쓰라기 가쓰토시가 다시 컴퓨터 쪽을 바라보았다. 나도 덩달아 뒤를 돌아보았다. 컴퓨터 모니터가 보였다.

사진 한 장이 거기 떠 있었다. 사진에 찍힌 배경이 이 집이라는 것은 누가 보더라도 쉽게 알 수 있다.

주리로 행세하던 때의 치하루가 나를 위해 준비한 요리를 쟁반에 얹어 나르고 있었다.

옮긴이의 말

●

 히가시노 게이고와의 만남은 즐거운 일입니다. 스케일이 큰 장편이나 연작 단편들이나 늘 독자를 실망시키지 않는 작가입니다. 말하자면 신뢰할 만한 브랜드인 셈입니다.

 그에게 붙는 수식어는 '베스트셀러 작가' '일본 최고의 이야기꾼' 정도입니다. 작품 경향이나 장르를 특징으로 잡아 한마디로 '이런 작가다'라고 표현하기 어렵습니다. 묵직한 감동을 남기는 사회성이 강한 작품이 있는가 하면, 정통 추리소설을 즐기는 분들을 위한 뛰어난 본격 추리물도 있습니다. 손에 땀을 쥐게 하는 서스펜스물도 있고, 터져 나오는 웃음을 참기 힘든 유머러스한 작품들도 여럿 있습니다. 이런 작품들 모두를 관통하는 그의 특징은 너저분한 수식을 배제한 날렵한 서술에 있습니다. 우리말로 옮기는 데 얼마나 성공했는지 모르겠지만, 이 작품에서도 그런 특징을 맛보실 수 있을 것입니다.

 이 작품은 경쾌한 미스터리라고 할 수 있습니다. 유괴를 소재로 한 소설 가운데 이만큼 경쾌하게 전개되는 작품을 찾기는 쉽지 않을 것입니다. 그는 〈소설 현대〉에 실린 인터뷰 기사에서 '요즘 미스터리는 범인이 누굴까, 어떤 트릭을 썼을까 하는 수수께끼로만 끝나고 있습니다. 전혀 다른 형식의 의외성을 창조하고 싶습니다'라고 한 적이 있습니다. 《숙명宿命》이란 장편을 발표하고 한 인터뷰이기는 하지만, 그의 작품 대부분에 흐르는 작가의 창작 성향을 잘 드러낸 말입니다.

그렇다고 그의 작품이 수수께끼나 의외성만 강조하는 것은 아닙니다. 수수께끼건 의외성이건 모두 전체 스토리 안에 잘 녹아들어 있습니다. 그가 발표한 작품들에서 느낄 수 있는 재미와 감동은 여기서 나오는 것으로 보입니다. 그래서 늘 읽기 편하고, 첫 장을 펼치면 끝까지 질주하게 만드는 흡인력을 갖고 있습니다.

한 가지 부탁드리고 싶은 것은 재미와 속도감을 즐기시는 것 이외에, 다른 재미도 발견해주셨으면 합니다. 이 작품에서는 주인공인 사쿠마 순스케라는 인물의 사회성을 한번 되새겨보시기 바랍니다. 그가 말하는 가족에 대해, 성공에 대해, 그리고 철이 들고 나서 한 번도 벗어본 적이 없는 듯한 '가면'에 대해 한번쯤 다시 생각해보시면 더욱 재미있는 이야기가 될 것입니다. 참고로 이 작품이 연재될 때의 제목은 〈청춘의 데스마스크青春のデスマスク〉였다는 점을 감안하면 이해하시기 더 좋을 것입니다.

히가시노 게이고는 이 책의 날개에도 적혀 있듯이 1985년에 《방과후放課後》란 작품으로 제31회 에도가와 란포 상을 수상하며 데뷔했습니다. 그 뒤로 지칠 줄 모르는 창작 활동을 통해 수많은 작품을 발표했습니다. 이 가운데는 수필집과 그림책도 들어 있지만 거의 모두가 장편이거나 연작 소설입니다.

지금도 이따금 본격적인 추리소설을 써내는데, 초기에는 본격 추리에 몰두했습니다. 데뷔작인 《방과후》에는 다섯 개의 설명용 그림이 들어 있고, 데뷔 이듬해에 발표한 《졸업卒業》에는 무려 열일곱 개의 그림이 들어 있습니다. 그 뒤로 그는 점점 작품의 영역을 넓혀갑니다. 본격적인 추리소설이라도 독특한 구성과 서술로 독자의 눈을 사로잡습니다. 특히 《악의惡意》라는 작품에서 잘 드러나듯 'Why Done It'에 중점을 둡니다. 그리고 뇌 이식이나 인간복제 같은 소재를 다룬 스릴 넘치는 작품들을 발표하기도 합니다. 《비밀秘密》이나 《백야행白夜行》, 《편지手紙》, 《도키오トキオ》, 《호숫가 살인사건レイクサイド》 같은 작품은 그의 폭이 얼마나 넓은가를 보여주는 증거라고 할 수 있습니다.

히가시노 게이고의 작품은 드라마와 영화로 많이 만들어졌습니다. 이 작품 역시 〈g@me〉이라는 제목으로 2003년 개봉되어 많은 인기를 끌었습니다. 〈꽃보다 남자〉, 〈드레곤 헤드〉로 잘 알려진 후지키 나오히토藤木直人와 〈고쿠센〉, 〈트릭〉 같은 작품으로 국내에도 많은 팬들을 확보하고 있는 나카마 유키에仲間由紀惠가 남녀 주인공이었습니다. 이 작품은 이사카 사토시井坂聰 감독의 솜씨 덕에 원작과는 또 다른 맛을 느끼게 합니다.

영화는 후반부에서 원작과는 전혀 다른 결말을 맺고 있습니다. 원작과 영화를 따로 즐길 수 있는 장치가 되어 있는 셈입니다. 이 작품을 읽은 뒤에 영화도 함께 즐길 수 있기를 바랍니다.

- 책 안에서 자세하게 설명할 수 없었던 내용들을 인터넷을 통해 보충하고자 합니다. 주인공들이 이동하는 지역의 지도, 자동차의 모델 등 이 작품을 더 정확하게 즐기기 위한 정보는 다음 주소를 참고해 주시기 바랍니다.
- http://cafe.naver.com/higashino
- 작품 관련 문의 anuken@gmail.com

게임의 이름은 유괴

2판 1쇄 발행 2010년 4월 25일
3판 1쇄 발행 2017년 11월 25일
3판 8쇄 발행 2024년 4월 5일

지은이 히가시노 게이고
옮긴이 권일영

발행인 양원석
편집장 김건희
디자인 오필민디자인
영업마케팅 조아라, 이지원, 한혜원

펴낸 곳 ㈜알에이치코리아
주소 서울시 금천구 가산디지털2로 53, 20층(가산동, 한라시그마밸리)
편집문의 02-6443-8902   **도서문의** 02-6443-8800
홈페이지 http://rhk.co.kr
등록 2004년 1월 15일 제2-3726호

ISBN 978-89-255-6252-0 (03830)